荒海の槍騎兵２

激闘南シナ海

横山信義
Nobuyoshi Yokoyama

C★NOVELS

扉　画　高荷義之
地図・図版　安達裕章
編集協力　らいとすたっふ

目次

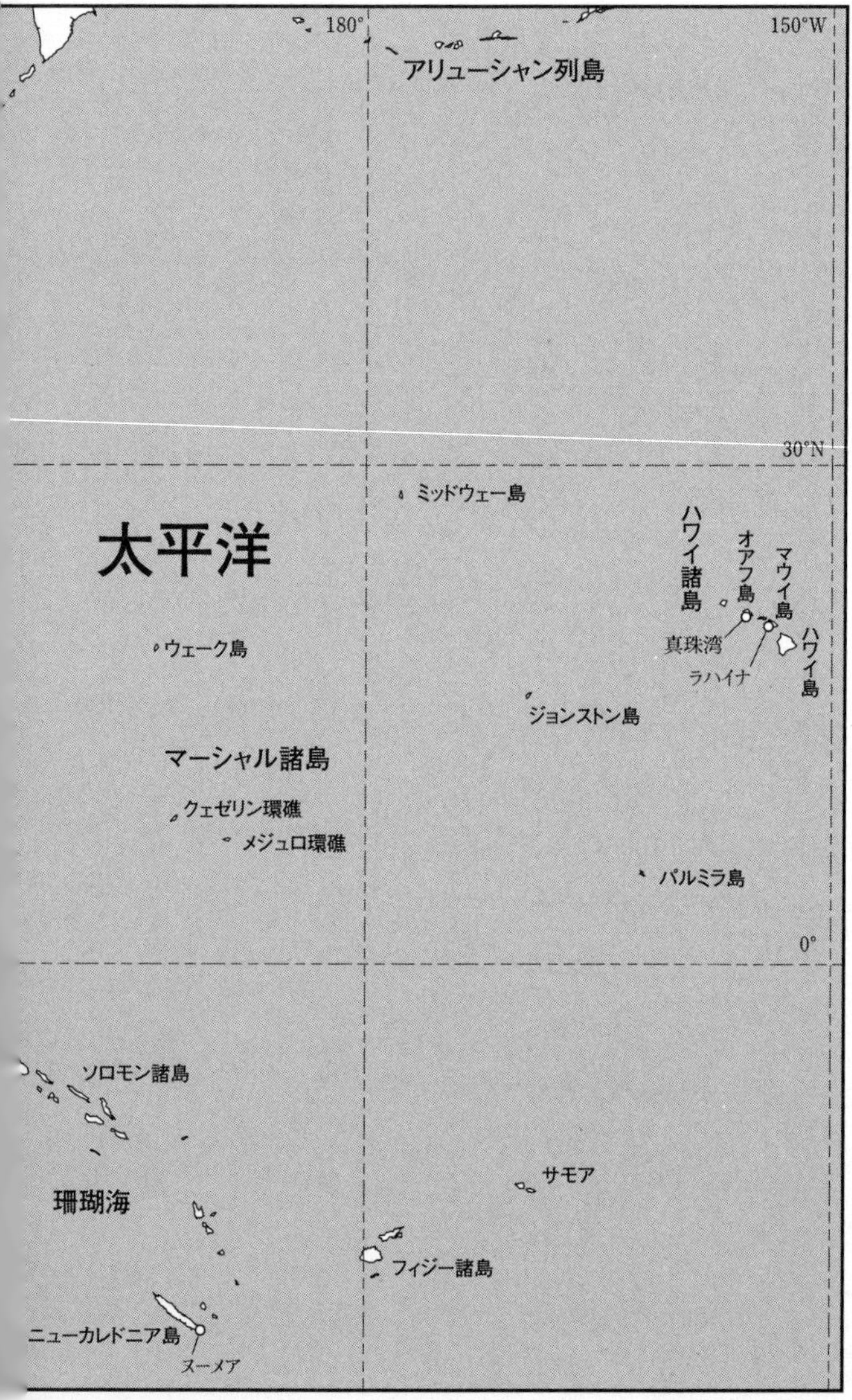
180°
150°W
アリューシャン列島
30°N
ミッドウェー島
太平洋
ハワイ諸島
オアフ島
マウイ島
真珠湾
ラハイナ
ハワイ島
ウェーク島
ジョンストン島
マーシャル諸島
クェゼリン環礁
メジュロ環礁
パルミラ島
0°
ソロモン諸島
珊瑚海
サモア
フィジー諸島
ニューカレドニア島
ヌーメア

西太平洋要図

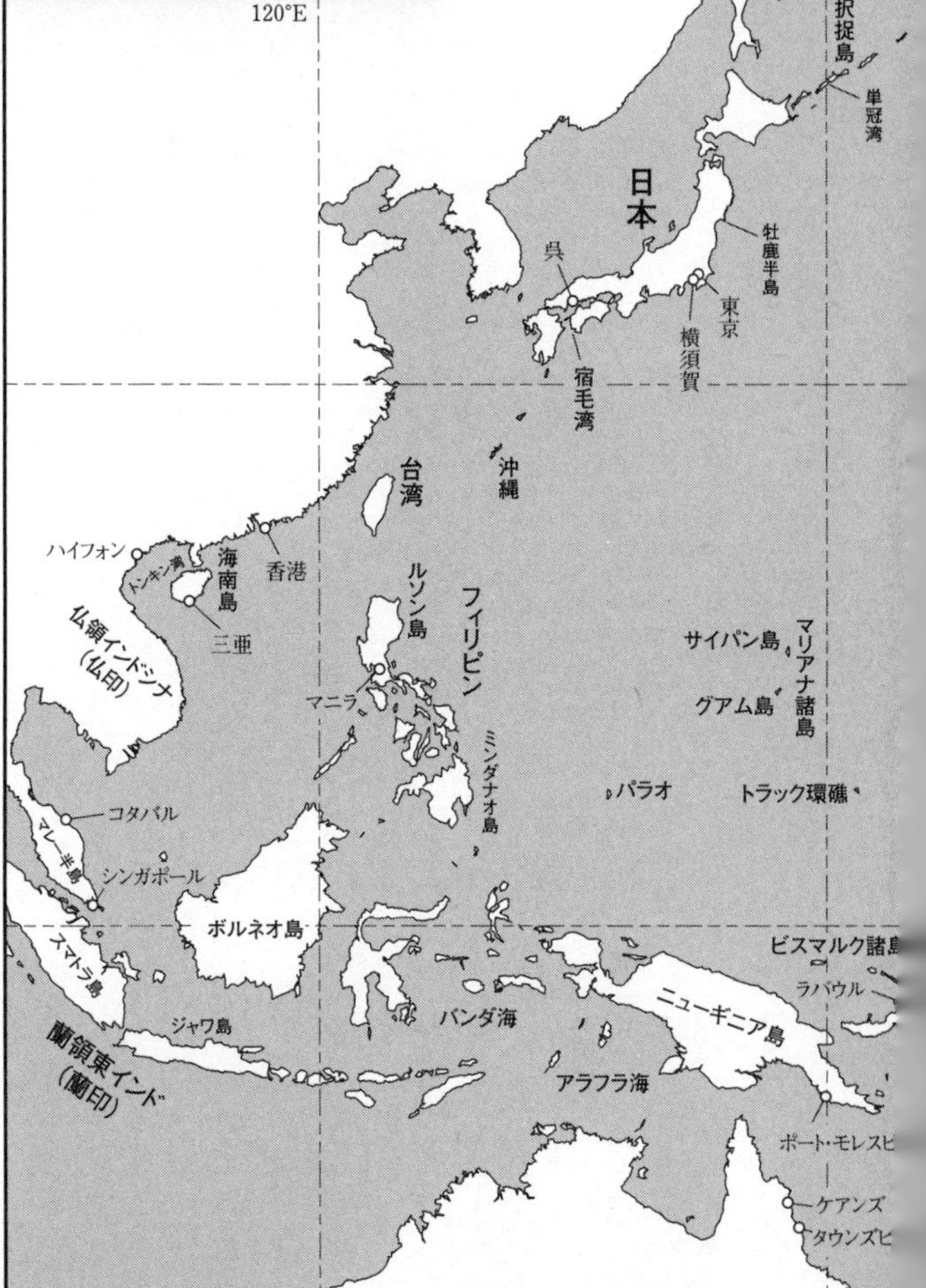

120°E
150°E
択捉島
単冠湾
日本
牡鹿半島
呉
東京
横須賀
宿毛湾
沖縄
台湾
香港
ハイフォン
トンキン湾
海南島
三亜
仏領インドシナ
(仏印)
ルソン島
フィリピン
マニラ
ミンダナオ島
サイパン島
マリアナ諸島
グアム島
パラオ
トラック環礁
コタバル
マレー半島
シンガポール
ボルネオ島
スマトラ島
ジャワ島
バンダ海
ビスマルク諸島
ラバウル
ニューギニア島
アラフラ海
蘭領東インド
(蘭印)
ポート・モレスビ
ケアンズ
タウンズビ
オーストラリア

ルソン島
太平洋
リンガエン湾
クラークフィールド飛行場
ニールソン飛行場
ニコルス飛行場
マニラ
バターン半島
マニラ湾
コレヒドール島
キャビテ
バタンガス
カタンドゥアネス島
ラガイ湾
サン・ベルナルディノ海峡
シブヤン海
ミンドロ島
ミンドロ海峡
シブヤン島
マスバテ島
カルバヨグ
サマール島
ビサヤン海
パナイ島
レイテ島
タクロバン
ドラグ
レイテ湾
スルアン島
ホモンホン島
ディナガット島
ネグロス島
セブ島
ボホール島
ミンダナオ海
ミンダナオ島
0 100 200 300 km
0 100 浬
フィリピン要図

荒海の槍騎兵 激闘南シナ海 2

第一章　巨大なる追跡者

1

敵の巨弾は、輪型陣《りんけいじん》の中央に落下した。

日本帝国海軍南遣艦隊旗艦《なんけんかんたいきかん》「鳥海《ちょうかい》」の後方で、海面が大きく伸び上がり、マストを超える巨大な海水の柱がそそり立った。

「危ない……！」

第六戦隊砲術参謀桃園幹夫《ももぞのみきお》少佐の口から、悲鳴にも近い声が漏《も》れた。

「鳥海」に将旗《しょうき》を掲《かか》げているのは、南遣艦隊司令長官小沢治三郎《おざわじさぶろう》中将。帝国海軍でも、知将《ちしょう》と謳《うた》われる指揮官だ。

小沢が「鳥海」と運命を共にすれば、帝国海軍は重巡《じゅうじゅん》一隻を失うだけではない。人材の面でも、計《はか》り知れない打撃を受ける。

「水柱《みずばしら》六本確認！」

第六戦隊旗艦「青葉《あおば》」の艦橋《かんきょう》に、見張員《みはりいん》が報告を上げた。

「青葉」は、第六戦隊第一小隊の僚艦《りょうかん》「加古《かこ》」と共に、輪型陣の右方を固めているため、「鳥海」は左舷《さげん》側に見える。

「六発か。前部の主砲全てを撃って来たな」

首席参謀貴島掬徳《きじまきくのり》中佐が呟《つぶや》いた。

「敵艦、第二射！」の報告が上がり、新たな敵弾の飛翔《ひしょう》音が聞こえ始める。

昨夜――一二月一〇日夜、海南島《かいなんとう》の南東岸沖で、何度も繰り返し聞かされた敵弾の飛翔音だ。

今度は、「鳥海」の左舷正横《せいおう》に落下し、艦の反対側に、奔騰《ほんとう》する水柱《しら》が見えた。

「砲術、敵との距離報せ」

「二三〇《フタサンマル》（二万三〇〇〇メートル）！」

「青葉」艦長久宗米次郎《ひさむねよねじろう》大佐の問いに、砲術長岬《みさき》恵介《けいすけ》少佐が返答する。

「二万以上も遠方では、どうにもならぬか」

第六戦隊司令官五藤存知《ごとうありとも》少将が舌打《したう》ちした。

「青葉」が装備する六五口径一〇センチ高角砲、通称「長《ちょう》一〇センチ高角砲」は、最大射程一万四〇〇〇メートルだ。

「鳥海」を援護《えんご》したくとも、敵には届かない。

仮に届いたとしても、直径一〇センチの小口径砲弾では、たいした損害は与えられない。

相手は戦艦《せんかん》――それも英国海軍の最新鋭戦艦「プリンス・オブ・ウェールズ」なのだ。

「艦長、観測機《かんそくき》を墜《お》として下さい」

桃園は久宗に言った。

南遣艦隊の上空には、敵の水上機《すいじょうき》が貼り付き、後方の「プリンス・オブ・ウェールズ」に弾着《だんちゃく》位置を伝えている。

この機体を撃墜《げきつい》すれば、「プリンス・オブ・ウェールズ」は弾着観測に支障《ししょう》を来《きた》し、射撃精度が低下するはずだ。

「艦長より砲術。敵観測機を撃墜せよ！」

久宗は桃園に頷《うなず》いて見せ、射撃指揮所に命じた。

その間に、敵の第三射弾が飛来する。

弾着位置は、「鳥海」の右舷《うげん》側海面だ。六本の水柱がそそり立ち、巨大な海水の壁が「鳥海」を隠《かく》す。

「青葉」の艦上から見守《みまも》る身にとっては、背筋《せすじ》が寒くなる光景だ。「青葉」が標的《ひょうてき》になっていたとしても、ここまでの恐怖は感じないかもしれない。

「鳥海」に乗る小沢治三郎中将は、それほど貴重な人材だった。

幸い、「鳥海」は無事だった。海水の壁が消え去ると同時に姿を現した。

（見上げた執念《しゅうねん》だ、フィリップス提督《ていとく》）

桃園は、敵の指揮官――英国東洋艦隊司令長官トーマス・フィリップス大将の名を呟いた。

昨夜の、海南島南東岸沖における海戦では、彼我《ひが》の間に圧倒的な戦力の差があった。

フィリピンより東進《とうしん》してきた米太平洋艦隊と英国東洋艦隊の連合軍艦隊は、戦艦だけでも一二隻。対する日本軍の南方部隊――近藤信竹《こんどうのぶたけ》中将が率《ひき》いる第二艦隊と小沢治三郎中将が率いる南遣艦隊は、戦艦を二隻しか持たない。

勝敗は歴然《れきぜん》としていたが、南方部隊は島影《しまかげ》を利用して敵弾の直撃を回避し、辛《から》くも全滅を免《まぬか》れた。

のみならず、雷撃《らいげき》によって敵戦艦一隻を轟沈《ごうちん》させ、戦艦一隻を落伍《らくご》に追い込んだ。

代償《だいしょう》として、戦艦「金剛《こんごう》」「榛名《はるな》」、重巡「愛宕《あたご》」「高雄《たかお》」、軽巡《けいじゅん》「川内《せんだい》」、駆逐艦《くちくかん》六隻を失い、近藤司令長官以下の第二艦隊司令部が全滅したが、生き残った重巡五隻、防空巡洋艦二隻、駆逐艦一八隻は戦場から脱出し、連合艦隊司令部から指定された合流地点に向かったのだ。

だが、米英艦隊は南方部隊の撃滅《げきめつ》を断念したわけではなかった。

英国戦艦「プリンス・オブ・ウェールズ」が駆逐艦二隻を従《したが》え、追撃して来たのだ。

最大戦速を発揮できれば、敵を振り切ることも可能だが、「鳥海」は機関故障のため、速力を一四ノットまでしか出せない。

選択肢は二つ。反撃に転じるか、敵弾を回避し続けるかだ。

前者を選んでも、成算《せいさん》はない。

夜戦であればまだしも、現在の時刻は一二月一一日の一一時二八分（現地時間一〇時二八分）だ。

空には、ところどころにちぎれ雲が浮かんでいる程度であり、海面は遠方まで見通《みとお》しが利《き》く。

「プリンス・オブ・ウェールズ」は、南方部隊各艦の主砲の射程外から、悠々《ゆうゆう》と直径三五・六センチの巨弾を撃ち込めるのだ。

一八隻の駆逐艦は、昨夜の戦闘で魚雷を撃ち尽くしている。

「鳥海」と七戦隊の重巡四隻は魚雷を残しているが、敵との距離が開きすぎ、命中確率は小さい。

残された道はただ一つ。敵弾を回避しながら時を稼《かせ》ぎ、連合艦隊の救援を待つ以外にない。

「目標、上空の敵観測機。砲撃始めます」

岬恵介砲術長が復唱《ふくしょう》を返した。

声は、昨夜よりも落ち着いている。戦艦相手の戦闘を経験したことで、腹が据《す》わったのかもしれない。

数秒後、「青葉」の前甲板に発射炎が閃《ひらめ》き、砲声が艦橋を包んだ。

各砲塔の一番砲、合計六門の長一〇センチ砲が、砲門を開いたのだ。

上空から、一〇センチ砲弾六発の炸裂《さくれつ》音が届く。

続けて各砲塔の二番砲六門が火を噴《ふ》く。

「『加古』撃ち方始めました！」

艦橋見張員が、僚艦の動きを報告する。

「加古」は昨夜の戦闘で、高角砲一基を失ったが、残る五基一〇門の長一〇センチ砲に大仰角《だいぎょうかく》をかけ、砲撃を開始したのだ。

「プリンス・オブ・ウェールズ」に捕捉《ほそく》される前、「青葉」と「加古」は、米軍の四発重爆撃機《じゅうばくげきき》ボーイングB17〝フライング・フォートレス〟――「空の要《そら》《よう》塞《さい》」の異名《いみょう》を持つ機体四機を墜としている。

鈍足《どんそく》の水上機ぐらい、容易《たやす》く撃墜できるだろうと思っていた。

ところが、「敵機撃墜」の報告は、なかなか届かなかった。

「青葉」は第三射、第四射、第五射と、連続して一〇センチ砲弾を撃ち上げ、「加古」も負けじと砲撃を繰り返すが、それらが敵機を捉《とら》えることはない。

一〇センチ砲弾は、無駄《むだ》に弾片をばら撒《ま》くだけだ。

その間にも、「プリンス・オブ・ウェールズ」の三五・六センチ砲弾が飛来し、「鳥海」の周囲に弾着の水柱を噴き上げる。

「砲術、どうした！」

たまりかねたように久宗が叫《さけ》んだとき、上空で一際《ひときわ》巨大な爆発音が轟《とどろ》いた。

「敵観測機、撃墜！」

岬が、喘《あえ》ぐような声で報告する。

弱敵《じゃくてき》と侮《あなど》っていた敵機に、意外と苦戦した様子だ。

「鈍足の水上機に手こずるものだな」

「敵機が逃げ回ったためでしょう」

貴島首席参謀の一言に、桃園は応《こた》えた。

英軍の観測機――フェアリー・ソードフィッシュの水上機型は、複葉羽布《はふ》張りという古めかしい機体だが、翼面荷重《かじゅう》が小さく、旋回性能が高い。

右に、左にと逃げ回ったため、狙《ねら》いが定まらず、なかなか墜とせなかったのだろう、と見解を述べた。

「後部見張りより艦橋。敵戦艦沈黙！」

新たな報告が、艦橋に届く。

「プリンス・オブ・ウェールズ」は、観測機を失い、射撃精度を確保できなくなったため、一時的に砲撃を中止したようだ。

「少し時間を稼げるな」

五藤が桃園に微笑《びしょう》を向けた。観測機を狙うとの判断は見事《みごと》だった、と言いたげだった。

静寂《せいじゃく》は、長くは続かなかった。

「左一七〇度に機影確認。新たな観測機です！」

後部見張員が報告を送って来た。

「プリンス・オブ・ウェールズ」は、二機目を繰り出したのだ。

「砲術より艦長。目標、後方より接近せる敵観測機。引きつけてから撃ちます」

久宗が命令を出すより早く、岬が宣言《せんげん》するように報告した。

岬は近距離から撃つことで、必中《ひっちゅう》を狙うと決めたようだ。

観測機の爆音が、微《かす》かに聞こえ始める。

「そろそろか？」

桃園が口中《こうちゅう》で呟いたとき、

「敵観測機、右に旋回。本艦を回避する模様《もよう》！」

見張員が叫んだ。

桃園は、右舷側を見た。

複葉の水上機が大きく旋回しつつ、輪型陣の前方に回り込もうとしている。

敵は「青葉」の対空火力に恐れをなし、回避を図《はか》ったのだ。

岬が「撃ち方始め！」を下令《かれい》したのだろう、「青葉」の長一〇センチ砲が火を噴いた。

第一射弾は、敵機の後ろで炸裂し、弾片をばら撒くだけに留《とど》まった。

「青葉」の長一〇センチ高角砲が左に旋回し、敵機の動きを追う。各砲塔が砲撃を繰り返すが、敵機を捉える射弾はない。

敵の観測機は、長一〇センチ砲の射程外を飛び、「青葉」の射弾に空を切らせたのだ。

「前車《ぜんしゃ》の轍《てつ》は踏《ふ》まぬということか」

舌打ちしつつ、桃園は呟いた。

「青葉」の長一〇センチ砲が沈黙したとき、

「敵艦発砲！」

後部見張員の報告が飛び込んだ。

再び、敵弾の飛翔音が轟き、「鳥海」の艦首付近に弾着の水柱が奔騰した。

艦が水柱の中に突っ込み、しばし姿が見えなくなるが、ほどなく飛沫《しぶき》の中から、「鳥海」が特徴ある姿を現した。

「『鳥海』より受信！　『各艦ハ我《ワレ》ヲ省《カエリ》ミズ避退《ヒタイ》セヨ』」

通信室に詰《つ》めている通信参謀関野英夫《せきのひでお》少佐が報告した。

小沢の意図《いと》は明白《めいはく》だ。

「プリンス・オブ・ウェールズ」の最大速度は二八ノットであるから、各艦が最大戦速を発揮すれば、避退はできる。

「鳥海」とその乗員八三五名、小沢以下の南遣艦隊司令部幕僚《ばくりょう》は犠牲《ぎせい》になるが――。

「六戦隊針路二五五度。『加古』に信号。『我ニ続ケ』」

五藤が意を決したように命じた。

次いで、いたずらを企《たくら》む悪童《あくどう》のような表情で久宗に言った。

「本艦の通信機は故障中だ。『鳥海』から何か言ってきたが、受信はできなかった。そうだな？」

「呉《くれ》に戻ったら、工廠《こうしょう》の連中に文句《もんく》を言ってやらねばなりませんな」

久宗が笑いながら答えた。

五藤の言葉の意味が分からぬ者はいない。

第六戦隊の二隻は、「鳥海」と小沢長官を守るため、「プリンス・オブ・ウェールズ」に勝算《しょうさん》のない戦いを挑《いど》もうとしている。

「航海、面舵《おもかじ》一杯。本艦針路――」

久宗が下令しかかったとき、

「敵観測機、反転。避退します！」

艦橋見張員が、歓声混じりの報告を上げた。

「味方艦の対空射撃か？」

久宗の問いに、見張員は予想外の答を返した。

「零戦です！　味方機の来援です！」

2

敵の複葉機が機体を翻《ひるがえ》し、慌《あわ》てふためいて遁走《とんそう》してゆく姿は、九七式艦上攻撃機のコクピットからも、はっきり見えた。

空母《くうぼ》「飛龍《ひりゅう》」の飛行隊長と艦攻隊長を兼任する楠美正少佐《くすみただし》は、視線を海面に転じた。

南方部隊の後方に、一隻の戦艦が見える。

米海軍の主力戦艦とは、異なる形状だ。艦の中央には、箱のようにがっしりした艦橋が鎮座《ちんざ》している。

英国海軍の最新鋭戦艦「プリンス・オブ・ウェールズ」。

予定通り、真珠湾《しんじゅわん》攻撃が行われていれば、第一航空艦隊の艦上機が遭遇《そうぐう》することはなかった艦だ。

「福田《ふくだ》、全機宛発信。『敵発見。突撃隊形作《ト ツ》レ』」

楠美は、指揮官機の電信員を務める福田政雄《まさお》一等飛行兵曹に命じた。

第二航空戦隊の艦攻全機――楠美が直率《じきそつ》する「飛龍」艦攻隊と、阿部平次郎《あべへいじろう》大尉が率いる「蒼龍《そうりゅう》」艦攻隊が左右に分かれた。

南方部隊の上空を通過しつつ、高度を下げる。味方の巡洋艦、駆逐艦が、後方へと消える。

「永久に足止《あしど》めしてやる」

第一中隊を先導しつつ、楠美は敵艦にその言葉を投げかけた。

第一航空艦隊はこの日、第一艦隊と共に、台湾《たいわん》・高雄《たかお》と海南島・三亜港《さんあこう》の中間海面に進出した。

夜明けと同時に索敵《さくてき》機が飛び立ち、敵艦隊の捜索《そうさく》を開始したが、「敵艦隊見ユ」の第一報が入電する前に、南遣艦隊からの緊急信が飛び込んだ。

「我、敵ノ追撃ヲ受ク。敵ハ戦艦一、駆逐艦二。戦艦ハ『プリンス・オブ・ウェールズ』ト認ム。位置、『三亜港』ヨリノ方位七五度、二〇〇浬《カイリ》。一〇三七《ヒトマルサンナナ》（現地時間九時三七分）」

との電文が、「鳥海」より発せられたのだ。

一航艦では、第一次攻撃隊として一八三機を準備していたが、戦艦一隻にこの数は多すぎる。

英艦隊を攻撃している最中に、米艦隊が出現する可能性もある。


一航艦司令部では、それらを考慮し、二航戦の攻撃隊を救援任務に充てると決めたのだ。

「目的は、南遣艦隊の救援だ。敵戦艦は撃沈に至らずとも、足止めするだけで充分だ」

「飛龍」の飛行長川口益《かわぐちすすむ》少佐は、楠美らにそう言ったが、「足止め」だけで終わらせるつもりは、楠美にはない。

二航戦の艦攻隊は、「飛龍」「蒼龍」共に一八機。

真珠湾攻撃が予定通りに実施されていれば、一部の機体は重量八〇〇キロの徹甲《てっこう》爆弾を搭載し、水平爆撃を行うことになっていたが、任務が変更になったため、全機が雷装《らいそう》で出撃している。

三六機で雷撃をかければ、撃沈は可能だ。

「敵戦艦、面舵！」

偵察員の近藤正次郎《こんどうしょうじろう》中尉が叫んだ。

報告された通り、「プリンス・オブ・ウェールズ」が右に回頭を始めている。

攻撃隊の動きを見て、回避運動に入ったのだ。

「逃がしはせん」

楠美は、その言葉を敵に投げかけた。

「プリンス・オブ・ウェールズ」は、三五・六センチ主砲一〇門の火力と、二八ノットの最高速度を併《あわ》せ持つ高速戦艦だが、航空機に比べれば遥《はる》かに遅い。

楠美は敵艦の動きを睨《にら》みつつ、「飛龍」艦攻隊の一七機を、海面近くの低高度まで誘導する。

一個中隊六機ずつ、三隊に分かれ、横一線《よこいっせん》に展開する。

三段構えの雷撃だ。第一中隊が失敗しても第二中隊、第三中隊が、連続して雷撃を敢行《かんこう》する。

突撃に移ったときには、「プリンス・オブ・ウェールズ」の針路は逆向きになっている。

「飛龍」隊は、目標の左舷側から突撃する形だ。

「敵艦発砲！」

近藤が注意を喚起《かんき》した。

楠美は顔を上げ、正面を見据《みす》えた。

「プリンス・オブ・ウェールズ」が回頭しながら、艦上に発射炎を閃かせている。

楠美機の前方や左右で敵弾が炸裂し、黒々《くろぐろ》とした爆煙が湧《わ》き出す。

弾量は、さほど多くない。「プリンス・オブ・ウェールズ」ほどの巨体であれば、相当数の高角砲、機銃を装備できるはずだが、射弾の密度は低く、狙いも正確とは言えない。

（英海軍らしくないな）

そんな疑問が、楠美の脳裏《のうり》をかすめた。

英海軍は欧州《おうしゅう》でドイツ空軍と戦い、航空機の脅威《きょうい》を思い知らされているはずだ。その英海軍の戦艦が、対空兵装の強化を怠《おこた》るとは考え難《にく》い。

疑問に囚《とら》われたのは、ごく一瞬だ。意識を、目の前の敵戦艦に集中する。

現在の距離は二〇《フタマル》（二〇〇〇メートル）。

射点は、まだ少し遠い。必中を期《き》すには、ぎりぎりまで距離を詰めたい。

照準器《しょうじゅんき》の白い環《わ》の向こうに、白波を蹴立《けた》てる巨

日本海軍 九七式艦上攻撃機

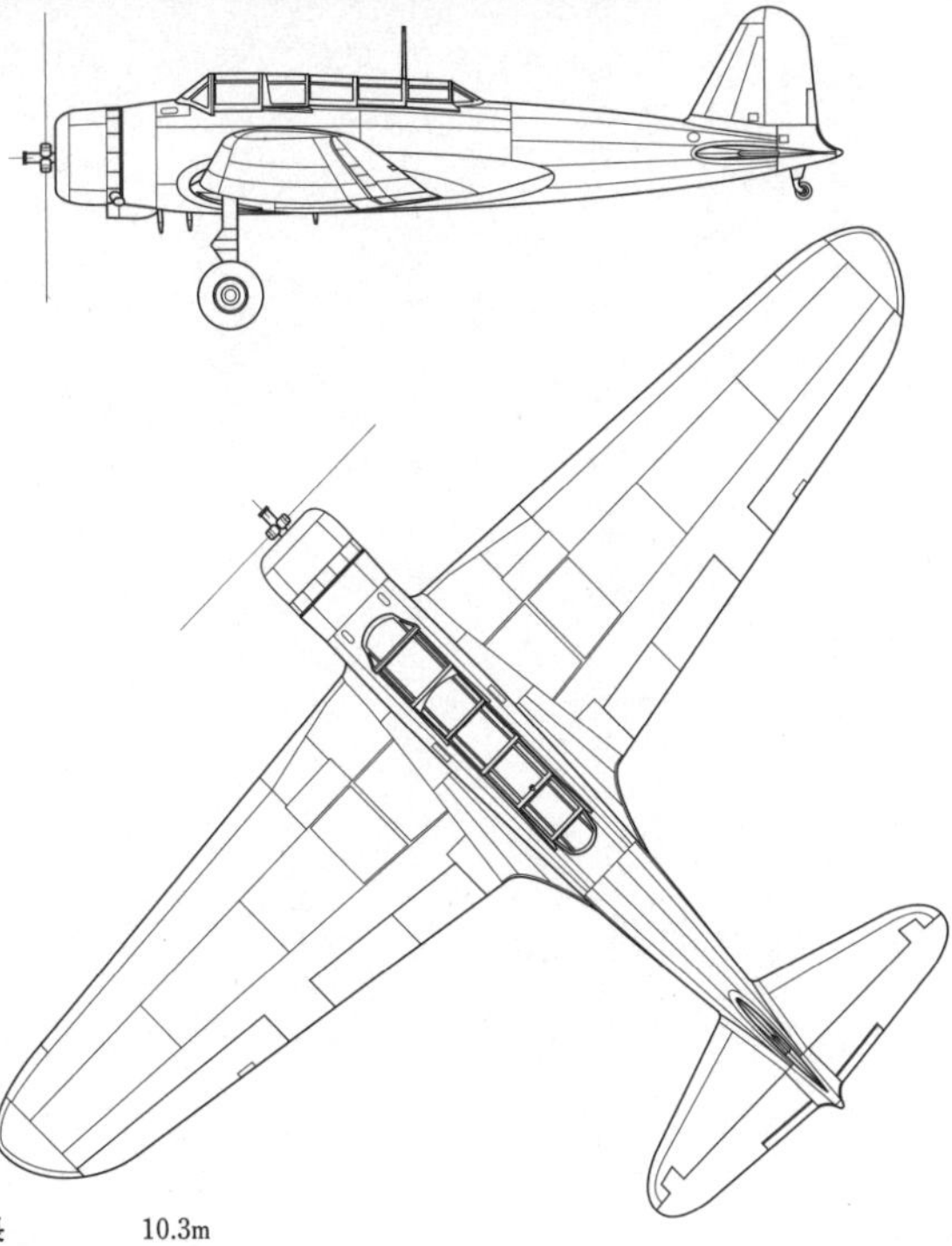

全長	10.3m
翼幅	15.5m
全備重量	3,800kg
発動機	栄一一型 970馬力
最大速度	378km/時
兵装	7.7mm機銃×1丁(後席旋回)
	800kg魚雷×1 または 爆弾 最大800kg
乗員数	3名

中島飛行機が開発した艦上攻撃機。昭和12年1月に初飛行、その後、発動機を栄一一型に変更し、量産が開始された。日本海軍としては初めての全金属製、低翼単葉機で、引込脚の採用によりそれまでの九六式艦上攻撃機に比べ時速100キロ以上高速化している。ほかにも、可変ピッチプロペラ、密閉式コクピットなど、数々の新技術が投入されている。

昭和16年現在、主力艦上攻撃機として各空母部隊に配備されている。

艦の艦首が見える。飛沫の激しさから見て、最大戦速で航進《こうしん》していることは間違いない。

「ちょい左」

自身に確認するように呟き、針路を僅《わず》かに左へとずらす。

敵の艦上に新たな発射炎が閃き、真っ赤な火箭《かせん》が飛んで来る。

楠美は、操縦桿《そうじゅうかん》を前方に押し込む。

機体が、波頭《なみがしら》に接触しそうな高度まで下がる。海面が、手を伸ばせば届くのではないかと思えるほど近づく。

敵弾は楠美機の頭上をかすめ、後方へと抜ける。

弾量はさほど多くないが、油断は禁物《きんもつ》だ。開戦後、三日目で、戦死者名簿に載りたくはない。

目標との距離が一〇〇〇メートルを切る。

楠美は操縦桿を微妙に調整し、「プリンス・オブ・ウェールズ」の未来位置に照準を合わせる。

「〇八《マルハチ》（八〇〇メートル）……〇六《マルロク》……」

声に出して、目標との距離を測る。数字が小さくなるにつれ、「プリンス・オブ・ウェールズ」の姿が拡大し、細部がはっきりする。

「用意、てっ！」

一声叫ぶと同時に、楠美は投下レバーを引いた。足下《あしもと》から機械の動作音が伝わり、九七艦攻がつまみ上げられるように上昇した。

重量八〇〇キロの航空魚雷を投下した反動で、機体が飛び上がったのだ。

「一中隊、全機発射！」

偵察員席の近藤が、興奮した声で報告を送る。

楠美機は「プリンス・オブ・ウェールズ」の前甲板上空を飛び越し、右舷側へと抜けた。

首を右にねじ曲げ、「プリンス・オブ・ウェールズ」の艦上を見たとき、楠美は同艦の対空砲火が弱々《よわよわ》しかった理由を悟《さと》った。

戦艦の巨弾を撃ち込まれた跡《あと》は見当たらないものの、艦橋や煙突《えんとつ》の脇《わき》に、おびただしい破片が散乱している。

昨日の夜戦で、南方部隊の巡洋艦、駆逐艦が、「プリンス・オブ・ウェールズ」に多数の中小口径砲弾を撃ち込み、対空火器を破壊したのだろう。

楠美機は、再び海面すれすれの低空に降りる。

敵艦の艦尾付近に、九七艦攻の編隊が見える。

阿部大尉が率いる「蒼龍」の艦攻隊だ。「飛龍」隊同様、投雷を終え、離脱を図っているのだ。

(何本命中するか)

敵艦から遠ざかりながら、楠美は腹の底で呟いた。

やがて――。

「水柱一本……二本……三本確認！　続いて四本目！　五本目！」

「目標の右舷側にも水柱確認！」

福田と近藤が、歓声混じりの声で報告した。

八本の命中を確認したところで、楠美は操縦桿を手前に引き、上昇を開始した。

高度計の針が二〇〇〇を指したところで、海面を見下ろした。

想像していたよりも遥かに凄《すさ》まじい光景が、視界に飛び込んで来た。

「プリンス・オブ・ウェールズ」の姿は全く見えず、海上には黒雲《くろくも》さながらの黒煙がわだかまっている。

黒煙の中では、時折《ときおり》爆発が起こり、煙が吹き散らされるが、すぐに新たな黒煙が湧き出す。

艦の姿が露《あら》わになることは、決してない。

雷雲《らいうん》が海面付近まで降りて来たような眺《なが》めだった。

楠美は、福田に命じた。

「司令部宛打電せよ。『我、英戦艦一ヲ雷撃ス。魚雷八本ノ命中ヲ確認ス。一一五六《ヒトヒトゴロク》(現地時間一〇時五六分)』」

多数の魚雷が命中した「プリンス・オブ・ウェールズ」の姿は、「青葉」や「加古」の艦上からも視認できた。

「敵戦艦、大火災。行《ゆ》き足止《あし》まりました！」

　後部見張員の報告より少し遅れて、通信室からも報告が上げられる。

「友軍機の報告電を受信。『我、英戦艦一ヲ雷撃ス。魚雷八本ノ命中ヲ確認ス。一一五六《ヒトヒトゴロク》』」

「青葉」の艦橋では、張り詰めていた空気が、一気に緩んだように感じられた。

　飛来した艦攻隊は、「鳥海」を窮地《きゅうち》から救うと共に、「プリンス・オブ・ウェールズ」を航行不能に陥れる大戦果を上げたのだ。

「小沢長官と『鳥海』が助かっただけではない。我々は、歴史的な瞬間に立ち会ったことになる」

　五藤の一言に、貴島や久宗が、大事なことを思い出した、と言いたげな表情を浮かべた。

　長年、列国《れっこく》の海軍では、「航空機と戦艦はどちらが強いか」という問題について議論が戦わされて来たが、たった今決着《けっちゃく》がついた。

　昨年、既にイギリス海軍のフェアリー・ソードフイッシュ雷撃機が、タラント軍港のイタリア艦隊を奇襲《きしゅう》し、戦艦を撃沈した実績を上げたが、このときはイタリアの戦艦群が停泊中だったことから、「航空機が戦艦に勝てるとの証明にはならない」とされて来た。

　だが今回は、洋上で作戦行動中の戦艦に、航空機が打ち勝ったのだ。

「敵戦艦に止《とど》めを刺す必要はないでしょうか？」

　久宗が、質問の形を取って具申《ぐしん》した。

「青葉」は、夜戦で一番発射管の魚雷四本を使用したが、二番発射管の魚雷は手つかずで残っている。

　残存魚雷を「プリンス・オブ・ウェールズ」に撃ち込み、止めを刺すべきではないか、と主張したいようだ。

　五藤はかぶりを振った。

「英国の最新鋭戦艦といえども、八本もの被雷には耐えられまい」

イギリス東洋艦隊司令長官トーマス・フィリップス大将は、旗艦「プリンス・オブ・ウェールズ」の艦橋で、放心状態に陥《おちい》っていた。

状況の急転に、頭がついて行かない。

「プリンス・オブ・ウェールズ」は日本艦隊の残存部隊を追撃し、追い詰めていた。

あと一度か二度の砲撃で、輪型陣の中央に位置する敵の旗艦に三五・六センチ砲弾を直撃させ、轟沈させることが可能なところまで来ていたのだ。

それが、敵機の出現と同時に逆転した。

「プリンス・オブ・ウェールズ」は八本もの魚雷を撃ち込まれ、完全に動きを止めている。

火災は艦底部の複数箇所《かしょ》で発生したため、全てには消火の手が回らない。右舷側からの浸水《しんすい》量が、左舷側のそれを上回るためだろう、艦は吃水《きっすい》を大きく下げていることに加え、右に傾斜している。

日本艦隊を追い詰めていた立場が、逆に追い詰められている。

現実とは思えないほどの逆転劇だった。

「長官、本艦はもはや沈没を免れません。速《すみ》やかに、退艦《たいかん》なさって下さい」

「プリンス・オブ・ウェールズ」艦長ジョン・リーチ大佐の言葉に、フィリップスはのろのろと顔を上げた。

リーチの顔は、吹き込んで来た黒煙のため、炭鉱《たんこう》夫《ふ》の顔のように黒く汚れている。

自分も、同じ顔をしているのかもしれない——妙に場違《ばちが》いな考えが、フィリップスの脳裏に浮かんだ。

「沈没を免れない……？」

フィリップスは、その一言を繰り返した。

「被雷は八本です。浸水は複数箇所から同時に発生していることに加え、応急班員は火災に妨《さまた》げられ、浸水箇所に近づくこともできません。手遅《ており》れになる前に、退艦なさっていただきたいのです」

「ありがたいが《サンキュー》、結構だ《ノー》」

フィリップスはかぶりを振り、一言だけで答えた。

「長官は、大事なお身体です。本艦は私に任せ、退艦なさって下さい」

「大英帝国海軍《ロイヤル・ネイヴィー》は、私を必要とするまい」

生還《せいかん》したときの自分の運命が、フィリップスには見えている。

最新鋭戦艦を失った指揮官を、海軍が許すとは思えない。しかも、盟邦《めいほう》アメリカの戦艦と衝突事故を起こしそうになるなど、大英帝国海軍の恥《はじ》をさらしている。

厳重な査問《さもん》会にかけられた挙《あ》げ句《く》の予備役《よびえき》編入。それ以外の運命は考えられない。

不名誉《ふめいよ》と死の二者択一《にしゃたくいつ》なら、後者を選びたい。

「貴官こそ退艦したまえ。貴官なら、今後幾《いく》らでも祖国に貢献《こうけん》できるはずだ」

「艦長が、艦を捨てて逃げるわけには参りません」

フィリップスの勧めに、リーチはかぶりを振った。なおも押し問答《もんどう》を繰り返したが、フィリップスも、リーチも、考えを変えることはなかった。

「聞いての通りだ、首席参謀。私にも、艦長にも、退艦の意志はない。貴官は生還し、今回の戦訓《せんくん》を今後に活かしてくれ」

「……分かりました」

首席参謀サイモン・ヘイワーズ大佐が、直立不動《ちょくりつふどう》の姿勢を取って敬礼した。

全員が戦闘艦橋から立ち去り、フィリップスとリーチだけが残された。

二人とも、何も言わない。

互《たが》いに、艦と共に沈みゆく身だ。何を言っても仕方がない。

その考えは、共通していた。

浸水に伴い、艦のバランスが大きく崩《くず》れたのだろう、「プリンス・オブ・ウェールズ」の艦尾が大きく沈み込み、艦橋の床が急坂《きゅうはん》と化した。

艦が海面下に姿を消すまで、艦橋の中で言葉が発せられることはなかった。

3

「プリンス・オブ・ウェールズ」が海面下に姿を消し、随伴《ずいはん》していた駆逐艦が、脱出した乗員の救助に当たっているとき、南に大きく離れた海面で、新たな戦闘が始まろうとしていた。

「見つけたか！」

第一航空艦隊の総飛行隊長淵田美津雄《ふちだみつお》中佐は、僚機の動きを見て、小さく叫んだ。

空母「加賀《かが》」の艦攻隊長橋口喬《はしぐちたかし》少佐の機体がバンクし、合図《あいず》を送っている。

「あれか」

淵田は、探し求めていた艦影を左前方に見出《みいだ》した。

大小数十隻の艦隊が、東に向かっている。

航跡の長さから、速力は一四、五ノットと見積《みつ》もられる。

艦艇の数から見て、米太平洋艦隊の主力に間違いない。

昨夜、海南島沖で南方部隊と一戦交えた後、一旦《いったん》後退し、連合艦隊主力との決戦に備えようとしているのだろう。

敵戦闘機の姿は見当たらない。

空母を伴っているなら、直衛《ちょくえい》機がいるはずだと考えていたが、攻撃隊に向かって来る敵機はない。

敵の水上砲戦部隊と機動部隊は、あまり上手《うま》く連携が取れていないのかもしれない。

「英戦艦への攻撃隊を絞ったのは、正解だったな」

淵田は、出撃前の一幕《ひとまく》を思い起こした。

索敵機の第一報が届いたのは、「蒼龍」「飛龍」の攻撃隊が、南方部隊の救援に飛び立った直後だ。

報告電は、

「敵艦隊見ユ。位置、『三亜港』ヨリノ方位九〇度、一六〇浬。敵ハ戦艦九、巡洋艦、駆逐艦多数。敵針路九〇度。一〇五一《ヒトマルゴヒト》（現地時間九時五一分）」

と伝えており、一航艦司令部では、

「昨夜、南方部隊と戦った敵艦隊に間違いない」

と判断した。

このとき、

「攻撃隊の発進は、待つべきではないか」

との意見が、司令部の中で上がった。

米太平洋艦隊は、空母を伴っている可能性が高い。まず空母を叩《たた》き、しかる後に戦艦を攻撃すべきだ、との意見だ。

詳しいやり取りは不明だが、司令長官の南雲忠一《なぐもちゅういち》中将は「見敵必戦《けんてきひっせん》」と考えたのだろう、第一次攻撃隊に出撃を命じたのだった。

第一次攻撃隊の機数は、南方部隊の救援に向かった二航戦の攻撃隊を除いて一三三機。

艦爆、艦攻は五四機ずつだ。

敵の戦艦は九隻。

全艦をまんべんなく叩くか、目標を絞って確実に沈めるか。

「『加賀』指揮官機より受信。『目標ノ指示願フ』」

電信員席の水木徳信《みずきよしのぶ》一等飛行兵曹が報告した。

橋口が、催促《さいそく》して来たのだ。

早く、胴体下に抱えて来た航空魚雷を敵艦の土手《どて》っ腹《ぱら》に叩き込んでやりたい。

予定より三日遅れになったが、本来の任務である米太平洋艦隊への攻撃を、すぐにでも始めたい。そんな待ち切れない思いが感じられた。

(どうする?)

淵田は、敵の陣形《じんけい》を凝視《ぎょうし》した。

敵艦隊は、戦艦を中央に置いた輪型陣二組を組んでいる。

左前方が戦艦五隻、右後方が戦艦四隻だ。

「水木、全機宛打電。『目標、左前方ノ敵艦隊。〈赤城《あかぎ》〉隊、〈翔鶴《しょうかく》〉隊目標、敵戦艦一、三番艦。〈加賀〉隊、〈瑞鶴《ずいかく》〉隊目標、敵戦艦二、四番艦。突撃隊形作レ』」

淵田は断《だん》を下した。

攻撃隊の手前に見える輪型陣を目標とし、敵戦艦四隻に雷爆同時攻撃をかけるのだ。

残りの敵戦艦は、この後に待機している第二次攻撃隊が叩いてくれるだろう。

「松崎《まつざき》、『赤城』隊を誘導しろ」

「『赤城』隊を誘導します」

淵田の命令に、操縦員席の松崎三男《みつお》大尉が復唱を返した。

バンクして後続機に合図を送り、敵艦隊の前方から右方へと回り込む。

「加賀」の艦攻隊は、橋口機の誘導に従い、敵艦隊の左方に展開しつつ、高度を下げてゆく。

第五航空戦隊の九九艦爆五四機も、展開を始めている。各中隊毎《ごと》に分かれ、指揮官機を先頭に、斜《なな》め単横陣《たんおうじん》を形成するのだ。

「赤城」の艦攻隊は、淵田機の誘導に従い、海面すれすれの高度に舞い降りた。

淵田が直率する第一、二、三中隊の九七艦攻一五機が、各中隊毎に分かれ、単横陣を形成する。真珠湾攻撃では水平爆撃を担当する予定だったが、状況が変わった現在は、全機が胴体下に九一式航空魚雷を抱えている。

淵田は、左方に目をやった。

「赤城」飛行隊長兼艦攻隊長村田重治《むらたしげはる》少佐が率いる第四、第五中隊一二機が展開を始めている。

（浅海面《せんかいめん》での雷撃訓練が無駄になってしまったな）

胸中《きょうちゅう》で、淵田は村田に呼びかけた。

真珠湾は水深が浅いため、魚雷を投下しても海底に突き刺さってしまう。

この問題を解決するため、横須賀《よこすか》航空隊と海軍航《こう》空技術廠《くうぎじゅつしょう》が魚雷の沈下《ちんか》を最小限に抑《おさ》えられる安定板を開発したが、村田が率いる雷撃隊もこれと並行して、浅海面における雷撃法を研究した。

その結果、高度七メートルで発射時の速度を一〇〇ノットに抑え、かつ機首を四・五度に上向けた状態で発射すれば、魚雷の沈下は一〇メートル以内に留まることが突き止められたのだ。

決戦場が南シナ海になったため、研究は無駄に終わったことになる。

「難しい雷撃を部下にやらせる必要がなくなって、かえってよかったですよ」

村田は出撃前、笑顔でそう言っていたが、内心《ないしん》は穏《おだ》やかではなかったのでは、という気がした。

「全機宛発信。『全軍突撃セヨ』」

「赤城」隊の展開を確認したところで、淵田は水木に命じた。

松崎が、エンジン・スロットルを開いた。

中島《なかじま》「栄《さかえ》」一一型エンジンが力強《ちからづよ》く咆哮《ほうこう》し、全備重量三・八トンの機体が加速された。

それを待っていたかのように、輪型陣の外郭《がいかく》に、多数の発射炎が閃いた。

巡洋艦、駆逐艦が、対空射撃を開始したのだ。

艦攻隊の面前《めんぜん》で、次々と敵弾が弾《はじ》け、黒い爆煙が湧き出す。

時折、淵田機の近くで炸裂する敵弾があり、艦攻が爆風に煽《あお》られる。

機体が大きく傾《かたむ》き、翼端が海面に接触しそうに感じられるが、松崎はすぐに姿勢を立て直す。

どす黒い爆煙が漂《ただよ》い、弾片が高速で飛び交う中、「赤城」隊の九七艦攻二七機は、フル・スロットルのエンジン音を轟かせながら、輪型陣の内側を指して突っ込んでゆく。

「右前方に巡洋艦が見える。艦尾付近を抜けろ!」

エンジン音と風切《かざき》り音、敵弾の炸裂音が周囲を満たす中、淵田は怒鳴《どな》り込むような大声で、松崎に指示を与えた。

「巡洋艦の艦尾付近を抜けます!」

松崎の復唱が伝わる。

接近するにつれ、対空砲火は激しさを増す。

淵田が直率する第一中隊には、被弾・撃墜される機体はなかったが、後続する第二中隊の一機が火を噴き、黒煙を引きずりながら海面に突入した。

淵田機も爆風に煽られ、あるいは弾片に主翼や胴を叩かれる。

金槌《かなづち》で力任《ちからまか》せに殴《なぐ》られるような音が響《ひび》き、機体が僅かに振動する。

弾片が風防ガラスを破ってコクピットの中に飛び込んだり、外鈑《がいはん》を貫通《かんつう》されたりしてもおかしくないが、今のところ致命的な被害はない。

総指揮官を乗せた九七艦攻は、エンジン音を轟かせながら、海面に近い低高度を突き進んでいる。

淵田は顔を上げ、右前方を見つめた。

敵巡洋艦の艦影が拡大する。

がっしりした箱形の艦橋と、前後に大きく離れた二本の煙突を持つ艦だ。ニューオーリンズ級かブルックリン級――合衆国の数ある巡洋艦の中では、最も新しいクラスであろう。

淵田機は、速度、高度を一定に保ったまま、敵巡洋艦の艦尾をかすめた。

激しく泡立つ海面が、視界の中をよぎった。

正面に向き直った淵田の目に、巨大な三脚檣《さんきゃくしょう》をそびえ立たせた戦艦の姿が飛び込んで来た。

第一次攻撃隊が狙ったのは、第一《BD1》、第二《BD2》戦艦戦隊を中心とした部隊だった。

三五・六センチ主砲を装備した戦艦群だ。

真珠湾を出港したときには、ＢＤ１、２を合わせて六隻を擁《よう》していたが、昨夜の戦闘で太平洋艦隊旗艦「ペンシルヴェニア」が失われたため、五隻に減っている。

輪型陣では、ＢＤ１の「ネバダ」「アリゾナ」を前方に、ＢＤ２の「テネシー」「カリフォルニア」を後方に置いて、箱形の陣形を組ませ、中央に第一任務部隊《TF1》旗艦「オクラホマ」を配置していた。

「敵雷撃機一〇機以上、輪型陣外郭を突破！」

「急降下爆撃機多数、右三〇度、高度一万（フィート。約三〇〇〇メートル）！」

戦艦「ネバダ」の艦橋に、見張員の切迫《せっぱく》した報告

が飛び込むや、

「面舵一杯！」

「面舵一杯！」

「ネバダ」艦長フランシス・W・スキャンランド大佐は大音声《だいおんじょう》で下令し、航海長カール・ブルック中佐が操舵室に指示を送る。

若干《じゃっかん》の間を置いて、「ネバダ」は大きく艦首を右に振り、回頭を開始した。

スキャンランドは、日本機が輪型陣の左右に回り込んだ時点で雷撃を予想し、「面舵」を命じている。

二万九〇〇〇トンの基準排水量を持つ「ネバダ」は、舵《かじ》が利き始めるまでに時間がかかるが、予《あらかじ》め回頭したい方向に舵を切っておけば、短時間で回頭に入れるのだ。

全長一七七・七メートル、最大幅二九メートルの巨体が、前後にそびえる巨大な三脚檣を揺《ゆ》すりながら、大きく右に艦首を振る。

右舷側四基の二五口径一二・七センチ単装高角砲、同六基の五一口径一二・七センチ単装砲が火を噴く。

回頭しながらの射撃など、ほとんど当たらないが、敵の照準を狂わせることは可能なはずだ。

「右上空の敵機は固定脚の艦爆《キャリア・ボマー》。九九艦爆《ヴァル》です！」

「『ヘレナ』より報告。敵雷撃機は九七艦攻《ケイト》と判明」

艦橋見張員のビル・ポーター兵曹と通信長ジェフ・オドンネル少佐が、続けざまに報告を上げる。

ヴァルは開戦の二年前、一九三九年に採用された艦上爆撃機、ケイトは一九三七年に採用された艦上攻撃機だ。

どちらも制式採用から充分な時間が経過しているためだろう、日本海軍の主力機として多数が配備されている。

接近は、ヴァルの方が早い。ダイブ・ブレーキの甲高い音が、急速に接近して来る。

「二、三発は当たるな」

スキャンランドは、その覚悟《かくご》を決めた。

艦の回頭によって敵機との相対位置が変わり、ヴァルに左舷側をさらす形になっている。

転舵《てんだ》の命令が早過ぎたか、と悔《く》やんだが、今となってはどうにもならない。艦長としては、「ネバダ」の装甲鈑《そうこうばん》が、直撃に耐えるよう祈るだけだ。

左舷側から機銃の連射音が響き、青白い火箭が翔《か》け上がる。

片舷《かたげん》に四基を装備する一二・七ミリ単装機銃の対空射撃だ。装備数は少ないが、戦闘機が装備する機銃と同じであり、命中すれば高確率で撃墜できる。

「ヴァル一機撃墜！」

ポーターが報告するが、敵機はひるまない。ダイブ・ブレーキ音が更に拡大し、頭上を圧《あっ》する。

音が爆音に変わり、艦橋の頭上を右方に通過した。

二機目が通過した直後、左舷側海面に水柱が上がった。

距離は近いが、爆圧はさほど感じない。爆弾の重量は、五〇〇ポンドクラスといったところか。

二発目、三発目は、「ネバダ」の頭上を飛び越し、右舷側海面に落下する。

こちらも至近弾となったが、爆圧は小さい。「ネバダ」の巨体は、ほとんど揺らぐことなく回頭を続けている。

四発目で、直撃弾が出た。艦の後部から炸裂音と衝撃が伝わり、艦橋が僅かに震えた。

五発目、六発目が、続いて命中する。被弾の度《たび》に炸裂音が轟き、「ネバダ」の巨体は身震《みぶる》いする。

最終的に、三発が後部に命中した。

ダメージ・コントロール・チームから、被害状況報告が届くより早く、

「ケイト、本艦正面！」

ポーターが叫んだ。

「戻せ。舵中央！」

「戻せ。舵中央！」

スキャンランドの命令を、ブルック航海長が操舵室に伝える。

「ネバダ」が海面に描いていた円弧《えんこ》が緩やかになり、艦が直進に戻る。

投雷を終えたケイトは、爆音を轟かせながら、「ネバダ」の左右両舷付近を通過する。

「ネバダ」の一二・七ミリ単装機銃が、逃がさぬとばかりに火を噴くが、ケイトはフル・スロットルで、後方に抜けている。

「両舷前進全速！」

スキャンランドは、機関長トーマス・メイスン中佐に命じた。

艦底部から機関の振動が伝わり、回頭によって低下した速力が上がる。

真正面から、複数の雷跡が迫った。

「ネバダ」は二〇・五ノットの最大戦速で、雷跡の直中《ただなか》に突っ込んだ。

被雷の水柱が上がることも、衝撃が艦体を刺し貫《つらぬ》くこともない。

「ネバダ」の巨体は、全速航進に伴う水圧によって、魚雷を跳《は》ね飛ばしたのだ。

「さあ来い、ジャップ！」

スキャンランドは艦橋の中央に立ち、なおも前方から向かって来るケイトに向かって叫んだ。

「我が合衆国の戦艦が、泊地《はくち》で寝込みを襲われたイタリア戦艦と同じと思ったら――」

スキャンランドの言葉は、途中で凍りついた。

「『アリゾナ』被雷！　火災発生！」

の報告が、後部指揮所より飛び込んだのだ。

「『アリゾナ』に神の御加護《ごかご》を」

スキャンランドが祈ったとき、

「左三〇度より雷跡二！」

「右四五度より雷跡二！」

二つの報告が飛び込んだ。

「面舵――いや、取舵《とりかじ》」

スキャンランドは、しばし混乱した。

左前方と右前方の二方向から迫る魚雷を、転舵によって回避する術《すべ》はない。

「艦長、後進を！」

「停止、後進全速！」

ブルックの具申を受け、スキャンランドがメイスン機関長に下令したとき、

「雷跡、近い！」

悲鳴じみた報告が飛び込んだ。

直後、スキャンランドを始めとする「ネバダ」の乗員が、生涯《しょうがい》で初めて経験する強烈《きょうれつ》な衝撃が艦首を突き上げた。

巨大な水柱が奔騰し、三脚檣を大きく超えて伸び上がった。硝薬《しょうやく》の匂いをたっぷり含んだ海水が、艦首甲板や前部主砲塔の天蓋《てんがい》から降り注いだ。

速力が急減した「ネバダ」の右舷側に、二条の航跡が吸い込まれた。

先のものに劣《おと》らない衝撃が、二度連続して艦首を突き上げ、艦は上下に激しく揺さぶられた。海神《ネプチューン》が艦底部に手をかけ、激しく揺り動かしているようだった。

衝撃が収まったときには、「ネバダ」はその場に停止し、艦首を大きく沈めている。

全速航進の最中に、三本の魚雷が命中したのだ。前部に大量の浸水が発生したことは疑いない。

「ダメージ・コントロール・チーム、艦首艦底部に急行します！」

「無理と判断したら、すぐに報告してくれ」

チーフを務めるマイケル・リード少佐の報告に、スキャンランドは即答した。

艦首が大きく沈下していること、傾斜はなおも増しつつあることを考えると、「ネバダ」の運命には悲観的にならざるを得ない。

艦首艦底部から奔入《ほんにゅう》した海水は、艦内隔壁《かくへき》を次々とぶち抜き、艦内を侵《おか》していると思われる。

早めに退艦命令を出し、少しでも多くの乗員を助けた方が賢明かもしれない。

——このとき、「ネバダ」の周囲では、なお対空戦闘が続いている。

艦橋の床に立ち尽くしているスキャンランドの耳に、また新たな悲報が飛び込んだ。

「『オクラホマ』被雷！　火災発生！」


日本機が飛び去ってから一五分後、太平洋艦隊の上空に、新たな爆音が聞こえ始めた。

「ジャップの第二波か⁉」

「今襲って来られたら、どうにもならんぞ！」

TF1旗艦「オクラホマ」の甲板上に叫び声が飛び交ったが、

「ジャップの第二波ではありません。味方機の爆音です。F4Fです！」

TF1の航空参謀ケビン・ミラー中佐が叫んだ。

TF1司令官と太平洋艦隊司令長官の代行を兼任するウィリアム・パイ中将は、空を見上げた。

この少し前、太平洋艦隊の上空を我《わ》が物顔《ものがお》で飛び交っていた日本機とは、大きく形状の異なる機体が見える。

樽《たる》のように太い胴と、角張《かくば》った主翼を持つ戦闘機。合衆国海軍の主力艦上戦闘機グラマンF4F〝ワイルドキャット〟が姿を現していた。

F4F各機は、しきりにバンクを繰り返し、合図を送っている。

同士打ちを避けるため、「味方だ。撃つな」との意を込めているのだろう。

「手遅《ておく》れだ！」

パイは、吐き捨てるように言った。

あと一五分、いや三〇分早く来援してくれれば、艦隊の被害はもう少し抑えられた。

イギリス東洋艦隊といい、空母の艦上機隊といい、どうして我々は、かくも友軍に恵まれないのか。

「あの機数では、敵の直援機に圧倒されてしまったかもしれません」

ミラーが言った。

太平洋艦隊の上空に飛来したF4Fは、三〇機ほ

アメリカ海軍 ネバダ級戦艦「オクラホマ」

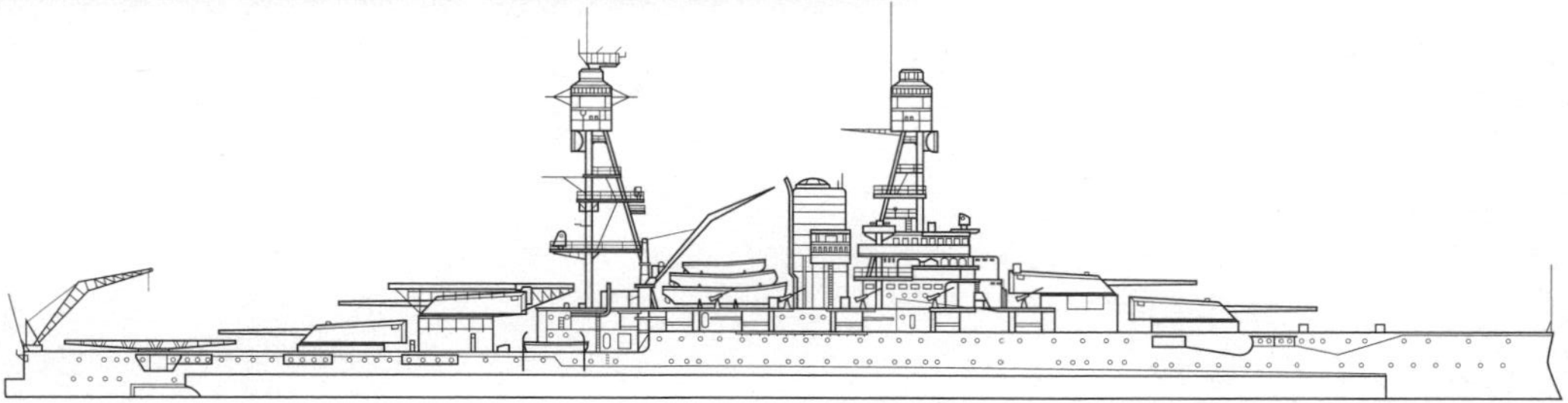

全長	177.7m
最大幅	29.0m
基準排水量	29,000トン
主機	重油専焼缶・レシプロ機関 2基／2軸
出力	24,800馬力
速力	20.5ノット
兵装	35.6cm 45口径 3連装砲 2基 6門
	35.6cm 45口径 連装砲 2基 4門
	12.7cm 51口径 単装速射砲 12門
	12.7cm 25口径 単装高角砲 8門
航空兵装	水上機 3機／射出機 1基
乗員数	1,301名
同型艦	ネバダ

アメリカ海軍が1911年度計画で建造した主力艦、ネバダ級の二番艦。ネバダ級は前級であるニューヨーク級と同じく35.6センチ砲を10門搭載したが、３連装砲塔と連装砲塔を混載したところに特徴がある。また、集中防御方式をはじめて採用し、排水量に比して優れた防御力を実現している。

本艦は1927年９月から29年７月にかけて近代化改修工事を受け、籠マストから三脚檣に変更されたほか、艦橋も大型化された。また、副砲は舷側に設けられたケースメイト式から上甲板に移設された。水線下にはバルジが装着され、復元性を増している。

これらの改装により近代戦に対応できる艦となった本艦は、太平洋艦隊の中核として様々な任務に従事している。

どだ。

一方日本軍の総数は、約一三〇機。うち三分の一が、戦闘機だと考えられる。

戦闘機の数だけで、F4Fを上回っていたのでは、ケイトやヴァルに手を出せたとは思えない——と、ミラーは述べた。

「戦闘機のことよりも、早く移乗しましょう。敵の第二波が来襲する前に、将旗を移しませんと」

「あ、ああ……」

参謀長ジェームズ・オズボーン大佐の具申を受け、パイは現在の状況を思い出した。

太平洋艦隊は「オクラホマ」「ネバダ」「アリゾナ」の三隻に大きな被害を受けた。

日本軍の攻撃隊は、輪型陣の外郭を固めていた巡洋艦、駆逐艦の対空砲火を難なく突破し、輪型陣の中央に位置する戦艦群に襲いかかったのだ。

五隻の戦艦は、使用可能な全ての対空火器を動員すると共に、懸命《けんめい》の回避運動を行ったが、敵の雷爆撃は精度が極めて高く、狙われた戦艦には、次々と爆弾、魚雷が命中した。

パイの旗艦「オクラホマ」には、爆弾二発、魚雷五本が命中。機関は完全に停止し、航行不能の状態。

「オクラホマ」の姉妹艦「ネバダ」には、爆弾三発、魚雷三本が命中。被雷箇所は艦首に集中し、大量の浸水が発生。

同艦のフランシス・W・スキャンランド艦長は、艦を救える見込みはないと判断し、既に「総員退艦」を下令した。

「アリゾナ」——昨夜沈んだ「ペンシルヴェニア」の姉妹艦には、爆弾五発、魚雷六本が命中。被雷箇所は左舷側に集中しており、艦は浸水に耐えかねて横転した。

戦艦「テネシー」も狙われたが、同艦は巧《たく》みな操艦によって魚雷を回避し、爆弾の命中も二発だけに留めている。

太平洋艦隊は、残存する九隻の戦艦のうち、三分の一を戦列からもぎ取られたのだ。

　パイは、一旦将旗を軽巡洋艦の「ヘレナ」に移すと決め、同艦の接舷《せつげん》を待っていたところに、F4Fが飛来したのだった。

「ハルゼーもフレッチャーも、何をやっていた！」

　パイは、空母部隊を率いる二人の指揮官の名を口にし、毒《どく》づいた。

　ハルゼーは第二任務部隊《TF2》司令官ウィリアム・ハルゼー少将、フレッチャーは第一四任務部隊《TF14》司令官フランク・フレッチャー少将だ。

　前者は空母「エンタープライズ」「レキシントン」を、後者は空母「サラトガ」を、それぞれ指揮下に置いている。

　二人の指揮官が日本艦隊を叩いていれば、戦艦喪《そう》失《しっ》の屈辱《くつじょく》を味わうのは、山本五十六《イソロク・ヤマモト》の方だったのだ。

　それを思うと、あらためて怒りを感じないではいられなかった。

　慰《なぐさ》めるような口調で、オズボーンが言った。

「ハルゼー提督にせよ、フレッチャー提督にせよ、決して消極的な指揮官ではありません。特にハルゼー提督の性格は、司令官もよく御存知のはずです。既に日本艦隊撃滅のため、行動を起こしているかもしれません」

4

　オズボーンの言葉は、東に一〇〇浬離れた海面で現実になろうとしていた。

　TF2旗艦「エンタープライズ」と僚艦「レキシントン」、及《およ》びTF14旗艦「サラトガ」の飛行甲板では、猛々《たけだけ》しい爆音が轟き、グラマンF4F〝ワイルドキャット〟とダグラスSBD〝ドーントレス〟が、続々と発艦しつつあったのだ。

「行け《ゴー》！」の命令と同時に、甲板員がチェッカーフラッグを振り、整備員が輪止《わど》めを払う。

　両翼に風を一杯にはらんだ機体が、短距離ランナーを思わせる勢いで飛び出し、飛行甲板を滑走する。

「『山猫《ワイルドキャット》』の機名を持つだけのことはあるな」

空母「サラトガ」の爆撃機隊《VB3》で、第三小隊を率いるマーチン・ベルナップ大尉は、一足先に発艦を開始したＦ４Ｆを眺めながら呟いた。

Ｆ４Ｆは、一見《いっけん》バーボン・ウイスキーの樽に翼を付けたような外見を持ち、お世辞《せじ》にもスマートとは言えない機体だが、動きは軽快だ。

どの機体も、飛行甲板の前縁を蹴るや、力強い爆音を立てて上昇してゆく。

「サラトガ」戦闘機隊《VF3》の発艦は一〇分足らずで終わり、ＶＢ３に順番が回って来た。

指揮官機が真っ先に滑走を始め、飛行甲板から脚が離れる。

機体が一旦沈み込み、飛行甲板の陰《かげ》に隠れるが、ほどなく姿を現し、上昇してゆく。

二番機、三番機が、続けて発艦する。

胴体下に一〇〇〇ポンド爆弾を提《さ》げているためか、Ｆ４Ｆよりはもたつくようだ。

「早くしろ、まだか」

口中での呟きが、インカムを通じて後席に伝わったらしい。

「半日待ったんです。あと一〇分かそこら、待てないこともないでしょう」

ベルナップとペアを組む偵察員ジェシー・オーエンス中尉が笑いながら言った。

「違いない」

ベルナップは苦笑《くしょう》した。

階級はベルナップの方が上だが、冷静さではオーエンスが勝っている。せっかちで、前に進みたがる傾向のあるベルナップにとり、手綱《たづな》の引き締め役を果たしていた。

(待たされた分、たっぷり暴れさせて貰うぜ)

ベルナップは、彼方《かなた》に待つ敵——日本軍の空母に呼びかけた。

ＴＦ２、ＴＦ14はこの日、日本軍の空母機動部隊と雌雄《しゆう》を決するべく、早朝から偵察機を放っていたが、「敵発見」の報告はなかなか届かず、艦上機のクルーは待機が続いた。

午後になり、ようやく「敵艦隊発見」の報告が入ったため、三隻の空母に、艦上機の出撃命令が下ったのだ。

報告によれば、南シナ海に出撃している日本軍の空母は六隻。護衛として、戦艦二隻、巡洋艦四隻ないし五隻、駆逐艦一〇隻前後が付いているという。

空母の数は合衆国側の倍だが、艦上機のクルーに動揺はない。

飛行甲板を叩いて発着艦不能に陥れてしまえば、空母はその時点で戦闘力を失い、艦上機は無力《むりょく》な存在となり果てる。

その後は雷撃機を出し、魚雷で止めを刺せばよい。

VB3のドーントレスが、胴体下の一〇〇〇ポンド爆弾を叩きつけ、敵空母の飛行甲板上に炎が躍る光景を、ベルナップは思い浮かべた。


ほどなく、第三小隊に順番が回って来た。

輪止めが払われると同時に、ベルナップはエンジン・スロットルをフルに開いた。

ライトR1820‐52空冷星型《ほしがた》九気筒エンジンが猛々しく咆哮し、ドーントレスが滑走を開始した。

爆音と風切り音を聞きながら、ベルナップはまだ見ぬ敵艦隊に呼びかけた。

「待ってろよ、ジャップ。クリスマスには少し早いが、素敵なプレゼントを届けてやる」

第二章　天を突く艦《ふね》

1

「艦上機が発艦します！」

防空巡洋艦「古鷹《ふるたか》」の射撃指揮所に報告が上げられた。

砲術長桂木光《かつらぎひかる》少佐は、左正横に位置する第一航空艦隊旗艦「赤城」を見た。

飛行甲板から、ほっそりした機体が次々と発進し、上昇してゆく。

「直衛だな」

桂木は呟いた。

零戦が発艦した以上、意味するところは一つしかない。敵の攻撃隊が、一航艦に迫りつつあるのだ。

「艦長より砲術。索敵機が敵戦爆連合の編隊を発見した。距離は、約六〇浬だ」

「古鷹」艦長荒木伝《あらきつたう》大佐が、桂木に情報を伝えた。

「あと、三〇分ありませんね」

桂木は、頭の中でざっと計算して言った。

米軍の艦上爆撃機ドーントレスの巡航速度は時速二三四キロ。艦上攻撃機デバステーターの巡航速度は時速二〇三キロ。

早ければ、二五分程度で上空に姿を見せるはずだ。

「本艦は、城の内堀《うちぼり》です。空母には、指一本触れさせません」

桂木は荒木に伝え、艦内電話の受話器を置いた。

「本艦と『衣笠《きぬがさ》』で、六隻の空母を守り切れるかどうか、だな」

桂木は、一航艦の陣形を思い描いた。

「古鷹」が所属する六戦隊の第二小隊は、開戦時点では予備兵力として、内地《ないち》で待機することになっていた。

ところが、米太平洋艦隊のフィリピン回航《かいこう》によって、急遽《きゅうきょ》一航艦への編入が決まり、六隻の空母と共に、南シナ海に出撃することとなったのだ。

現在、「古鷹」は輪型陣の右前方に、僚艦「衣笠」

は左前方に、それぞれ位置している。

「古鷹」は一航艦の旗艦「赤城」の右正横を、「衣笠」は第一航空戦隊の二番艦「加賀」の左正横を、それぞれ守る格好だ。

前方か左右から侵入を図る敵機には対応が可能だが、敵機が後方に回り込み、第五航空戦隊の「瑞鶴」「翔鶴」を狙って来たら対応は難しい。

輪型陣の後方では、第三戦隊の高速戦艦「比叡《ひえい》」「霧島《きりしま》」が睨みを利かせているものの、両艦の対空火器は一二・七センチ連装高角砲四基であり、「古鷹」「衣笠」より劣る。

南方部隊と行動を共にしている「青葉」と「加古」がいれば、六隻の空母全てを守ることも可能なのだが——。

「本艦は、本艦にできることをするまでだ。後輩《こうはい》には、負けられんからな」

桂木は、六戦隊旗艦「青葉」に乗っている桃園幹夫砲術参謀の丸顔を思い出し、口中で呟いた。

桃園は、江田島《えたじま》では桂木の二期後輩に当たる。在校中は、さんざん鉄拳《てっけん》制裁をくれた相手だ。

桃園は軟弱《なんじゃく》そうな顔つきをしていたためか、他の生徒の倍とはいかないまでも、三割ほど多く殴った記憶がある。

その桃園と、桂木は六戦隊で再会した。

六戦隊の砲術参謀となった桃園が、「古鷹」の母港である横須賀を訪れ、対空戦闘の訓練計画について打ち合わせたとき、桂木は反発を覚えた。

階級は同じ少佐だが、先任順位は桂木が上だ。

しかも桃園は、江田島でさんざん殴った相手だ。

「どうして俺が、三号生徒の指示で」と思わずにはいられなかったが、艦長の命令がある以上、表面上は反発を隠して、桃園が作成した訓練計画に従った。

癪《しゃく》ではあったが、桃園の計画が理《り》にかなったものであることは、認めざるを得ない。

全体を貫く考え方は、「艦隊全体の空襲被害を、いかにして最小限に留めるか」であり、護衛の対象が空母である場合、戦艦である場合、更には輸送船である場合まで、幅広く考えられている。

桂木は、自艦のことを第一に考えねばならない立場だが、桃園の視野は艦隊全体、ひいては海軍全体にまで及んでいる。

聞いたところによれば、桃園は高等科学生として砲術学校に学んだとき、他の者があまり関心を持たない「対空戦闘」を専門に選び、航空機相手の射撃術について、研究を重ねたという。

六戦隊の訓練計画は、その研究成果に基づいて作成されたものだ。

識見《しきけん》の高さや視野の広さは、桂木の及ぶところではない。

「かつての一号生徒と三号生徒の関係は、完全に消えた。二年の差を、奴は追い抜いた」

悔《くや》しさを覚えながらも、桂木はそう認めざるを得なかった。

敵機の撃退に失敗し、空母を傷つけられてしまうようなことがあれば、砲術長としても、江田島の先輩としても、面目《めんぼく》が立たない。

また、桂木にも目標がある。

戦艦の射撃指揮所に座り、艦隊砲戦の指揮を執《と》ることだ。

海軍の主力は、空母と航空機に移りつつあるとはいっても、花形《はながた》はやはり戦艦なのだ。

桂木の同期生には、既に中佐に昇進し、重巡の砲術長になった者や駆逐艦長になった者がいる。

同じ少佐でも、戦艦の副砲長や砲術学校の教官を勤めている者もいる。

彼らを見ると、焦《あせ》りを禁じ得ない。

「古鷹」の砲術長は、自分にとっては通過点に過ぎないが、それだけに失敗はできない。

無様《ぶざま》な戦《いくさ》はせぬ。足踏《あしぶ》みもできぬ――自身に言い聞かせながら、桂木は戦闘の開始を待った。

一二時二二分（現地時間一一時二二分）、

「左二〇度に敵機。高度三五《サンゴ》（三五〇〇メートル）！」

日本海軍 古鷹型防空巡洋艦「古鷹」

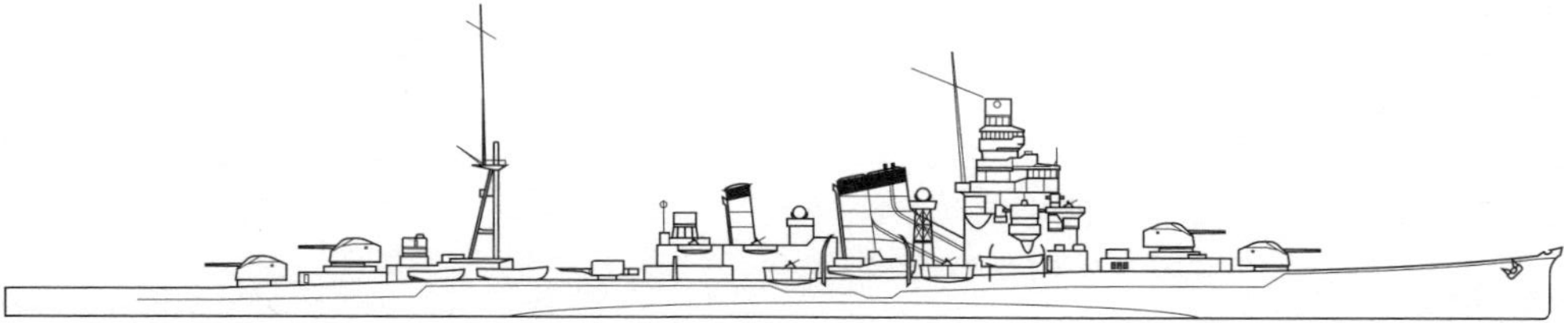

全長	185.2m
最大幅	16.8m
基準排水量	8,700トン
主機	オールギヤードタービン 4基／4軸
出力	103,390馬力
速力	33.0ノット
兵装	10cm 65口径 連装高角砲 6基 12門
	25mm 連装機銃 12基
	13mm 連装機銃 2基
	61cm 4連装魚雷発射管 2基
航空兵装	なし
乗員数	645名
同型艦	加古

完成当時、優れた性能で世界を驚かせた古鷹型重巡洋艦のネームシップ。昭和13年に65口径10センチ高角砲が制式採用されたことに伴い、姉妹艦の「加古」、準姉妹艦の「青葉」「衣笠」とともに防空巡洋艦に改装された。10センチ高角砲の配置については、当初、連装砲塔３つを三段式に重ねる計画だったが、艦体の復元力が不足するなどの指摘があり、二番砲、三番砲および四番砲、五番砲を並列に搭載した。これにより左右の射界に制限が加わることになったが、今次大戦勃発後の戦闘詳報によれば、主任務である高空より飛来する敵機を目標とした迎撃戦闘では、ほぼ問題ないとされている。

４隻の防空巡洋艦は、艦隊の守りの要として高く評価されており、今後の活躍も期待されている。

測的長《そくてき》を務める影山秀俊《かげやまひでとし》中尉が報告を上げた。

桂木は、直径一八センチの大双眼鏡《そうがんきょう》を左前方に向けた。

敵機が、整然たる編隊形を組んでいる。二〇機前後の梯団《ていだん》が二隊だ。

「左右か後方に敵機はいないか？」

桂木は影山に聞いた。

敵機が複数の方向から侵入して来る場合は、前部と後部の高角砲を、別個《べっこ》の敵に向けねばならない。

「発見されたのは、前方の敵機だけです」

「了解した」

桂木は返答し、前方の敵を注視した。

右方の梯団に、零戦が取り付いている。

右に、左にと旋回し、射弾を浴びせている。あたかも、猟犬《りょうけん》の群れが獲物《えもの》に噛《か》みかかろうとしているかのようだ。

敵三機が続けざまに火を噴き、黒煙を引きずりながら落伍する様が認められた。

「射撃指揮所より発令所。右側の梯団を狙う。敵の標的は、『赤城』と推測《すいそく》される。引きつけたところで射撃を開始する」

「目標、右側の梯団。引きつけたところで、射撃を開始します」

発令所を担当する第三分隊長南《みなみ》虎鉄《こてつ》大尉が、落ち着いた声で復唱した。

「全高角砲、射撃準備。交互撃ち方！」

第一分隊長郷田四郎《ごうだしろう》大尉にも指示を送る。

その間にも、敵機は距離を詰めて来る。

左前方の海面で、発射炎が閃いた。

第一水雷戦隊旗艦「阿武隈《あぶくま》」と、第一七駆逐隊の「磯風《いそかぜ》」「浦風《うらかぜ》」が、順次対空射撃を開始したのだ。

敵編隊の前方や左右に、次々と爆煙が湧き出す。敵機を攻撃していた零戦が、同士打ちを避けるため、機体を翻す。

「砲術、まだか？」

「引きつけてからです」

急《せ》かした荒木艦長に、桂木は返答した。

遠距離から撃っても、命中は望めない。速度が大きく、三次元の機動をする航空機はなおさらだ。必中を期すには、距離が詰まってから撃つのが最善なのだ。

敵機は、対空砲火をものともせずに接近して来る。編隊が崩れ、二列の斜め単横陣が形成される。

「予想通りだ」

桂木は呟いた。

敵は、「赤城」を狙っている。正面から、飛行甲板目がけて突入するつもりだ。

敵機が、なおも距離を詰めて来る。

「古鷹」の前甲板では、三基の一〇センチ連装高角砲が左に旋回し、細く長い砲身が大仰角をかけている。長槍《ながやり》を、天に向かって突き出しているようだ。

「測的よし！」

「全高角砲、射撃準備よし！」

南第三分隊長と郷田第一分隊長の報告が届いた。

「撃ち方始め！」

ドーントレスの一番機が機体を翻すと同時に、桂木は大音声で下令した。

直後、前甲板に発射炎が閃き、砲声が射撃指揮所を包んだ。

各砲塔の一番砲六門が、一斉《いっせい》に火を噴いたのだ。

二秒後、二番砲が咆哮する。六門の砲口から発射炎が閃き、重量一三キロの一〇センチ砲弾が、秒速一〇〇〇メートルの初速で飛び出してゆく。

更に二秒後、各砲塔の一番砲が第三射を放つ。轟《ごう》然《ぜん》たる砲声と共に、射撃指揮所が震える。

第四射、第五射、第六射と、「古鷹」の長一〇センチ砲は、二秒置きに砲撃を繰り返す。

「衣笠」――「赤城」と「加賀」を挟《はさ》んで、輪型陣の反対側に布陣《ふじん》する第六戦隊第二小隊の僚艦も、対空射撃を開始したと思われるが、空母に視界を遮《さえぎ》られるため、動きは分からない。

「古鷹」の砲術長としては、「衣笠」の砲術長 橘《たちばな》令治《れいじ》少佐が、射撃指揮所で元気よく指揮を執り、敵機に猛射《もうしゃ》を浴びせているると信じるだけだ。

ドーントレス一番機の真下で爆発が起きた。

敵機が一瞬持ち上げられたように見え、投弾コースから大きく逸《そ》れた。機首から黒煙を引きずり、海面に向かって落下し始めた。

続いて、二番機の近くで一発が炸裂する。

二番機は、強烈なフックを食らったボクサーのようによろめき、一番機同様、墜落し始める。

続く三番機は、至近距離で一〇センチ砲弾の炸裂を受けたのだろう、閃光と共にばらばらになる。

四番機は片方の主翼をもぎ取られ、錐揉《きりも》み状になって墜落し始め、五番機は一番機同様、機首から火を噴き出し、火災煙を引きずりながら落下する。

ドーントレスの前方で待ち構えていたように、一〇センチ砲弾が炸裂し、片っ端《かたぱし》から墜としてゆく。

後続するドーントレスが慌てたように、一斉に降下を開始した。

それらの機体にも、一〇センチ砲弾が続けざまに浴びせられる。

機体の後部に被弾し、水平尾翼を吹き飛ばされたドーントレスが、螺旋《らせん》状に回転しながら、海面に落下する。

操縦系統を損傷したのか、ふらつきながら降下したドーントレスには、「赤城」自身が射弾を浴びせ、投弾する間もなく撃墜する。

桂木が射撃指揮所から見ただけでも、撃墜機数は八機を数えた。

二隊の斜め単横陣を形成していたドーントレスのうち、前方の隊をほとんど墜としたことになる。

後続するドーントレス群も急降下に転じたが、「古鷹」は二秒置きに、六発ずつの一〇センチ砲弾を撃ち込む。

こちらの撃墜は三機に留まったが、ドーントレス群は、投下位置も、投下高度もばらばらだった。

「赤城」の周囲には、続けざまに水柱が奔騰したが、飛行甲板上に爆発の閃光は走らず、一航艦の旗艦は、崩れた水柱の向こうから、健在な姿を現した。

それ以上、「赤城」に降下する敵機はない。

「古鷹」は、一航艦の旗艦を守り通したのだ。

「射撃指揮所より一分隊。撃ち方止め！」

桂木は、郷田に命じた。

二秒置きに咆哮を上げていた長一〇センチ主砲が、沈黙した。

「逃げる敵機を追わなくていいですか？」

「残敵《ざんてき》は直衛機に任せる」

郷田の問いに、桂木は返答した。

双眼鏡を回し、火災煙が立ち上っていないことを確認する。

「加賀」も、無事なようだ。

「衣笠」が「古鷹」に劣らず奮闘し、「加賀」を狙った敵機を撃退したのだろう。

「うまく行った……」

大きく息を吐き出し、天を振《ふ》り仰《あお》いで呟いた。


桂木と「衣笠」の橘砲術長は、対空戦闘研究の一環として横須賀航空隊を訪れ、艦爆や艦攻の搭乗員から話を聞いている。

艦爆の搭乗員は、

「降爆のときは、一番機以下全機が一本棒《いっぽんぼう》となって突っ込みます。一番機の弾着を見た上で、二番機以下が針路を修正し、投弾します」

と、急降下爆撃の要領を話してくれた。

桂木はその話に基づき、敵降爆が急降下する時機《じき》を見計《みはか》らって、「撃ち方始め」を下令した。

結果、「古鷹」はドーントレスの半数以上を撃墜し、「赤城」を守ったのだ。

「艦長より達する。『赤城』に直撃弾なし！　敵一〇機以上撃墜！」

荒木艦長が艦内放送を通じて、全乗員に伝えた。

「砲術より艦長。『加賀』も無事です」

桂木は、荒木に報告した。

「後部見張りからも、空母が被弾したとの報告は届いていない。敵の第一波は撃退したと見て間違いないだろう。よくやってくれた」

「お褒《ほ》めの言葉は、空襲を全て切り抜けてからいただきます」

桂木は応えた。

たった今、撃退した敵機は、空母一隻分といったところだ。

南シナ海に展開している米空母の数が一隻だけとは考えられない以上、空襲の第二波、第三波があると考えた方がよい、と具申した。

「砲術長は慎重だな」

感心したように、荒木は言った。桂木の姿勢に、好感を持ったようだ。

「戦いの帰趨《きすう》は、最後まで分かりませんから」

桂木は、そう言って受話器を置いた。

口中で呟いた。

「こんなところで躓《つまず》いてはいられないんだ、俺は」

2

「やるものですな、『古鷹』は。対空戦闘を専門とする艦に改装されたと聞いていましたが、予想以上でした」

「赤城」艦長長谷川喜一《はせがわきいち》大佐は、感嘆《かんたん》の思いを込めて言った。

古鷹型、青葉型が、防空巡洋艦という従来になかった艦種に改装されたことは知っていたが、その実力については未知数だった。

ところが、いざ空襲が始まってみると、「古鷹」は見事な働きぶりを示した。

空襲の第一波では、「赤城」に向かって来たドーントレスを撃退し、「赤城」に一発の被弾もさせなかった。

輪型陣の左方に布陣している「衣笠」も、「加賀」を守り通している。

日本海軍 赤城型航空母艦「赤城」

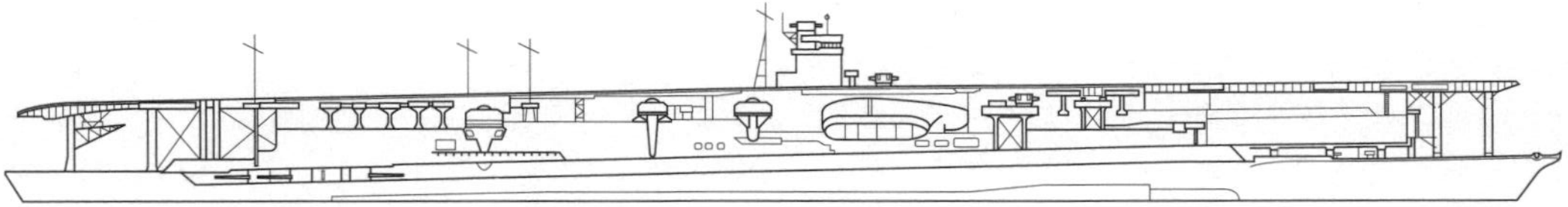

全長	260.7m
最大幅	30.5m
基準排水量	36,500トン
主機	艦本式タービン 4基／4軸
出力	133,000馬力
速力	31.2ノット
兵装	20cm 50口径 単装砲 6門 12cm 45口径 連装高角砲 6基 12門 25mm 連装機銃 14基
航空兵装	常用 66機／補用 25機
乗員数	1,630名
同型艦	なし

「八八艦隊計画」に基づき、天城型巡洋戦艦の二番艦として建造が開始されたが、ワシントン海軍軍縮条約の締結に伴い、空母に改造して昭和２年３月25日に竣工した。建造当時は、三段式の飛行甲板を備えていたが、昭和13年に大改装工事を受け、全通式の飛行甲板を備えた近代的空母となった。しかし、煙突の熱が居住区に伝わることに加え、煙が流れ込むので右舷の居住区は舷窓が開けられないなど、居住性は悪く、乗員からは不満の声も聞かれる。

その一方で巡洋戦艦譲りの大出力機関により最大速度は31ノットを超え、常用機数66機、補用機数25機の艦上機運用能力は貴重なものである。

近代戦の主力が戦艦から空母に移りつつある現在、本艦をはじめとする大型空母が必要とされる局面はますます増えることが予想されている。

空襲第二波は一二時五〇分（現地時間一一時五〇分）より始まったが、このときは直衛の零戦が奮戦し、ドーントレスを追い散らした。

進撃中にはぐれたものか、ドーントレスには戦闘機の護衛がついていなかったため、零戦はほとんどのドーントレスを艦隊の手前で撃墜し、空母への接近を許さなかったのだ。

僅かに六機のドーントレスが「赤城」を狙って来たが、「古鷹」が再び猛射を浴びせ、撃退している。

第二次空襲が終わった時点で、被弾損傷した艦はない。一航艦は、鉄壁《てっぺき》と言ってもいい防空力で、空母を守っている。

その多くは、「古鷹」と「衣笠」に負《お》うところが大だ。

「赤城」の砲術長は、最初の空襲が終わったとき、

「これでは、我々の出番《でばん》がありませんな」

と、喜んでいるのか残念がっているのかよく分からぬ口調で言ったほどだ。

「『古鷹』と『衣笠』の砲術長は、研究熱心だと聞き及びます」

航空甲参謀の源田《げんだ》実《みのる》中佐が言った。

一航艦がハワイへの途上から内地に戻る途中、連絡役として横須賀に飛んだが、一二月八日の開戦当日、「赤城」に戻っている。

「艦爆や艦攻の特性を知るため、横空（横須賀航空隊）の搭乗員に話を聞いて回っていたといいますし、艦爆、艦攻を相手に、対空戦闘の訓練も行ったそうですから」

「艦の性能もさることながら、要《かなめ》は人、か」

長谷川が呟いたとき、

「飛行長より艦長。直衛機が着艦を求めています」

発着艦指揮所に詰めている飛行長の増田《ますだ》省吾《しょうご》中佐が報告した。

「燃料切れか？」

「弾切れでしょう」

首席参謀大石《おおいし》保《たもつ》中佐の問いに、航空乙参謀吉岡《よしおか》

忠一《ただかず》少佐が答えた。

零戦は、七・七ミリ弾は多めに積んでいるが、二〇ミリ弾は六〇発が上限だ。第一波、第二波と連続して敵機を迎え撃ち、F4Fやドーントレスと激しい空中戦を繰り広げるうちに、二〇ミリ弾を使い果たしたのだろう。

長谷川が「風に立て」を命じ、「赤城」が艦首を風上《かざかみ》に向ける。

零戦が艦尾から、次々と滑り込んで来る。

「赤城」だけではない。第一航空戦隊の僚艦「加賀」や、第二、第五両航空戦隊の空母でも、零戦を収容している。

「ちとまずいな」

長谷川は、上空を見上げて呟いた。

上空で戦闘空中哨戒《しょうかい》を続けている零戦は一〇機前後だ。敵の第三波が来襲したら、防ぎ切れないかもしれない。

「飛行長、零戦の搭乗員に、補給が終わり次第《しだい》発進し、直衛に戻るよう伝えてくれ。搭乗員には御苦労だが、敵機はまたやって来る」

「零戦は、補給が終わり次第発進させます」

長谷川の命令に、増田は復唱を返した。

「何とかして、攻撃の機を摑《つか》みたいな」

参謀長の草鹿《くさか》龍之介《りゅうのすけ》少将が、もどかしさを露わにして言った。

「敵の位置も、空母の数も分かっている。第二次攻撃隊は、準備を整えて待機している。にも関わらず、攻撃できないとは……」

一航艦司令部が待ち望んでいた、敵機動部隊発見の報告がもたらされたのは、一一時三分（現地時間一一時三分）だ。

索敵機は、敵が海南島三亜港の東方三〇〇浬地点に展開していること、敵機動部隊は二群に分かれており、第一群が空母二隻を、第二群が同一隻を擁することを伝えた。

このとき、各空母の格納甲板では第二次攻撃隊が待機していたが、敵の攻撃隊は、既に一航艦に迫りつつあった。

一航艦司令部は、第二次攻撃隊として待機していた機体のうち、零戦全機に艦隊の直衛を命じた。

当面《とうめん》は防戦に徹し、空襲が止んだところで攻撃隊を出すと決めたのだ。

だが空襲は止まず、攻撃の機を摑めない。

司令部の苛立《いらだ》ちはつのるばかりだ。

「一次を、敵戦艦に向けたのは失敗でしたかな」

大石首席参謀が、二人の航空参謀を見やった。

敵の戦艦部隊が発見されたとき、源田と吉岡は、

「米艦隊が、空母を伴っているのは確実です。攻撃隊は、敵機動部隊が発見されるまで待機させるべきです」

と強く主張したのだ。

草鹿と大石は、

「戦艦は大きな脅威となる。今のうちに敵の主力を叩き、戦力を減殺《げんさい》しておくべきだ」

と述べ、第一次攻撃隊の即時出撃を主張した。

第三戦隊、第八戦隊の司令部からも、

「直《タダ》チニ攻撃隊発進ノ要有《ヨウア》リト認《ミト》ム」

との意見具申が届いた。

最終的に南雲忠一司令長官が決断し、第一次攻撃隊を敵戦艦部隊に向かわせたのだ。

結果として一航艦は、敵艦上機の先制攻撃を受け、防戦一方に追い込まれた。

源田と吉岡の主張通り、第一次攻撃隊を待機させていれば、と大石は考えているようだった。

「参謀長、空襲は現在のところ止んでいるようだ。第二次攻撃隊を出してはどうかね？」

南雲は、大石の言葉に対しては何も返さず、自ら提案した。

「今出しても、戦闘機を付けられません。護衛なしでは、敵の直衛に喰《く》われてしまいます」

「部下に、犬死《いぬじ》にを強《し》いることはできぬな」

草鹿の答を聞いて、南雲は軽く頭を振った。

馬鹿《ばか》なことを口走った、と言いたげな、ばつの悪そうな表情を浮かべていた。

「もう少し、様子を見ましょう。あと三〇分ほど空襲がなければ、第二次攻撃隊を――」

草鹿が言いかけたとき、上空に動きが生じた。

零戦が速力を上げ、艦隊の前方へと向かってゆく。

「来たか……」

長谷川は、思わず両手の拳《こぶし》を握りしめた。

直衛機の動きが意味するところは、明らかだ。

敵の第三波が来襲したのだ。

3

「『ラプター2』より全機へ。目標視認《ターゲット・インサイト》」

「サラトガ」爆撃機隊《VB3》の二番機機長カール・カールソン大尉の声が、無線電話機のレシーバーに響いた。

第三小隊長マーチン・ベルナップ大尉が海面に視線を向けようとしたとき、

「敵機、右前方！」

「サラトガ」戦闘機隊《VF3》の第二小隊長キース・バナー大尉の叫び声が飛び込んだ。

「サラトガ」航空隊《サラトガ・エア・グループ》の中でも、最も声の大きい士官が遠慮《えんりょ》なく叫んだため、耳の奥までが痺《しび》れたような気がした。

「ちっとは遠慮しやがれ、キースの奴め」

ベルナップは舌打ちしながら、右前方を見た。

ＶＦ３が、いち早く動く。

グラマンＦ４Ｆ〝ワイルドキャット〟二四機が速力を上げ、ドーントレス隊の頭上を通過する。

Ｆ４Ｆ群の正面に、陽光を反射して銀色に光るものが見える。

合衆国軍のコード名「ジーク」。日本海軍の主力艦上戦闘機、零式艦上戦闘機《タイプ・ゼロ・キャリア・ファイター》だ。

機数は一〇機前後。Ｆ４Ｆの半分以下だ。

ドーントレスを攻撃する余裕はあるまい、とベルナップは楽観《らっかん》した。

F4Fが、ジークの編隊に突入する。

見るからにごつい機体が、一丸《いちがん》となって突進する様は、野牛《バッファロー》の暴走《スタンピード》を思わせる。

ジークが、一斉に機体を翻した。猛牛の突進をかわす、闘牛士の動きを思わせた。

F4Fをやり過ごしたジークが、F4Fの左右、あるいは後方に回り込み、両翼に発射炎を閃かせる。

握り拳のような曳痕《えいこん》がほとばしり、F4Fの機首や主翼に突き刺さる。

瞬《また》く間に三機のF4Fが、編隊から落伍した。

二機は機首から白煙を引きずりながら、急速に高度を下げ、一機は胴体に大穴《おおあな》を穿《うが》たれ、よろめきながら姿を消した。

「何だ、あれは……」

ベルナップの口から呻《うめ》き声が漏れた。

「日本の飛行機は、木と紙でできている」だの「日本人の細い目は上下の視界が狭いため、パイロットには向かない」だのといった噂話《うわさばなし》を信じていたわけではない。

だが、日本の工業製品などは二流であり、航空機も例外ではないと考えていた。

VF3のF4F二四機が突っ込んで行けば、半分以下のジークなど、容易く蹴散らせるはずだ、と。

その予想が覆《くつがえ》りつつある。

ジークは、軽業師《かるわざし》を思わせる素早《すばや》い動きでF4Fの突っ込みをかわし、三機を墜としている。

信《しん》じ難《がた》いことが、目の前で起きていた。

F4Fが大きく散開するが、ジークを振り切れる機体はない。

F4Fがどれほど機体を急角度に倒し、小さな半径で旋回しようと、それよりも小さい半径で内懐《うちぶところ》へと回り込む。バッファローの喉笛《のどぶえ》に牙《きば》を突き立てようと食い下がる、狼《おおかみ》さながらの動きだ。

ジークの両翼から、機銃弾の牙が剝《む》き出《だ》され、F4Fの機首やコクピット、主翼に食らいつく。

機首に被弾したF4Fは真っ赤な火焰《かえん》をしぶかせ、

コクピットに一撃を食らったＦ４Ｆは、ガラス片をまき散らしながら墜落する。

主翼に被弾したＦ４Ｆは、片方の翼を吹き飛ばされ、錐揉み状になって、海面に落下し始める。

小回りが利くだけではなく、火力も恐るべきものがある。Ｆ４Ｆのブローニング一二・七ミリ機銃よりも、破壊力は大きいようだ。

「間隔を詰めろ。敵機が来る！」

ＶＢ３隊長ピーター・ロビンス少佐が命じた。

ドーントレスが、互いに接近し始めた。

相手は、Ｆ４Ｆでさえ翻弄《ほんろう》するジークだ。対抗手段はただ一つ、編隊を密《みつ》にし、機銃の相互支援によって応戦するのだ。

「『ファルコン2、3、4』、もっと近寄れ」

ベルナップの指示を受け、第三小隊の二、三、四番機が、距離を詰める。

ベルナップ自身も、前をゆく第二小隊に接近する。

近づき過ぎると空中衝突の危険があるが、今はジークの撃退が優先だ。

「ジーク、右後方！」

ベルナップ機の偵察員を務めるジェシー・オーエンス中尉の声が、レシーバーに響いた。

振り返ると、殿軍《でんぐん》に位置する第八小隊が、ジークに応戦している様が見える。

突っ込んで来るジークを、七・六二ミリ旋回機銃の細い火箭が迎え撃つ。

ベルナップは、正面に向き直った。

僚機がジークを墜とせるかどうか、気になるところだが、今は指揮官機に従い、小隊の三機を誘導しなければならない。

「メイナード機被弾。落伍します！」

オーエンスが叫んだ。第八小隊の三番機だ。

「ジャンセン機、モース機被弾！」

オーエンスが新たな悲報を伝える。

編隊の後方に位置する機体から、順繰《じゅんぐ》りに墜とされてゆく。草食獣《そうしょくじゅう》の群れが狼に襲われ、逃げ遅れた個体が犠牲になってゆくようだ。

第三小隊の右前方から、ジークが突っ込んで来た。

ベルナップは、機銃の発射ボタンを押した。機首に装備している一二・七ミリ機銃二丁が、青白い火箭を吐き出した。

ベルナップの火箭が空《くう》を切《き》る。ジークが目の前に迫り、両翼に発射炎を閃かせる。

真っ赤な太い火箭が、右主翼の前縁をかすめ、下方へと消えた。ベルナップ機に一連射を浴びせたジークが、左の急旋回をかけて離脱した。

ベルナップ機の後方から、一二・七ミリ弾の火箭が噴き延びた。小隊二番機、リチャード・サーストン中尉の機体だ。

これもベルナップの射撃同様、空振りに終わる。ジークはあざ笑うように機体を翻し、ドーントレス群から離脱する。

忌々《いまいま》しくなるほど、素早い機体だ。Ｆ４Ｆがきりきり舞いさせられたのも、無理はない。

ジークが反転し、再び向かって来た。

ベルナップは、操縦桿を左右に、不規則に倒した。ジークの射弾が、ベルナップ機の右主翼付近やコクピットの脇をかすめた。

ベルナップ機の後ろから、何条もの火箭が噴き延びた。サーストン機の他、ボブ・マクルーア中尉の三番機、ドナルド・ゲイル少尉の四番機が、一斉に射弾を放ったのだ。

閃光が走り、ジークの姿が瞬時に消えた。

ばらばらになった主翼や胴が落下してゆく様が、一瞬だけ見えた。

「よくやったぞ、みんな！」

ベルナップは、部下たちに声をかけた。

一〇〇〇ポンド爆弾を抱え、動きの鈍《にぶ》いドーントレスでも、数の力でジークに対抗可能であることを、たった今証明したのだ。

編隊の後方では、ジークの攻撃が続いている。味方機の被弾、撃墜の報告が三度もたらされる。

いずれも、厳しい急降下爆撃の訓練を共にした仲間たちだ。いや、既に実戦を経験した今、全員が戦友になっている。

その戦友たちが、ある者は銃撃を浴びて即死し、ある者はコクピットの中で生きながら焼かれ、本国から遠く離れた極東《きょくとう》の海に姿を消してゆく。

輪型陣の外郭にとりついたところで、ようやくジークの攻撃が止んだ。

「ワン、ツー、スリー……合計六隻です」

オーエンスが、輪型陣の中央に布陣する空母を数え、報告した。

（『エンタープライズ』と『レキシントン』の連中は、一隻も沈められなかったということか）

冷厳《れいげん》な事実を、ベルナップは悟った。

ＴＦ２の「エンタープライズ」「レキシントン」、ＴＦ14の「サラトガ」は、日本艦隊への攻撃隊として、ドーントレス全機とＦ４Ｆの三分の二を発進させている。

機数は、合計で一六八機だ。

作戦計画では、三隻の空母の攻撃隊は空中で合流し、日本艦隊に向かうはずだった。

ところが、航法計算を失敗したためか、「サラトガ」の攻撃隊は、「エンタープライズ」「レキシントン」の攻撃隊と合流できなかった。

日本艦隊への攻撃は、母艦ごとに行う形となったのだ。

先行したＴＦ２の攻撃隊は、ジークの激しい迎撃を受け、戦果ゼロに終わったのだろう。

「『ラプター』目標、敵空母一番艦。『ビースト』目標、敵空母二番艦！」

ロビンス隊長が指示を伝えた。

「ラプター」は第一中隊、すなわち第一小隊から第四小隊までを、「ビースト」は第二中隊、すなわち第五小隊から第八小隊までを指す。

半数ずつで、敵空母二隻を叩くのだ。

ドーントレス隊の前方に、黒い爆煙が湧き始めた。

輪型陣の外郭を固める護衛艦艇が、対空射撃を開始したのだ。

爆煙が湧く中、各隊が密集隊形を解いた。

中隊ごとに、斜め単横陣を形成した。

第一中隊が左に、第二中隊が右に旋回し、各々《おのおの》の目標に向かう。

目指す敵の一番艦が、たぐり寄せるように近づいて来る。

「大物《ビッグゲーム》だ」

ベルナップは、思わず口笛《くちぶえ》を吹き鳴らした。

目標に定めた空母は、後方に位置する空母よりも大きい。「赤城《アカギ》」か「加賀《カガ》」――日本海軍の空母の中でも、最も大きい艦である可能性が高い。

搭載機数も、「蒼龍《ソウリュウ》」や「飛龍《ヒリュウ》」より多いはずだ。この二隻を仕留《しと》めれば、敵機動部隊の戦力を大きく削《そ》ぐことができる。

先頭のロビンス機が、一五機のドーントレスを誘導する。

そろそろ急降下に入る頃合《ころあ》いか、と思ったとき、左方の海面に発射炎が閃いた。

ベルナップが大きく両目を見開いたとき、ロビンス機の真上で爆発が起こり、機首から火焰が躍《おど》った。

急降下の態勢に入った機体が、見えざるハンマーで一撃されたように、海面に向かって落下した。

爆発は、一度きりでは終わらない。

およそ二秒から三秒置きに、空中の複数箇所で爆発が起こり、黒い花を思わせる爆煙が湧く。

爆風を受けたドーントレスが右に、左にと揺れ動き、飛び散る弾片が主翼や胴に破孔《はこう》を穿つ。

ベルナップ機の左方でも、敵弾が炸裂する。

横殴りの爆風を受けた機体が大きく右に煽られ、弾片命中の打撃音がコクピットに伝わる。

「何だっ、いったい⁉」

「これが、ジャップの対空砲火か⁉」

狼狽したドーントレス・クルーの叫びが、電波に乗って飛び交う。その間にも、敵弾はひっきりなしに炸裂する。

第一小隊の三番機が左の主翼を吹き飛ばされ、続いて四番機が機首から炎を噴き出す。

第二小隊の一番機が、白煙を引きずりながら高度を落とし、編隊から落伍する。

第一、第二小隊の残存機が一斉に機体を翻し、急降下に転じた。

「『ファルコン』『オウル』続け！」

ベルナップは、咄嗟《とっさ》に第三、第四小隊に命じた。

操縦桿を右に倒し、水平旋回をかけた。

敵空母の一番艦は、非常に強力な防空艦の援護を受けている。

一番艦は敬遠《けいえん》し、後方に位置する三番艦を狙うのが得策だ。

旋回をかけると同時に、対空砲火が弱まる。

第三、第四小隊のドーントレス八機は、一番艦を迂回《うかい》し、後方に位置する三番艦を目指す。

一番艦よりもやや小振りで、スマートな空母が近づいて来た。


「敵降爆八機、『飛龍』に向かう！」

防空巡洋艦「古鷹」の射撃指揮所に、測的長影山秀俊中尉の声が飛び込んだ。

「高角砲目標、『飛龍』に向かう敵機！」

「全高角砲、『飛龍』を援護せよ！」

砲術長桂木光少佐は、第三分隊長南虎鉄大尉と第一分隊長郷田四郎大尉に命じた。

この直前まで、「古鷹」は「赤城」の援護射撃を行っていた。

「赤城」に向かって来たドーントレス十数機のうち、四機を撃墜し、編隊を四分五裂《しぶごれつ》に追い込んだ。

生き残った敵機のうち、四機が「赤城」に急降下爆撃を敢行したが、全弾が外れ、「赤城」の周囲に水柱を噴き上げただけで終わった。

残存機の搭乗員は、「古鷹」を強敵と見たのだろう、「古鷹」を迂回し、「赤城」の後ろにいる「飛龍」を狙ったのだ。

「目標、左正横の敵降爆。測的よし！」

「全高角砲、射撃準備よし！」

「撃ち方始め！」

南と郷田の報告を受け、桂木は大音声で命じた。

一旦沈黙した長一〇センチ高角砲が砲撃を再開し、砲声が射撃指揮所を包んだ。


ベルナップが急降下爆撃の教範《きょうはん》に従い、左主翼の前縁を敵空母に重ねたとき、猛射が襲って来た。

ドーントレスの周囲で複数の敵弾が炸裂した瞬間、ベルナップは真っ赤な光に全身が包まれたような気がした。

直撃弾を食らったか、と思った瞬間、左方から爆風が押し寄せ、ドーントレスは右に大きく傾いた。

機体のコントロールが失われそうになるが、ベルナップは懸命に操縦桿を操《あやつ》る。

姿勢が安定するよりも早く、新たな敵弾が飛んで来る。

今度の敵弾は、前下方で炸裂し、機首が大きく持ち上げられた。南シナ海の青空が視界一杯に広がり、ベルナップは機体が尾部から墜落するのではないかという錯覚《さっかく》に囚われた。

「フックに続いてアッパーかよ！」

ベルナップは、敵の防空艦に罵声《ばせい》を投げつけた。

「次は何だ？　ボディブロウか？　それともストレートで来るか？」

「小隊長、黙《だま》って下さい！　舌を噛みます！」

オーエンスの声が、レシーバーに響く。

その間にも、新たな敵弾が炸裂し、ベルナップ機が大きく揺れる。

今のところ、致命傷は受けていない。

VB3隊長ピーター・ロビンス少佐のドーントレスは、最初の射撃であっさり撃墜されたが、ベルナップ機は健在だ。計器は全て正常値を示しており、補助翼や方向舵といった重要部品を吹き飛ばされることもない。

ただ、狙いを定められず、急降下にも入れない。

何とかして、左主翼の前縁を敵空母に重ねたいところだが、前後左右から押し寄せる爆風の中、機体を安定させるだけで精一杯だ。

嵐《あらし》の中で、急降下爆撃を行おうとしているような気がしていた。

不意《ふい》に、右のバックミラーが赤く光った。

「サーストン機被弾！」

「大事な部下を！」

オーエンスが悲痛な声で叫び、ベルナップは怒りの声を上げた。

二番機のリチャード・サーストン中尉は、先にジークに襲われたとき、機首の一二・七ミリ機銃で援護してくれた。

のみならず、三、四番機をも従え、ジーク一機撃墜の戦果を上げた。

急降下爆撃の腕のみならず、射撃の腕も一流だ。

それほどのドーントレス・クルーも、一万フィート下の海面から正確な射弾を放って来る防空艦には、対処のしようがない。

被害は一機に留まらない。

ドナルド・ゲイル少尉の四番機が被弾し、炎を引きずりながら墜落する。

「全機続け！」

ベルナップはエンジン・スロットルを絞り、操縦桿を左に倒した。

視界が九〇度回転し、ドーントレスが急降下を開始した。

教範通りの爆撃を行っている余裕はない。降下しながら、針路を修正するのだ。

「全機、一斉に降下！」

オーエンスが叫んだ。

通常の急降下爆撃では、指揮官機を先頭に一本棒となって突撃するが、各機のクルーは、降下の順番を待っている余裕はないと考えたのだ。

敵弾がなおも炸裂する中、第三、第四小隊のドーントレスは、一塊《ひとかたまり》になって降下する。

「マクルーア機、被弾！」

レシーバーに、オーエンスの声が響く。

第三小隊の三番機だ。ベルナップの小隊は、指揮官機を残すのみとなったのだ。

「おのれ……ジャップ……くそったれ……」

罵声を吐き散らしながら、ベルナップのドーントレスは降下を続ける。

「八〇〇〇（フィート）！　七五〇〇！　七〇〇〇！」

オーエンスが高度計の数値を読み、報告する。

照準器の白い環は、敵空母をはっきり捉えている。

空母の後ろには弧状《こじょう》の航跡が見え、飛行甲板の縁《へり》には、発射炎が閃いている。

空母もまた、対空砲火を撃ち上げつつ、回避運動を行っているのだ。

時折、近くで敵弾が炸裂し、ベルナップ機が投弾コースからずれる。

ベルナップはその度に針路を修正し、照準器に空母を捉えるべく努める。

「四〇〇〇！　三五〇〇！　三〇〇〇！」

オーエンスが、炸裂音やエンジン音、風切り音に負けまいと、大音声で報告する。

数字が小さくなるに従い、空母の姿が拡大する。

「二〇〇〇！」

オーエンスの叫びと同時に、ベルナップは投下レバーを引いた。

足下から動作音が伝わり、機体が軽くなった。

投弾に成功したのだ。

操縦桿を目一杯《めいっぱい》手前に引き、引き起こしをかける。

下向きの遠心力がかかり、肉体を締め上げる。

どこの国であれ、急降下爆撃機のクルーが投弾直後に味わう責め苦《せく》だ。

アメリカ海軍 SBD「ドーントレス」

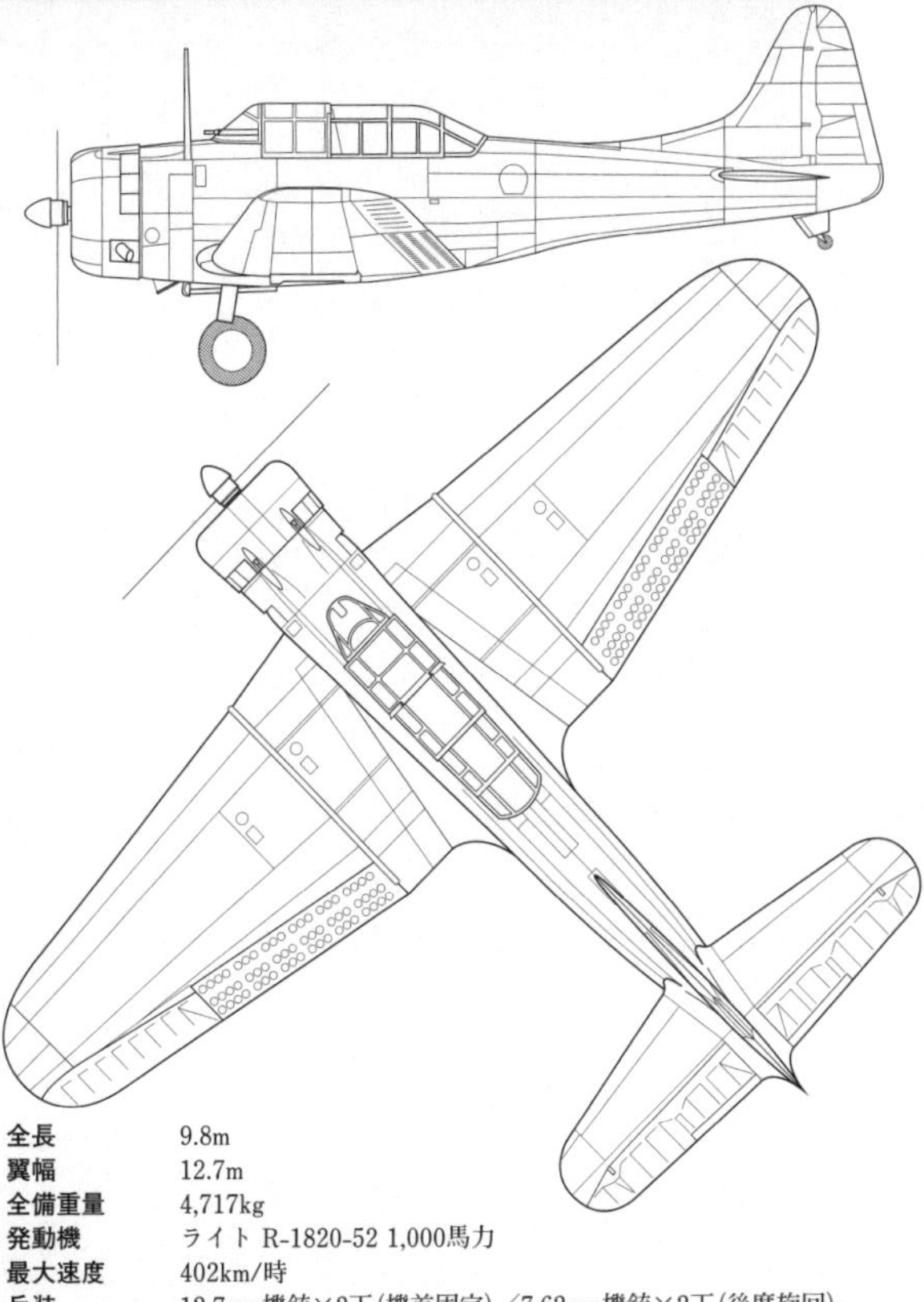

全長	9.8m
翼幅	12.7m
全備重量	4,717kg
発動機	ライト R-1820-52 1,000馬力
最大速度	402km/時
兵装	12.7mm機銃×2丁(機首固定)/7.62mm機銃×2丁(後席旋回) 爆弾 最大1,020kg
乗員数	2名

ノースロップ社が海軍の要請に従い偵察爆撃機を設計。原型初飛行まで済ませたところで、同社がダグラス社の傘下に入ったため、以後の改良および量産はダグラス社が担当した。8Gの荷重にも耐える頑丈な機体と、大型のダイブ・ブレーキにより、敵艦めがけての急降下爆撃を得意とする。機首には12.7ミリ機銃2丁を備え、敵の戦闘機とも充分渡り合える火力をもつ。今次大戦開戦時における米海軍の主力艦爆である。

（当たれ、当たれ、当たれ！）

凄まじいGに目の前が暗くなるのを感じながらも、ベルナップは祈った。

（命中しろ！　空母の甲板をぶち抜け！　艦底部まで刺し貫け！）

操縦桿を引き続けながら、その言葉をたった今投下した爆弾に投げかけた。

ほどなく身体が軽くなり、ドーントレスが上昇を開始した。

ベルナップ機を翻弄し続けた敵弾の炸裂はない。どうやら、射程外に脱したようだ。

「命中！」

オーエンスが歓声を上げた。

ベルナップは首を後方にねじ曲げ、敵空母を見た。

敵三番艦の前部から、黒煙が上がっている。

どうやら、一〇〇〇ポンド爆弾は飛行甲板を直撃したようだ。

これで、敵三番艦は発着艦の機能を失った。沈没には至らないまでも、洋上の航空基地の役目を果たすことはできなくなったのだ。

「命中は一発だけか？」

「二発目以降は確認できません」

「第四小隊は？」

「全機が後続して来ます」

オーエンスの答に、ベルナップは呻いた。

攻撃目標の変更後、第三、第四小隊は、八機中三機を失った。しかも、喪失機は全て第三小隊の所属機だ。ベルナップは、オーエンスを除いた部下全員を失ったのだ。

多大な犠牲を払いながら、戦果は爆弾命中一発でしかない。

どう考えても、引き合わない計算だ。

投弾成功の喜びなどは、微塵《みじん》もない。重苦しい敗北感と部下を戦死させた罪悪感が、ベルナップを苛《さいな》んでいた。

「あの防空艦……」

ベルナップは、輪型陣の右方を固めていた敵艦を思い出している。

空母に比べれば、遥かに小さい艦であり、戦闘力はさほど高いように見えなかった。

にも関わらず、凄まじい対空火力を発揮し、VB3に大損害を与えたのだ。

水上砲戦のためではなく、航空機を撃墜するために設計、建造された艦だ。

航空機が海軍の主力になりつつある今、日本海軍は空母を守るための艦を洋上に送り出したのだろう。

「次のターゲットは、あいつだ」

ベルナップは、はっきり口に出した。

あの防空艦は、部下や戦友の仇《かたき》というだけではない。合衆国の艦上機隊にとり、恐るべき強敵だ。

次に日本軍の機動部隊と相《あい》まみえるときは、どんなことをしても、あの艦を叩き潰《つぶ》してやる。

心中《しんちゅう》で誓《ちか》うと共に、ベルナップは、空中から見下ろした防空艦の姿を、しっかりと目の奥に焼き付けていた。


「守り切れなかったか……！」

「古鷹」の射撃指揮所で、「飛龍」の姿を見つめながら、桂木光砲術長は無念《むねん》の声を上げた。

「飛龍」に向かった八機のうち、「古鷹」は三機を投弾前に撃墜した。

だが、残る五機の投弾は阻止《そし》できず、「飛龍」を被弾させてしまったのだ。

各高角砲の砲員たちも、発令所の所員たちも、よくやってくれたとは思うが、完璧《かんぺき》ではなかった。

対空戦闘を主目的に設計・建造された艦であっても、航空機の阻止は容易ではない。

そのことを、あらためて思い知らされた気がした。

「艦長より砲術」

荒木艦長が、桂木を呼び出した。

「『飛龍』より、『貴艦ノ援護ニ深謝《シンシャ》ス』と信号があった。被害箇所は一番高角砲に留まっており、艦上機の発着艦は可能ということだ」

「そうでしたか」

桂木は、安堵《あんど》の声を漏らした。

空母の被弾をゼロには抑えられなかったものの、被害を最小限に食い止めることはできたのだ。

「空襲は、第三波で最後でしょうか？」

「まだ分からん。現在までに来襲した敵機は、戦闘機と急降下爆撃機だけだ。雷撃機がいなかったことが気になる」

「確かに」

桂木は、一航艦の第一次攻撃隊を思い起こした。

一航艦の攻撃隊は、零戦、九九艦爆、九七艦攻の三機種による編成で、艦爆よりも艦攻の方が多かったと記憶している。

魚雷の方が、爆弾よりも確実に敵艦を撃沈できるためだ。

一方、一航艦を襲って来た敵機は、F4Fとドーントレスだけだ。

米海軍の主力艦上攻撃機ダグラスTBD〝デバステーター〟は姿を見せていない。

「敵は急降下爆撃機で空母の甲板を潰してから、雷撃機を繰り出すつもりだったのでは？」

桂木は、推測を述べた。

あまり深く考えずに口にしたことだったが、荒木は、「我《わ》が意《い》を得《え》たり」と言わんばかりの口調で答えた。

「可能性はある。飛行甲板を破壊し、発着艦不能に陥れてから、魚雷で止めを刺すつもりだったか」

「敵の目論見《もくろみ》は崩れました。我が方の空母は、全艦が健在です」

「敵がどう出るかは、まだ分からん。雷撃機を遮二《しやに》無二《むに》突撃させて来る可能性も考えられる」

「高空よりも、低空を重点的に警戒しますか？」

「そうしてくれ」

桂木の問いに答え、荒木は受話器を置いた。

「砲術長、防空の専門家らしくなって来たじゃありませんか」

掌砲長の愛川悟《あいかわさとし》特務少尉が、笑いながら話しかけた。

兵からの叩き上げで、特務士官まで昇ったベテランだ。防空巡洋艦に改装される以前から「古鷹」に乗り組んでおり、軍歴は桂木よりも長い。「古鷹」の砲術科員の中では、一番の年長者でもある。

「敵の機動部隊指揮官の目論見を見抜くなんて、鉄砲屋にはなかなかできませんよ」

「俺は、思いつきで言っただけだが」

桂木は、首を傾《かし》げた。

荒木艦長に言ったことは、ドーントレスが空母を執拗《しつよう》に狙って来たこと、敵の編成にデバステーターが含まれていなかったことからの推定だ。

この程度のことは、防空の専門家でなくとも思いつくはずだ。

「艦長への具申だけを見て、言ってるわけじゃありません。『飛龍』の援護を素早く決断したのも、防空の専門家らしい行動です。航空戦って奴は、分単位どころか、秒単位で勝負が決まりますからね」

「そいつは、今日の戦いで実感した」

桂木は頷いた。

「敵機との戦いは、一瞬で明暗《めいあん》が分かれます。決断の素早さが、指揮官に何より求められます」

訓練計画の打ち合わせのとき、第六戦隊の桃園砲術参謀はそう言っていた。

実際に航空戦の渦中《かちゅう》に身を置き、対空戦闘の指揮を執ってみると、桃園の正しさを認めぬわけにはいかない。

特にドーントレスは動きが速く、短時間で距離を詰めて来る。

「飛龍」の援護を命じるのが数秒遅れていたら、同艦は致命的な被害を受けていたかもしれない。

愛川の言う通り、自分は知らず知らずのうちに、防巡の砲術長に相応《ふさわ》しい能力を身につけていたのかもしれない。

「豆鉄砲しか積んでいない艦の砲術長じゃ物足りん」

「古鷹」に乗り組んだとき、そのように感じたことが、遠い昔のように感じられる。

自身の変化に、苦笑せずにはいられなかった。

(別に、変わったわけじゃない。俺の望みは、今でも変わっていない)

腹の底で、桂木は呟いた。

防巡の砲術長は、通過点に過ぎない。

江田島出の士官は、通常一年、長くて二年程度で次のポストに移るのが通例なのだ。

次は重巡か、うまくすれば戦艦の砲術長に就《つ》ける可能性はある。

ただし、「古鷹」での勤務成績が不調に終われば、夢は遠ざかる。

それを考えれば、「古鷹」の砲術長として、力を尽《つ》くさねばならない。

桂木は、口中で呟いた。

「俺は、俺自身のために最善を尽くすだけだ。——いずれ、戦艦の射撃指揮所に座るためにな」

4

一三時二〇分(現地時間一二時二〇分)、第一航空艦隊の空母六隻の飛行甲板上には、準備が整った第二次攻撃隊の参加機が翼を並べていた。

既に全機が暖機《だんき》運転を開始しており、轟々《ごうごう》たる音が海面を満たしている。

第一航空戦隊の「赤城」「加賀」と第二航空戦隊の「蒼龍」「飛龍」では零戦と九九艦爆が、第五航空戦隊の「瑞鶴」「翔鶴」では零戦と九七艦攻が、それぞれ待機中だ。

搭乗員も各々の乗機に乗り込み、発艦命令を待ち構えていた。

「ようやく反撃開始か」

旗艦「赤城」の艦橋で、飛行甲板上に敷き並べられた機体を見下ろしながら、草鹿龍之介参謀長が言った。

このときを待ち焦《こ》がれていた、と言いたげだ。

南雲忠一司令長官以下の一航艦司令部幕僚も、「赤城」の長谷川喜一艦長も、いかにも同感、と言わんばかりの表情で頷いた。

この日の午前中、一航艦は南方部隊の救出に成功すると共に、戦艦三隻撃沈の戦果を上げたが、その後は敵機動部隊の攻撃にさらされ、受け身一辺倒《いっぺんとう》の戦いを強いられた。

敵機動部隊を叩きたくとも、敵の攻撃隊が入れ替わり立ち替わり来襲する状況下では、艦上機を飛行甲板に上げることができず、直衛戦闘機と対空砲火による迎撃戦が続いた。

だが第三次空襲が終わり、敵機が飛び去った後、戦闘は小康《しょうこう》状態に入《い》った。

一航艦はこの機を活かし、第一次攻撃隊帰還機の収容に当たると共に、格納甲板で待機していた第二次攻撃隊の出撃準備にかかったのだ。

第二次攻撃隊の出撃機数は一七五機。

当初の予定よりも、機数が増えている。

これは、第一次攻撃隊の制空隊を、そのまま第二次攻撃隊に組み入れたためだ。

第一次攻撃隊の制空隊は、敵機との交戦がなかったため、全機が無傷《むきず》で帰還している。

一方、第二次攻撃隊の制空隊として予定されていた零戦は、直衛戦闘で消耗《しょうもう》した。

このため、第一次攻撃隊の制空隊が、引き続き第二次攻撃隊の護衛に付くこととなったのだ。

「制空隊の搭乗員は、疲れていないかね？」

南雲が長谷川に聞いた。

零戦の搭乗員は、空中戦こそ戦わなかったものの、往復三時間の飛行を行っている。

母艦に降りた後は、一時間程度の休憩を取っただけで、再出撃しようとしているのだ。

「全員、意気軒昂《いきけんこう》です。第一次攻撃では、空中戦がなかったことを物足《ものた》りなく感じている者もいるほどです。敵機動部隊への攻撃なら、願ってもないことだ、と言っておりました」

と、長谷川は答えた。

長谷川は、制空隊の搭乗員に再出撃を命じるに当たり、飛行長の増田省吾中佐と共に、

「疲れていないか？　もう一度行けるか？」

と聞いている。

「もう一度といわず、何度でも行けます！」

「是非《ぜひ》、行かせて下さい！」

「艦爆、艦攻を、立派《りっぱ》に守って御覧《ごらん》に入れます！」

搭乗員たちは、口々にそう答えている。

「二度目の出撃となり、大変に御苦労だが、もうひと踏《ふ》ん張《ば》り頼む」

長谷川は全員にそう言って、この日二度目の攻撃に送り出したのだ。

実際問題として、他に選択の余地《よち》はない。

本来の第二次攻撃隊に参加を予定していた搭乗員は、艦隊の直衛戦闘で激しく疲労している。負傷しており、再出撃には到底《とうてい》耐えられない者もいる。

制空隊の任務は、第一次攻撃に参加した搭乗員に頼らざるを得なかったのだ。

「いいだろう」

南雲は頷いた。艦長が直接聞いたのであれば間違いはあるまい、と言いたげだった。

一三時二五分（現地時間一二時二五分）、

「風に立て！」

が下令された。

六隻の空母が一斉に転舵し、艦首を風上に向けた。

戦爆雷、合計一七五機の攻撃隊が、続々と出撃を開始した。

第三章　反撃の海鷲

1

第二次攻撃隊総指揮官嶋崎重和《しまざきしげかず》少佐の九七艦攻が、大きくバンクした。

空母「加賀」の艦爆隊長牧野三郎《まきのさぶろう》大尉は、前方の海面を注視した。

時刻は一五時二一分（現地時間一四時二一分）。

太陽は西に傾いているが、海面は充分明るい。

陽光の下《もと》、多数の黒い点が見える。接近するにつれ、左右に伸び、艦の形を整えて来る。

航跡は、各艦の右方に見える。

九〇度、すなわち真東に向かっているのだ。

隊列の中央に、他艦とは明らかに異なる形状の艦が二隻位置している。

一見、前後に長い下駄《げた》のような形状は、米軍の空母の特徴だ。

帝国海軍の空母は、飛行甲板の前縁がすぼまっており、上空からはわらじのように見えるが、米軍の空母は艦首から艦尾まで、飛行甲板の幅がほとんど変わらないため、下駄かまな板のように見えるのだ。

「指揮官機より入電。『突撃隊形作レ』」

偵察員席の鋤田末男《すきたすえお》飛行兵曹長が報告した。

牧野はバンクして、後続機に合図を送った。

「加賀」の艦爆隊は、牧野機を含めて三個中隊、二六機だ。第一中隊は一機がエンジン不調で出撃不可と判断されたため、八機編成となっている。

二六機の九九艦爆が三隊に分かれ、各中隊が斜め単横陣を形成する。

右方を飛ぶ「赤城」の艦爆隊や、前方に展開する「蒼龍」「飛龍」の艦爆隊も同じだ。

嶋崎が率いる五航戦の艦攻隊は、敵艦隊の後方に移動しつつ、高度を下げている。

「艦爆隊指揮官機より受信。『一航戦目標、一番艦。二航戦目標、二番艦』」

鋤田が、新たな報告を上げた。

第二次攻撃隊の艦爆全機を率いる「蒼龍」飛行隊長兼艦爆隊長江草隆繁《えぐさたかしげ》少佐の命令だ。

江草機は艦爆隊の先頭に立ち、一、二航戦八〇機の九九艦爆を、敵艦隊の前方へと誘導する。

右方に見えていた太陽が、右前方から正面へと移動してゆく。

（敵は、艦爆の戦術をよく知っている）

艦爆隊が太陽に向かう形になったとき、牧野はそのことを悟った。

急降下爆撃は、目標の艦首方向から突撃をかけるのが通例だ。

敵が艦首を東に向けている場合、九九艦爆は西に向かって降下する形になるため、陽光に視界を遮られ、命中率が低下する。

敵がその効果を狙って、針路を東に取ったのだとすれば、かなりの策士《さくし》だ。

江草機がバンクして、合図を送った。

艦爆隊が左右に分かれた。

一航戦、すなわち「赤城」「加賀」の艦爆隊は一番艦、すなわち右方に位置する敵空母が目標だ。

「一回の表は終わったんだよ、米軍。三者凡退《さんしゃぼんたい》でな」

牧野は敵艦隊に呼びかけた。

「今度は、こっちが攻める番だ！」

「右前方、敵機！」

牧野の言葉に反応したかのように、鋤田が叫んだ。

牧野は、視線を右前方に転じた。

紺色《こんいろ》に塗装された機体が向かって来る。

米海軍の主力艦上戦闘機グラマンＦ４Ｆ〝ワイルドキャット〟だ。機名は「山猫《ワイルドキャット》」だが、猫のスマートさはどこにもない。太い胴や角張った主翼は、熊蜂《くまばち》を思わせる。

制空隊の零戦が、右に旋回しつつ上昇した。

中島「栄」一二型エンジンの爆音を轟かせ、Ｆ４Ｆ群に向かってゆく。

右前方で、空中戦が始まる。

零戦が右、あるいは左に旋回してＦ４Ｆの突進をかわし、側方や後方から、二〇ミリ弾、七・七ミリ弾の火箭を撃ち込む。

瞬く間に数機のＦ４Ｆが討《う》ち取られ、黒煙を噴き出しながら高度を下げる。

Ｆ４Ｆのあるものは、急降下によって離脱を図り、あるものは急角度の水平旋回をかけ、格闘戦にもつれ込む。

Ｆ４Ｆが二機、乱戦の中から脱して艦爆隊に向かって来る。

「赤城」の艦爆隊が矢面《やおもて》に立たされるが、Ｆ４Ｆの後方から零戦二機が追いすがり、二〇ミリ弾の火箭を撃ち込む。

Ｆ４Ｆ二番機が、左主翼を中央から分断され、錐揉み状に回転しながら墜落し始める。

一番機はかなわぬと見てか、機体を横転させ、零戦の前から消える。

横転の動作は、零戦よりも機敏《きびん》だ。樽のような胴体が瞬時に回転し、垂直降下に転じている。

零戦は深追いせず、乱戦の巷《ちまた》へととって返す。

それ以上、艦爆隊に向かって来るＦ４Ｆはない。全機が、零戦との戦闘に拘束《こうそく》されているようだ。

「鬼《おに》の居ぬ間のなんとやらだ」

牧野が呟いたとき、先行する「赤城」隊の前方に、複数の爆発光が走った。

それを合図としたかのように、空中に次々と火焔が躍り、黒い花を思わせる爆煙が湧き出した。

輪型陣の外郭を固める護衛艦艇が、艦爆の接近を阻止すべく、両用砲を撃ち始めたのだ。

「赤城」隊は指揮官機を先頭に、恐れる様子もなく、爆煙の直中へと突っ込んでゆく。

前方に火焔がしぶき、「赤城」隊の一機が隊列から落伍した。

続いて二機目が、閃光と共に姿を消した。

破片の一つ一つが白煙を引きずりながら、海面に向かって落ちてゆく。

牧野は速力を緩《ゆる》めることも、敵弾を回避することもなく、輪型陣の内側へと突進した。

敵弾の炸裂音が周囲を包み、爆風が右から、あるいは左から押し寄せ、飛び散る弾片が機体を叩いた。ともすれば、爆風に煽られて針路をねじ曲げられそうになるが、牧野は操縦桿を操作し、直進に戻る。

「南崎《みなみざき》機被弾！　今井《いまい》機被弾！」

鋤田が炸裂音に負けまいとしてか、大声で報告する。

（死神《しにがみ》は平等だ。初陣《ういじん》の若年搭乗員《ジャク》も、場数を踏んだベテランも、分《わ》け隔《へだ》てなく襲って来る）

四人の部下を悼《いた》みつつ、牧野は胸中で呟いた。

最初に墜ちたのは南崎常夫《つねお》三等飛行兵曹と岡巌《おかいわお》一等飛行兵の乗機、二機目の犠牲となったのは今井福満《ふくみつ》一等飛行兵曹と津田信夫《つだのぶお》二等飛行兵曹のペアだ。

若年搭乗員の乗機とベテラン下士官の乗機が、火網《かもう》にかかって墜とされている。

自分と鋤田のペアも例外ではない。今、こうしているうちにも敵弾を受け、散華《さんげ》するかもしれない。

（あんたの鎌《かま》が俺を襲っても文句は言わないが、せめて投弾を終えるまで待ってくれ）

機体を操りながら、牧野は死神に呼びかけた。

前方では、「赤城」隊が突撃に移っている。

艦爆隊長千早猛彦《ちはやたけひこ》大尉の一番機が機体を翻し、二番機以下が続く。

二個中隊の九九艦爆が、瞬く間に姿を消し、敵空母の真上から身を躍らせてゆく。

その間にも、被弾機が出る。

第二中隊の三番機、坂口登《さかぐちのぼる》三等飛行兵曹と朝日《あさひ》長章《ながあき》三等飛行兵曹の機体が、炎をしぶかせて砕け散り、第三中隊でも一機が被弾、落伍している。

鋤田が被害状況を報告するが、牧野は「了解」とのみ返答する。

ここまで来れば、後は急降下をかけ、投弾するだけだ。

牧野は、自機の左主翼と敵空母を交互に見た。主翼の前縁と空母が重なったところで急降下に入るが、反射光に妨げられ、判別が難しい。

　このあたりか――と見当をつけ、牧野はエンジン・スロットルを絞り、操縦桿を左に倒した。

　正面に見える太陽が、視界の中で九〇度回転し、機体が垂直降下に移った。

　機首が真下を向き、敵空母が正面に来た。

　前方には、一足先《ひとあしさき》に急降下に入った「赤城」の九九艦爆が見え、その向こうに、巨大なまな板を思わせる艦がある。

　後方には、弧状の航跡が見える。対空砲火による阻止は不可能と見て、回避運動に入ったのだ。

　この直前まで気づかなかったが、空母の右舷側には巨大な煙突がそびえている。その前に位置する艦橋よりも大きい。

　このような上部構造物を持つ空母は、世界に二隻しかない。

　レキシントン級空母の「レキシントン」「サラトガ」だ。

　帝国海軍の「赤城」「加賀」と並び、「世界のビッグ・フォー」とも呼ばれる。

「加賀」の艦爆隊は期せずして、母艦のライバルとも呼ぶべき艦に、投弾を敢行することになったのだ。

「二八《フタハチ》（二八〇〇メートル）！　二六《フタロク》！　二四《フタヨン》！」

　鋤田が、大声で高度計の数字を読み上げる。

　牧野は敵空母の回頭に合わせ、針路を微妙に調節する。

　機体の降下角が深まり、六〇度から六五度、七〇度へと変化する。ほとんど、垂直に降下しているようだ。

　真下から多数の曳痕が突き上がり、両用砲弾炸裂の爆煙が視界を遮る。

　敵空母が自らを守るべく、対空機銃を発射すると共に、付近の護衛艦艇が援護射撃を行っているのだ。

　前方で二度、爆発が起こり、巨大な火焔が湧き出す。爆砕された九九艦爆の破片が、白煙を引きずりながら飛び散る。

一度ならず、牧野機の近くで爆発が起こり、針路がずれる。

牧野は操縦桿を操り、照準器の白い環に敵空母を捉える。

指揮官機の役割は、最も重要だ。後続機は、指揮官機の弾着を見て針路を修正し、投弾するため、指揮官機の命中精度が、部隊全体の戦果を左右する。

一発でも多くの直撃弾を得るためにも、投弾の時機判断に集中しなければならない。

真下から、無数の曳痕が突き上がる。先行する「赤城」隊と牧野の「加賀」隊は、その直中へと突っ込んでゆく。

「一八《ヒトハチ》（一八〇〇メートル）！」

鋤田が報告したとき、「赤城」隊の一番機が引き起こしをかけた。

敵空母の左舷至近に、弾着の水柱が奔騰した。

（千早がしくじったか）

牧野は胸中で、「赤城」艦爆隊長の名を呟いた。


「赤城」隊も、「加賀」隊も、真珠湾攻撃に備えて猛訓練を積んで来たが、当初予定されていた攻撃目標はオアフ島の敵飛行場だ。空母よりも遥かに大きい上、陸上の静止目標なのだ。

高速で回避運動を行う目標に命中させるのは、艦爆隊の指揮官といえども至難《しなん》なのか。

「赤城」隊の二番機、三番機が、続いて引き起こしをかける。

これらも、レキシントン級の至近に水柱を噴き上げただけに留まったが、水柱が崩れた直後、敵空母の前甲板に閃光が走り、赤黒い爆煙が躍った。

「よし！」

牧野が満足の声を漏らしたとき、二度目の閃光が中央部に走った。

最初の直撃弾によって上がった爆煙と、新たに上がった爆煙が混じり、後方へとなびく。

黒煙の真下に三度目の閃光が走り、爆風が火災煙を吹き飛ばす。

一発命中するたび、敵空母の火災煙が増え、艦全体を覆ってゆく。

「赤城」隊の全機が投弾を終え、離脱するまでの間に、六発の直撃弾が数えられた。

「今度は俺たちだな」

呟いたときには、高度は一〇〇〇メートルを切っている。

目標の大部分は噴出する黒煙に覆われ、視認が難しい。「赤城」隊は、敵空母のために煙幕《えんまく》を作り出したようなものだ。

(敵一番艦を叩くのは、『赤城』隊だけで充分だったかもしれんな。『加賀』隊は、巡洋艦か駆逐艦でも狙っていれば)

そんな考えが浮かんだが、目標を変更する余裕はない。煙の下に目標があると考え、投弾するだけだ。

「〇八《マルハチ》(八〇〇メートル)! 〇六《マルロク》!」

鋤田の声が届いた。

噴出する火災煙が、視野一杯に広がった。煙の向こうにちらほらと躍る炎までが見えた。

「〇四《マルヨン》!」

「てっ!」

鋤田の報告と同時に、牧野は叫び、投下レバーを引いた。

足下から動作音が届くや、牧野は操縦桿を目一杯手前に引きつけた。

強烈な遠心力がかかり、全身が座席に押しつけられる。相撲《すもう》の力士《りきし》にのしかかられているようだ。

牧野は遠心力に耐え、操縦桿を引き続ける。ほどなく機首が上向き、機体は上昇を開始する。

「命中! 本機の投弾です!」

数秒後、鋤田が歓声混じりの報告を上げた。日華事変以来のベテラン准士官が、初陣の若い搭乗員のように声を弾《はず》ませていた。

「二発目……三発目命中! 続いて四発目!」

鋤田の報告が連続する。

最初に、牧野が直撃弾を得たことが奏功《そうこう》したようだ。後続機は、火災煙に視界を妨げられながらも、次々と直撃弾を得ている。

「命中弾五発を確認！」

最後の一機が離脱したところで、鋤田は報告した。

「赤城」隊との合計は一一発だ。二五番（二五〇キロ爆弾）は、五〇番（五〇〇キロ爆弾）に比べると破壊力が小さいものの、これだけ多数が命中すれば無事ではすまない。

発着艦不能に陥れたことは、間違いないであろう。

「敵一番艦、速力低下！」

「何だと？」

鋤田の新たな報告を受け、牧野は首をねじ曲げた。

報告された通り、敵空母の動きが大幅に鈍っている。航跡はごく短くなり、後方に引きずられていた黒煙は、艦の周囲に滞留《たいりゅう》し、広がりつつある。

敵艦は、行き足が止まりつつあるのだ。

「機関に火災が及んだかな？」

牧野が敵空母の状況を推測したとき、新たな機影が視界に入った。

多数の友軍機が、海面すれすれの低空から、輪型陣の外郭に接近している。

五航戦の艦攻隊が、突撃に移ったのだ。


敵空母の一番艦を目標としたのは、空母「翔鶴」の艦攻隊だった。

真珠湾攻撃が実施された場合、五航戦の艦攻隊は五〇番陸用爆弾を搭載し、敵飛行場に水平爆撃を敢行することになっていたが、米太平洋艦隊のフィリピン回航という事態が、彼らの役割を大きく変えた。

航空魚雷を搭載して、敵空母への雷撃を担うことになったのだ。

艦攻搭乗員にとり、戦艦も胸躍る目標だが、最大の獲物は何と言っても空母だ。

新しい海軍の主力であると同時に、帝国海軍の空母にとって、最大のライバルでもあるからだ。

「突っ込むぞ、磯野《いその》、宗形《むなかた》」

「翔鶴」艦攻隊長市原辰雄《いちはらたつお》大尉は、偵察員の磯野貞治《さだはる》飛行兵曹長、電信員の宗形義秋《よしあき》二等飛行兵曹に呼びかけた。

「翔鶴」艦攻隊は、各中隊毎に展開し、輪型陣の内側に突入している。

F4Fの攻撃と対空砲火によって数機が撃墜されたが、二〇機以上が健在だ。

後方からは、護衛の巡洋艦、駆逐艦が、さかんに火箭を飛ばして来る。

前方では、黒煙に包まれた空母が苦悶《くもん》している。

敵がレキシントン級――二七〇・八メートルの全長と三九・七メートルの最大幅、三万六〇〇〇トンの基準排水量を持つ世界最大の空母であることは、既に見極《みきわ》めがついていた。

「隊長、敵の行き足が鈍っています！」

偵察員席の磯野が注意を喚起した。

市原は、正面を見据えた。

磯野が言った通りだ。

艦爆隊が投弾する前、レキシントン級は急速転回しつつ、さかんに射弾を放っていたが、多数の二五番を叩きつけられた今は、速力が大幅に衰《おとろ》えている。

艦首付近の海面からは、弱々しい飛沫が上がるだけだ。後方には、ほとんど航跡が見えない。

何よりも、火災煙が後方になびいていない。飛行甲板上から溢《あふ》れるようにして、海面付近に漂い、周囲に広がっている。

機関に、何らかの被害を受けたことは明らかだ。

「好機だ！」

市原は一声叫び、わだかまる黒煙の直中に機首を向けた。

この直前まで、敵空母の未来位置を目指していたが、現在の敵艦は静止目標に近い。中央付近を狙えば、確実に当たる。

照準器の白い環に、敵空母を捉える。

艦体は大部分が火災煙に隠れているが、巨大な煙

アメリカ海軍 レキシントン級航空母艦「レキシントン」

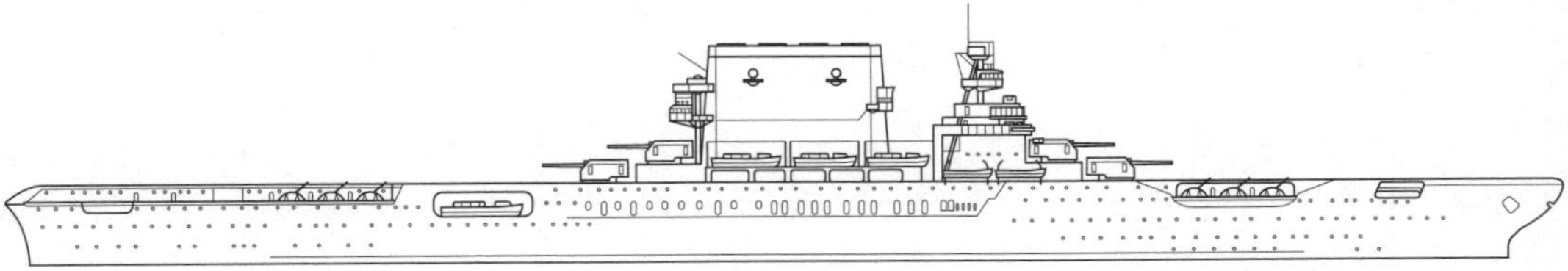

全長	270.8m
最大幅	39.7m
基準排水量	36,000トン
主機	ターボ・エレクトリック 4基／4軸
出力	180,000馬力
速力	33.3ノット
兵装	20.3cm 55口径 連装砲 4基 8門
	12.7cm 25口径 単装高角砲 12門
航空兵装	78〜93機
乗員数	2,791名
同型艦	サラトガ

当初、レキシントン級巡洋戦艦として建造が開始されたが、ワシントン海軍軍縮条約に従い、姉妹艦サラトガとともに空母へと改造された。完成当時は世界最大の空母であった。

艦首から艦尾まで全通式の飛行甲板、航海および航空機管制の設備をまとめ島型艦橋として右舷に置いた形状、飛行甲板と艦体を艦首で一体化させたエンクローズド・バウなど、先見性に富んだ設計で、日本海軍の赤城、加賀が大改装を繰り返したのに対し、大きな改修を行うことなく今次大戦に臨むことができた。

もともと巡洋戦艦として建造されていたこともあり、速力も防御力も充分で、現時点で「世界最優秀の空母」とも呼ばれている。艦載機の性能向上に伴い、空母の重要性は増しており、本艦の果たすべき役割はますます大きくなっている。

突は煙に覆われていない。

その煙突を、電撃目標に定める。

「二四《フタヨン》（二四〇〇メートル）……二二《フタフタ》……」

目標との距離を測り、口にする。

目標の速力が大幅に低下している現在、遠距離から投雷しても命中しそうだが、戦場では何が起こるか分からない。極力距離を詰め、必中を期したい。

「一八《ヒトハチ》（一八〇〇メートル）」

と口にしたとき、不意に火災煙が揺らいだ。

F4Fの太い機体が二機、レキシントン級の飛行甲板を飛び越し、艦攻隊に向かって来た。市原の目には、敵機が煙の中から飛び出したように見えた。

樽のように太い胴体が、みるみる拡大する。

スマートさに欠ける機体が、かえって凄みを感じさせる。「山猫《ワイルドキャット》」どころか、羆《ひぐま》が太い前脚を振り上げて、襲いかかって来るようだ。

市原は、機体を左右に振った。ほとんど同時に、F4Fの両翼に発射炎が閃いた。

青白い火箭が噴き延び、市原機の右主翼をかすめる。二、三発かすったらしく、打撃音がコクピットに伝わる。

F4F一番機が風を捲《ま》いて頭上を通過し、後方に抜ける。

二番機が続けて銃撃を浴びせて来るが、市原はこれもかわしている。

「高橋《たかはし》機被弾！」

電信員席の宗形が叫ぶ。

第二中隊の三番機、高橋弘《ひろし》二等飛行兵曹を機長とする機体だ。高橋以外の二名は、共に一等飛行兵であり、この日の戦いが初陣だった。

F4Fの攻撃をかわしたときには、敵空母は目の前に迫っている。

高速で回転するプロペラが、海上に滞留する黒煙を巻き込みそうだ。

「用意、てっ！」

叫ぶと同時に、市原は投下レバーを引いた。

重量八〇〇キロの航空魚雷を切り離した反動で、機体がひょいと飛び上がった。

「一中隊全機、発射！」

「二中隊も発射しました！」

磯野と宗形の報告を聞きながら、市原はエンジン・スロットルを開いた。

第一中隊の僚機と共に、敵空母の飛行甲板上を、右舷から左舷に横切った。

プロペラの風圧が火災煙を巻き込み、後方に吹き飛ばす。

束《つか》の間《ま》、艦上の様子が露わになる。

平らだったであろう飛行甲板には、幾つもの破孔が穿たれている。発着艦に堪《た》えないであろうことは、誰の目にも明らかだ。

「海上の廃墟」「浮かぶ墓場」そんな言葉が、市原の脳裏をかすめた。

市原機は、敵空母の反対側に飛び出した。

前方にも、多数の九七艦攻が現れた。

嶋崎隊長が直率する「瑞鶴」の艦攻隊だ。

市原の目の前で、次々と機体を翻す。一見、「翔鶴」隊への挨拶のようだが、離脱に向けての動きだ。

市原が離脱すべく、左の水平旋回をかけたとき、

「敵一番艦に水柱一本……二本確認！」

宗形が弾んだ声で報告した。

「後続機、どうか？」

「本機に続行しています！」

「了解！」

宗形とやり取りをしながらも、市原は正面を見据え、海面すれすれの高度を保つ。

敵の護衛艦艇が、さかんに射弾を飛ばして来る。無数の曳痕が頭上を通過し、後方へと飛び去る。

市原機は「翔鶴」隊を誘導しつつ、護衛艦艇の隙《すき》間《ま》から脱出を図る。

敵駆逐艦の艦尾をかすめ、輪型陣の外に脱出するが、すぐには高度を上げられない。

なおも後方から、射弾が飛んで来る。

敵弾が途切《とぎ》れたところで、市原は上昇に転じた。

高度三〇〇〇まで上がったところで水平飛行に戻り、海面の様子を確認した。

思い描いていた通りの光景が、そこにあった。

輪型陣の中央二箇所に、黒雲を思わせる黒煙の塊が見える。

時折、その内側で爆発が起こり、煙を吹き飛ばすが、すぐに新たな煙が噴出し、敵艦の姿を隠す。

海面には、どす黒いものが広がり始めている。破孔から漏れ出した重油《じゅうゆ》であろう。

「宗形、魚雷の命中本数は確認できたか?」

「三本までは数えましたが、その後は火災煙に遮られ、視認できませんでした」

「分かった」

市原は頷いた。

命中魚雷が三本では、撃沈に至るかどうか微妙なところだ。

撃沈確実と報告したいところだが、ここは判明していることのみを報せると決めた。

市原は、宗形に命じた。

「母艦宛、打電しろ。『我、敵空母一ヲ雷撃ス。魚雷命中三以上。今ヨリ帰投ス。一七〇四《ヒトナナマルヨン》(現地時間一六時四分)』と」

2

日本軍の攻撃隊が飛び去った後、「エンタープライズ」と「レキシントン」の二空母は、息も絶え絶《たえだ》えの状態で、海上を漂っていた。

飛行甲板は、多数の直撃弾によって徹底的な破壊を受け、発着艦など全く考えられない状態だ。

「レキシントン」の状態は特に酷《ひど》く、前部でも、後部でも、破孔から格納甲板が見通せるほどだ。

水線下に穿たれた破孔からは、海水が轟々と音を立て、渦を巻きながら艦内を侵している。

ダメージ・コントロール・チームの隊員は、被雷箇所の近くに駆けつけ、艦内隔壁の補強に努めているが、浸水の勢いにはとても追いつかない。

　隔壁一箇所の補強を進めている間に、別の場所から流れ込んだ海水が隊員を呑み込んだり、補強作業中の隔壁が水圧によってぶち破られ、隊員が悲鳴と絶叫を上げながら、奔入する海水に呑み込まれたりする惨事が、複数箇所で起こっている。

　異なる破孔から流入した海水が、艦内で合流し、浸水を拡大させている有様《ありさま》だ。

　両艦とも、動力はとうに停止し、四本の推進軸は動きを止めている。

「エンタープライズ」は左舷側に、「レキシントン」は右舷側に、それぞれ大きく傾いている。

　燃料タンクから漏れ出した重油は、火災煙と共に、周囲の海面をどす黒く汚していた。

　第二任務部隊《TF2》司令官ウィリアム・ハルゼー少将は、「エンタープライズ」の艦橋に留まっている。

　艦長ジョージ・D・ミュレー大佐は、既に「総員退艦」を下令していたが、ハルゼーは動こうとしなかった。

「『ポートランド』より信号！」

　信号員が、ハルゼーが待ち望んでいた報告をもたらした。

「第一四任務部隊《TF14》より報告。『直衛機の収容作業を開始した』とのことです」

「そうか、分かった」

　ハルゼーは、笑顔を浮かべた。

　TF2が空襲を受けてから、初めて浮かべた笑顔だった。

「エンタープライズ」「レキシントン」を中核とするTF2と、「サラトガ」を擁するTF14の距離は二五浬であり、両部隊が同時に攻撃を受ける可能性も考えられた。

　だが日本軍は、TF2に攻撃を集中し、TF14には手を出さなかった。

　このためハルゼーは、生き残った直衛機に、TF

14に向かうよう命じると共に、ＴＦ14司令部に、直衛機の収容を要請したのだ。

「エンタープライズ」は全動力が停止し、通信室も使用不能となったため、護衛の重巡「ポートランド」を通じて、ＴＦ14と連絡を取っている。

ＴＦ２の上空で奮戦してくれたＦ４Ｆのクルーに不時着水を強いることは、これでなくなったのだ。

「我々も退艦しましょう。『ポートランド』の内火艇《ランチ》が近くまで来ています」

「本艦の乗員は、まだ残っている」

参謀長マイルズ・ブローニング中佐の具申に、ハルゼーはかぶりを振った。

「エンタープライズ」が助からないことは分かっているが、できることなら、総員の退艦を見届けた上で艦を去りたかった。

「本艦乗員の退艦は、私が見届けます。司令官は、残存艦の指揮を執って下さい」

「……分かった」

ミュレー艦長の具申を受け、ハルゼーは退艦を決意した。乗員の退艦を見届けるのは艦長の役目だ、と思い直したのだ。

「貴官も死ぬなよ。早急に退艦しろ」

と言い残し、艦橋を後にした。

――一五分後、ハルゼーとＴＦ２の司令部幕僚は、臨時旗艦に定めた重巡「ポートランド」の艦橋から、沈みゆく二隻の空母を見つめていた。

「レキシントン」は横転し、右舷側から海中に引き込まれつつある。

艦腹には、大勢の乗員がしがみついているが、海に飛び込んで泳ぎ出さない限り、彼らの運命は明らかだ。

「エンタープライズ」は、左舷側に大きく傾斜しながらも、横転には至っていない。艦が、脱出中の乗員のため、しぶとく持ち堪《こた》えているかのようだ。

ただし、喫水《きっすい》は大きく下がっており、左舷側海面は激しく泡立っている。

長く保《も》ちそうにないことは明らかだった。

「貴官やシャーマンの主張が正しかったな」

ハルゼーは、ブローニングに語りかけた。

太平洋艦隊主力のフィリピン回航に際し、ブローニングや「レキシントン」艦長フレデリック・シャーマン大佐は、

「連合艦隊《コンバインド・フリート》の主力と戦うには、空母が不足しています。太平洋艦隊をフィリピンに移動させるのであれば、大西洋艦隊から空母を二隻ないし三隻、太平洋艦隊に異動させる必要があります」

と主張した。

日本海軍は、空母六隻を一つの艦隊に集中した機動部隊を編成している。

これに対し、太平洋艦隊の空母は「レキシントン」「サラトガ」「エンタープライズ」の三隻だ。

空母同士の戦いとなったとき、三対六では、著《いちじる》しく不利な戦いを強いられる。

最低でも、「エンタープライズ」の姉妹艦である「ヨークタウン」「ホーネット」の二艦を、太平洋に回航すべきだ、と彼らは強く主張した。

太平洋艦隊司令長官のハズバンド・E・キンメル大将は、ブローニングやシャーマンの主張を「もっともだ」と認めながらも、

「大西洋から空母を回航している時間はない。太平洋艦隊は、一二月二日までにフィリピンに移動を完了せよというのが作戦本部の命令なのだ」

と言って、彼らの具申を却下した。

TF2、TF14の統一指揮権を委《ゆだ》ねられたハルゼーは、

「航空戦では、先手を取れるかどうかが勝敗を大きく左右する。艦上機に発艦の機会を与えることなく、ジャップの空母を叩くことができれば、勝機《しょうき》を摑めるはずだ」

と考え、日本艦隊との戦いに臨《のぞ》んだ。

その結果は、無残《むざん》なものに終わろうとしている。

合衆国側は、空母三隻中二隻を失い、日本軍の空

母には、一隻に小破レベルの被害を与えただけに留まった。

惨敗《ざんぱい》としか言いようがない。

戦いは、やはり数が物を言う。ブローニングやシャーマンの主張通りだった、と認めざるを得なかった。

「戦力差だけが敗因ではない、と考えます。ランチェスターの法則を単純に当てはめた場合、我が方は敵空母一隻を撃沈するか、最低でも大破レベルの被害を与えたはずです。にも関わらず、戦果は敵空母一隻の小破に留まっております」

ブローニングの言葉を受け、ハルゼーが聞いた。

「ランチェスターの法則は、機動部隊同士の戦闘には当てはまらない、ということかね？」

「空母の数以外にも、日本軍が優位に立てる要素が存在していた、と私は考えております」

「それは何だ？　艦上機の性能か？　クルーの技量か？」

「今の時点では、はっきりしたことは言えません。ハワイに戻り、戦訓分析を入念に行った上で、明確にしたいと考えております」

「それが賢明だな」

ハルゼーは頷いた。

合衆国海軍が、空母機動部隊同士の戦いを経験したのは今日が初めてだ。日本海軍、特に機動部隊との戦いはこれからも続く。

本当の戦いは、これからなのだ。

日本軍の機動部隊については、まだ不明な点が多い。帰還した艦上機クルーの報告を元に、敵の戦術を入念に分析して、戦策《せんさく》を練るのだ。

南シナ海で受けた屈辱は、次の戦いで必ず晴らしてみせる。

「ただし――」

ハルゼーは大事なことを思い出し、付け加えた。

「我々が生還できればの話だ。パイ提督がコンバインド・フリートとの決戦を断念し、撤退する道を選ぶとは考え難い」

3

「エンタープライズ」と「レキシントン」が沈みつつある頃、第一航空艦隊は、この日四度目の空襲を迎え撃っていた。

敵は、海面すれすれの低空から突入して来る。

ダグラスＴＢＤ〝デバステーター〟が雷撃を狙い、輪型陣の外郭に迫りつつあるのだ。

「零戦は間に合わん。全力で阻止せよ！」

「了解！」

防空巡洋艦「古鷹」の桂木光砲術長は、荒木伝艦長の命令に、ごく短く返答した。

直衛機の多くは、急降下爆撃機の出現に備え、高度三〇〇〇メートルから四〇〇〇メートルの空域に展開している。

零戦は急降下が得意な機体ではなく、海面付近の低空に舞い降りるまでには時間がかかる。

零戦が駆け付けて来るまでは、護衛艦艇の対空砲火で空母を守るしかない。

「敵雷撃機、右九〇度から一五〇度。距離八〇《ハチマル》（八〇〇〇メートル）。機数一五！」

影山秀俊測的長が、報告を送る。

射撃指揮所の大双眼鏡は、敵機の姿を捉えている。

ラグビーボールを前後に引き延ばしたような機体が、海面すれすれに突っ込んで来る様が見える。

「測的よし！」

「全高角砲、射撃準備よし！」

南虎鉄第三分隊長と郷田四郎第一分隊長から、報告が上げられた。

「撃ち方始め！」

桂木は、大音声で叫んだ。

ほとんど同時に、右舷側に向けて発射炎がほとばしり、砲声が射撃指揮所を包んだ。

二秒の間を置いて、各砲塔の二番砲が第二射を放つ。

一番砲、二番砲、一番砲と、右舷側に指向可能な長一〇センチ砲が、二秒置きに秒速一〇〇〇メートルの初速で、四発の一〇センチ砲弾を叩き出す。

デバステーターの面前で、第一射弾が炸裂した。

撃墜か、と期待するが、何も起きなかった。デバステーターは、僅かにぐらついたように見えたが、速力を落とすことなく向かって来る。

第二射弾、第三射弾、第四射弾と、一〇センチ砲弾が続けて炸裂するが、デバステーターは落ちない。

ドーントレスを片端《かたはし》から墜とした長一〇センチ砲が、何故《なぜ》かデバステーターには効果を発揮しない。

「一分隊長、信管《しんかん》の調整を長めに取れ！」

桂木は郷田に命じた。

一〇センチ砲弾は、デバステーターの手前で炸裂している。時限信管の調整ミスだ。

「信管の調整を長くします！」

郷田が早口で復唱を返す。

その間にも、「古鷹」の長一〇センチ砲は砲撃を続けている。

「古鷹」の前後でも砲声が轟き、海面付近での爆発光が増える。

輪型陣の右方を固める護衛艦艇――第三戦隊の戦艦「霧島」、第八戦隊の重巡「利根《とね》」、第一七駆逐隊の「磯風」「浦風」「谷風《たにかぜ》」「浜風《はまかぜ》」も、対空射撃を開始したのだ。

(他の艦が先に敵を墜としたら、防巡の名折《なお》れだ)

そんな想念が、ふと桂木の脳裏をかすめ、いかにも防巡の砲術長らしい考えだ、と気がついた。

「防巡の砲術長は、あくまで通過点の一つ。目標は戦艦の砲術長」という考えは、このときは消え去っていた。

通算九回目の砲撃で、ようやく一機が火を噴いた。弾片がエンジンに命中したのか、黒煙を引きずりながら海面に激突し、飛沫を上げる。

そのときには、「古鷹」の高角砲は、新たな目標に向けて砲撃を開始している。

デバステーターとの距離が縮まったためだろう、発射から炸裂までの時間が短い。

一射毎に時限信管の作動時間を調整しなければならない信管手の苦心が思いやられたが、射撃精度の確保は、彼らにかかっている。

新目標は、第三射で撃墜した。

デバステーターの面前で爆発光が閃いた直後、その機体はばらばらに砕け、海面に落下した。

あたかも、見えない壁に激突したかのようだ。デバステーターは、自ら弾片の直中に突っ込む形になったのだ。

「右後方の敵雷撃機、二機撃墜！」

後部指揮所を担当する第一分隊士金村良太《かなむらりょうた》兵曹長が報告する。

輪型陣の右後方を守る「霧島」か「利根」、あるいは駆逐艦の戦果であろう。

「古鷹」が、三機目のデバステーターを墜とす。

一〇センチ砲弾が左方で炸裂し、爆風に煽られた機体が大きく仰け反《のぞ》る。

右の翼端が海面に接触し、もんどり打って海面に機首を叩きつけられ、飛沫の中に消える。

長一〇センチ砲による撃墜は、三機が限界だ。デバステーターは、もう間近《まぢか》に迫っている。

「機銃、射撃開始！」

桂木は第二分隊長高杉正太《たかすぎしょうた》大尉に下令した。

右舷側に六基を装備する二五ミリ連装機銃が射撃を開始し、真っ赤な火箭が噴き延びる。

機銃の連射音が、射撃指揮所にまで伝わって来る。

零戦が装備する二〇ミリ機銃よりも、口径の大きな火器だ。命中すれば、容易く外鈑を貫通し、主翼や胴を引き裂く力を持っている。

「古鷹」だけではない。

輪型陣の右方を守る全ての艦が機銃を発射し、真っ赤な火網を張り巡らせる。

それに捉えられるデバステーターはなかった。

爆音を轟かせながら、「古鷹」の艦首や艦尾をかすめるようにして、輪型陣の内側に突入した。

大胆にも、「古鷹」の艦橋をかすめる機体もある。射撃指揮所の中に、乱打されるような音が響く。

デバステーターの機銃手が、行きがけの駄賃《だちん》とばかりに、旋回機銃を放ったのだ。

左舷側の機銃が、射撃を開始する。

真っ赤な火箭が、デバステーターの後方から追いすがるが、火を噴く敵機はない。

「まずい……！」

桂木は、顔から血《ち》の気《け》が引くのを感じた。

敵機の数は一五機。輪型陣の外側で墜とせたのは五機であり、三分の一に過ぎない。

残り一〇機を対空砲火のみで墜とすのは、困難だ。このままでは、「赤城」か「飛龍」が雷撃を受ける。

「艦長より砲術、撃ち方止め！　射撃を続ければ同士打ちになる！」

「高角砲、機銃とも撃ち方止め！」

不意に飛び込んだ荒木の命令を受け、桂木は即座に下令した。

この直前まで撃ちまくっていた長一〇センチ高角砲と二五ミリ連装機銃が沈黙した。

左舷側海面――輪型陣の外郭と空母に挟まれた海面では、零戦がデバステーターの頭上から襲いかかり、射弾を浴びせている。

急降下爆撃を警戒して、高みにいた機体が、海面付近まで降りて来たのだ。

デバステーターの前上方から突っ込んだ零戦が、すれ違いざまに二〇ミリ弾を叩き込む。

エンジンに被弾した機体が火を噴いて海面に落下し、コクピットを一撃された機体が操縦者を失って墜落する。

後方に食いつかれたデバステーターは、機体を左右に振って攻撃をかわそうとするが、零戦は逃がさない。

主翼を叩き折られた機体が、回転しながら海面に激突し、胴体を引き裂かれた機体がコントロールを失って、よろめきながら波間《なみま》に消える。

零戦の両翼に発射炎が閃く度、デバステーターは一機、また一機と火を噴き、姿を消してゆく。

「敵雷撃機、全機撃墜！」

歓声混じりの報告が、ほどなく上げられた。

桂木は空母を見、次いで手前の海面を見た。

デバステーターは一機も見えない。

報告された通り、零戦は敵全機を撃墜したのだ。

「直衛機のおかげで助かったが、本艦の働きはあまり褒められたものじゃないな」

桂木はひとりごちた。

長一〇センチ砲を振るい、デバステーターの撃墜に努めたが、「古鷹」の撃墜は三機に留まった。

大部分は零戦の戦果であり、他には他艦の対空砲火で墜とした機体が二機あるだけだ。

第一波から第三波までは、ドーントレスを次々に墜とし、空母を見事に守ったが、今回相手取ったデバステーターは、ドーントレスより鈍足の機体だ。

それを、ろくに撃墜できなかったとはどういうわけか。

三〇〇〇メートルの高度から突っ込んで来る急降下爆撃機と、海面すれすれの低空から投雷を狙う雷撃機の違いか。それとも、他に理由があるのか。

「高角砲の配置の問題かもしれません。本艦の高角砲は、急降下爆撃機に対しては全門を使用できますが、低空の目標に対しては、四基しか使用できませんから」

愛川悟掌砲長が言った。

防巡四隻の長一〇センチ高角砲は、二、三番と四、五番が並列に配置されているため、片舷には四基八門しか向けられないという欠点がある。

海面すれすれの低空から向かって来る雷撃機には、発射弾数が三分の二に減少するのだ。

設計者は、甲板上に無駄な空間を作るまいとして高角砲の並列配置を採ったのかもしれないが、全高角砲を艦の軸線上に配置した方が、威力を発揮できたのではないか。

「問題は、砲の配置だけだろうか？」

桂木の重ねての問いに、愛川は答えた。

「射撃感覚の違いかもしれません。雷撃機を目標とした対空戦闘の訓練は、横空の九七艦攻に標的役を務めて貰《もら》いましたが、速度性能は九七艦攻の方がデバステーターより上です。九七艦攻に慣れた砲員が、発砲の時機を誤《あやま》るか、時限信管を短めに調整した可能性があります」

「あり得る話だな」

桂木は頷いた。

対空射撃は見越《みこ》し射撃であるため、目標の位置、針路、速度を正確に計測しなければならない。

九七艦攻を標的に訓練を積んだ「古鷹」の砲員は、デバステーターの速度性能を九七艦攻と同等と見積もり、射撃を行ったのではないか。

「目標の速度計測を正確にやるよう、徹底しなければならぬな。この戦いが終わったら、六戦隊司令部や艦長にも諮《はか》って訓練計画を――」

桂木が言いかけたとき、海面付近に動きが生じた。

たった今、デバステーターを全滅させた零戦が、フル・スロットルの爆音を轟かせ、上昇を開始したのだ。

「何だ、いったい⁉」

叫び声を上げた桂木の耳に、金村第一分隊士の報告が届いた。

「高度四五《ヨンゴ》（四五〇〇メートル）に敵機。五航戦を狙っています！」

「古鷹」の射撃指揮所に報告が届いたとき、既にマーチン・ベルナップ大尉が率いるVB3のドーントレス八機は、一万五〇〇〇フィート（約四五〇〇メートル）の高度から身を躍らせていた。

日本軍に見つからぬよう、雲に隠れつつ、高めの位置から接近したのだ。

この高度にジークの姿はなく、対空砲火による迎撃もない。

敵空母は、この直前まで、「サラトガ」雷撃機隊《VT3》の攻撃をかわすべく、反時計回りの回避運動を行っていたが、今は直進に戻っている。

ドーントレスにとっては、これ以上はないほどの好機だ。

「目標が、奴じゃないのは残念だが……」

先の攻撃で、VB3を翻弄した防空艦を思い出しながら、口中で呟いた。

VB3に再度の出撃が命じられたのは、日本艦隊への攻撃を終え、「サラトガ」に帰還した直後だ。

「急降下爆撃で敵空母の飛行甲板を破壊した後、雷撃機を出して止めを刺す予定だったが、敵空母は未《いま》だに全艦が健在だ。この状況で雷撃機を出したら、いたずらに犠牲を出すだけで終わる。そこで、第二次攻撃は急降下爆撃機と雷撃機による同時攻撃としたい。高空と低空から同時に攻撃し、敵の対処を困難なものとするのだ。VB3の諸君には真《まこと》に御苦労だが、TF2、TF14が置かれている苦境を理解し、再出撃に臨んで貰いたい」

飛行長のドナルド・ウォーレス中佐は、帰還した攻撃隊のクルーにそう説明し、この日二度目の出撃を命じたのだ。

出撃に異論《いろん》はなかったが、VB3には指揮官が不足している。

隊長のピーター・ロビンス少佐は敵の防空艦によって撃墜され、次席指揮官のロイ・マシューズ少佐も未帰還となっている。

生き残った小隊長の中では最先任であるベルナップが、VB3の指揮を執ることとなったのだ。

大編隊で正面から仕掛けるより、小編隊による攻撃で、奇襲の効果を狙いたい。

ベルナップはそのように考え、第二次攻撃の参加者を中堅以上の者に限ることとし、自身も含めて一六名、ドーントレス八機に絞った。

　最も警戒すべきは、第一次攻撃で遭遇した防空艦だ。火力が大きいばかりではなく、射撃精度も高い。

　最優先目標である空母を叩くには、防空艦は極力回避したい。

「防空艦がいるのは、輪型陣の前方だ。後方はコンゴウ・タイプの戦艦が守っており、手強《てごわ》そうに見えるが、対空火力はさほどでもない。空母を仕留めるには、後方にいる艦を狙うのが得策だ」

　ベルナップは、攻撃に参加する一五名のドーントレス・クルーに攻撃目標の指示を与え、VT3のデバステーターと共に、日本艦隊に向かった。

　先行したデバステーターは、残念ながら雷撃に失敗したようだが、VB3のドーントレス八機は敵に気づかれることなく、降下位置に付けることができたのだ。

「一万二〇〇〇！　一万一〇〇〇！　一万！」

　偵察員席のジェシー・オーエンス中尉が、高度計の針を読み上げる。

　数字が小さくなるに従い、眼下の空母が拡大する。

　対空砲火は、まだない。

　敵は上空から迫る脅威に気づいていないかのように、沈黙を保っている。

「いいぞ」

　操縦桿を微調整しながら、ベルナップはほくそ笑んだ。

「全弾命中も夢じゃない。いや、全弾を命中させてやる」

　いつもなら「舌を噛みます」「無駄口は慎《つつし》んで下さい」と注意してくる、うるさ型の相棒《あいぼう》も、何も言ってこない。

　エンジン音と風切り音、ダイブ・ブレーキ音が一つに響き合わさる轟音が、ベルナップのひとり言をかき消しているのかもしれない。

　高度が九〇〇〇フィートを切ったところで、海上に発射炎が閃き、敵弾が炸裂し始めた。

弾量は多いが、射撃精度はお世辞にも良好とはいえない。

至近距離で炸裂する砲弾は、一発もない。

一〇〇〇フィート以上も離れた空域で炸裂するものや、ベルナップ機が既に通過した高度で炸裂するものが何発もある。

ベルナップとしては、失笑《しっしょう》を禁じ得ない。

この程度の射手なら、本国《ステーツ》の牧場に行けばごまんと見つかる。

「開拓時代の合衆国に来たら一人も生き延びられないぜ、その腕じゃ」

からかうような言葉を投げかけ、ベルナップは更に降下を続けた。

「八〇〇〇！　七〇〇〇！　六〇〇〇！」

オーエンスが、大声で高度を報告する。

照準器の白い環は、敵空母をしっかりと捉えている。敵の見張員も、艦長も、急降下して来るドーントレスに気づいているであろうが、艦首が振られる様子はない。

ベルナップの母艦「サラトガ」には及ばぬものの、ヨークタウン級と同等以上の大型空母だ。舵が利くまでには、時間がかかるのだろう。

オーエンスが「五〇〇〇！」を報告すると同時に、左舷側の縁に発射炎が閃いた。

真っ赤な火箭が何条も突き上がり、ベルナップ機の主翼や胴の脇をかすめた。

敵艦の機銃員は、距離が詰まるのを待ち、一斉に射撃を開始したのだ。

火箭は、ジークの両翼から発射されるものよりも太い。機銃の口径は二〇ミリを上回るようだ。

一度ならず、敵弾が胴体をかすめ、打撃音が響く。

ベルナップはひやりとするが、敵弾がドーントレスの外鈑を貫通することはない。口径は大きいが、破壊力はさほどでもないようだ。下から上に向かって撃ち上げていることもあるだろうが、弾丸の初速がそれほど大きくないのかもしれない。

「四〇〇〇！　三〇〇〇！」

オーエンスが報告する。

照準器の中の空母は、更に膨《ふく》れ上がる。

ベルナップは、投下レバーに手をかけた。

「二〇〇〇！」

「ＯＫ！　投下《ドロップ》！」

オーエンスの報告と同時に、ベルナップは投下レバーを引いた。

足下から動作音が響き、機体が軽くなる。胴体下に抱えて来た一〇〇〇ポンド爆弾が、敵空母の飛行甲板目がけて落ちていったのだ。

「しまった！」

操縦桿に両手をかけ、力を込めたとき、ベルナップは舌打ちした。

敵空母が、右に艦首を振りつつある。

たった今の投弾は、目標が直進することを前提に行ったものだ。

投下直後に回頭に入られては、外れる可能性が高い。ベルナップだけではなく、後続するドーントレスも失敗する可能性大だ。

「くそったれ！」

罵声を漏らしながらも、ベルナップは引き起こしをかけた。

目の前に見えていた空母が、視界の外に吹っ飛び、空が目の前に降りて来る。

同時に、下向きの遠心力が全身を締め上げる。

身体の重さが倍加し、操縦席のシートに尻《しり》がめり込みそうだ。

（この状態でジークに襲われたら、ひとたまりもないな）

そんな想念が脳裏をかすめるが、ほどなくベルナップ機は、敵空母の後方へと抜けている。

「ジェシー、どうだ⁉」

「本機の投弾は外れ。二番機も外れです」

「畜生《ちくしょう》！」

オーエンスの返答を聞き、ベルナップは罵《のの》った。

敵空母の回頭を見た時点で外れは予想していたが、せめて飛行甲板の縁あたりに命中してくれ、と願っていたのだ。

三発目も外れ、敵空母の近くに、水柱を奔騰させるに留まる。

その水柱が崩れたとき、ベルナップ機のバックミラーが後方からの光を反射し、赤く染まった。

「命中！　四番機の投弾です！」

「やったか！」

ベルナップは歓声を上げた。

続いて敵空母の艦上に、二度目の爆発光が走り、三発目が飛行甲板の左の縁を抉《えぐ》る。

「三発命中！」

オーエンスの報告に、ベルナップはこの日初めての大きな満足感を覚えた。

目標はヨークタウン級と同等以上、基準排水量は二万トンを超えると思われる大型空母だ。一〇〇〇ポンド爆弾三発程度の命中で、撃沈に追い込めるとは思わない。

だが、飛行甲板を三箇所も抉られれば、たいていの空母は発着艦不能に追い込まれる。

合衆国の機動部隊は、ようやく誇《ほこ》り得《う》る戦果を上げたのだ。

「全機離脱。被撃墜機はありません！」

「避退する！」

オーエンスの報告を受け、ベルナップは宣言するように叫んだ。

「夜間の飛行や着艦作業が行える」ことを基準に選んだ精鋭だ。一人たりとも、失いたくない。

高度を海面すれすれに取り、輪型陣の最後尾を目指す。

見上げるほど巨大な構造物を持った艦が、視界に飛び込んで来る。

コンゴウ・タイプの戦艦だ。隊列の殿軍を守っていたのだろう。

ベルナップ機は、コンゴウ・タイプの左舷側をかすめるようにして、後方に抜けた。

コンゴウ・タイプの艦上から対空砲火の火箭が飛んで来るが、一発も当たらない。

後続機にも、被弾する機体はない。

どの機体も次々と、輪型陣の外側に脱出する。

TF14に戻るべく、左に旋回したときだった。

見覚えのあるほっそりした機体が、前上方から突っ込んで来た。

「ジーク！」

ベルナップは無線電話機のマイクに怒鳴り込むようにして、後続機に警報を送った。

ジークがドーントレスの帰路《きろ》に先回りし、網を張っていたのだ。

二機が両翼に発射炎を閃かせながら、ベルナップ機の頭上を通過する。

胴体はF4Fより細く、主翼も薄い。体操の選手を思わせる、引き締まった姿を持つ機体だが、ベルナップの目には、骨だけの身体に黒衣《こくい》をまとった死神のように見えた。

「『ファルコン・リーダー』より全機。高度を上げるな。ジークが諦《あきら》めるまで、現高度を保て！」

ベルナップは、後続機に命じた。

戦闘機の攻撃をかわすには、海面すれすれの低空飛行が有効であることは知っている。

戦闘機のクルーは、勢《いきお》い余《あま》って海面に突っ込むことを恐れ、攻撃をためらうのだ。

ただ、ジークが非常に優れた格闘性能を持つことは、第一次攻撃のとき、自分の目ではっきりと見ている。

爆弾を投下し、身軽になったとはいえ、速力も運動性能も劣るドーントレスが、燕《つばめ》のような俊敏さを持つ戦闘機から逃れられるかどうかはまだ分からなかった。

4

第二次攻撃隊は、一六時三〇分（現地時間一五時三〇分）過ぎに帰還して来た。

海面はまだ明るいが、太陽は西に大きく傾いている。日没までは、二時間足らずだ。

被弾した「翔鶴」を除く五隻の空母に、「風に立て！」が下令され、各艦の艦首が風上に向けられる。

艦首から噴き出す蒸気が、艦の軸線《じくせん》に沿って流れるのを確認した上で、帰還機に向け、「着艦よし」を合図する旗が振られる。

一、二航戦の「赤城」「加賀」「蒼龍」「飛龍」には零戦と九九艦爆が、五航戦の「瑞鶴」には零戦と九七艦攻が、エンジン・スロットルを絞り込み、舞い降りて来る。

被弾が目立つ機体が少なくない。

「負傷者あり」と、偵察員がオルジス信号灯で報せながら降りて来る機体や、主翼に大穴を穿たれた機体、胴体側面を掻《か》き裂《さ》かれたようになっている機体もある。

米太平洋艦隊の主力を叩いた第一次攻撃隊に比べ、被害が大きいことは、帰還機の様子から一目瞭然《いちもくりょうぜん》だ。

「機動部隊同士の戦闘は、こちらが優勢であっても、かなりの損害を覚悟しなければならない」

「米太平洋艦隊、特に機動部隊は決して侮れる相手ではない。恐るべき強敵だ」

一航艦の将兵、特に帰還機の姿を間近に見る空母の乗員は、誰もがそのことを思い知らされていた。

「『翔鶴』の所属機には、各艦に分散して降りるよう伝えよ」

第一航空艦隊旗艦「赤城」の艦橋では、南雲忠一司令長官が指示を出している。

「翔鶴」は、先の空襲で飛行甲板に三発の直撃弾を受け、火災を起こした。

同艦の艦長城島高次《じょうじまたかつぐ》大佐は、
「鎮火《チンカ》ノ見込ミ。航行ニハ支障ナキモ発着艦不能」
と報告している。

空母喪失の危機は免れたが、「翔鶴」の攻撃隊は、健在な五隻の空母に分散して収容することになる。

「戦果は空母二隻撃沈、被害は『翔鶴』の中破と『飛龍』の小破か」

帰還機の爆音を聞きながら、南雲は呟いた。

「彼我の損失を比較すれば、我が方の勝利と判断できます。ただ、『翔鶴』と『飛龍』をしばらく戦列から失うのは痛いところです」

草鹿龍之介参謀長が言った。

「翔鶴」と「飛龍」は、可及的《かきゅうてき》速やかに内地に帰還させ、ドック入りさせる必要がある。

「飛龍」は短期間で戦列に復帰できそうだが、「翔鶴」は修理にかなりの時日を必要としそうだ。

一航艦は向こうしばらくの間、空母四隻乃至《ないし》五隻の態勢で戦わねばならない。

「敵機に執拗に狙われた『赤城』と『加賀』が被弾を免れたにも関わらず、最後に攻撃を受けた『翔鶴』が、飛行甲板に大きな損害を受けたというのは、防巡の存在が大きかったと考えるべきだろうか？」

南雲は、幕僚たちを見回して聞いた。

輪型陣の右方で「赤城」を援護した「古鷹」と、左方で「加賀」を援護した「衣笠」の奮戦ぶりは見事だった、と南雲は思っている。

長一〇センチ砲に大仰角をかけて、「赤城」や「加賀」の頭上に対空砲火の傘《かさ》を差し掛け、多数のドーントレスを投弾前に撃墜したのだ。

「赤城」「加賀」が無傷で今日の戦いを切り抜けられたのは、直衛戦闘機の奮戦もさることながら、二隻の防巡の働きにかなりの部分を負っている。

二航戦の「飛龍」は一発を被弾したが、同艦の被害が小破に留まったのも、「古鷹」の援護を受けていたおかげだ。

惜《お》しむらくは、一航艦に配属された防巡が二隻しかなく、隊列の後方までは守れなかったことだ。

第六戦隊の四隻全てが一航艦に配属されれば、母艦の損害をゼロに抑えられたのではないか。

「防巡の存在は確かに大きかったと思いますが、それだけではないと考えます」

首席参謀の大石保中佐が言った。

「我が方は三度の空襲を撃退した後、第二次攻撃隊から敵空母二隻撃沈の報告を受け、気が緩んでおりました。『翔鶴』の被弾は、その隙を衝《つ》かれた結果だと考えます」

「一言で言うなら『油断』だな？」

「おっしゃる通りです。六戦隊全艦が一航艦に配属されていたとしても、『翔鶴』の被弾は防げなかったかもしれません」

「よろしいでしょうか？　航海参謀の立場で対空戦闘のことに口を差し挟むのは、越権《えっけん》行為かもしれませんが」

航海参謀の雀部《ささべ》利三郎《りさぶろう》少佐が、遠慮がちに発言の許可を求めた。

「構わんよ」

鷹揚《おうよう》に頷いた南雲に頭を下げ、雀部は話し始めた。

「六戦隊司令部には、対空戦闘の専門家がいるということです。その参謀が効果的な対空射撃術を編み出し、各艦の砲術科員を徹底的に鍛《きた》えたのだとか。他艦が六戦隊に倣《なら》うことができれば、『翔鶴』に適切な援護ができたでしょうし、『翔鶴』自身が対空砲火で敵機を撃退できたかもしれません」

「六戦隊が見事な対空射撃を見せたのは、対空火器の性能以上に人の問題だと言うのかね？」

「はい」

「防巡の火器は新型だ。従来の一二・七センチ高角砲に比べて射程が長く、発射間隔も短い。他艦が倣うといっても、簡単にはゆかぬ」

大石の反論に、雀部は応えた。

「一二・七センチ高角砲は長一〇センチ砲に比べ、最大射程、最大射高共に劣りますが、急降下爆撃機は、三〇〇〇メートルから四〇〇〇メートルの高度から侵入して来ます。これを迎え撃つには、一二・七センチ砲でも充分です。また、長一〇センチ高角砲の発射間隔は毎分一五発、一二・七センチ高角砲は毎分一四発ですから、それほど決定的な差があるとは考えられません」

「一二・七センチ高角砲でも、防巡と同程度の働きをすることは可能だ、というのが貴官の主張か？」

「おっしゃる通りです」

草鹿の問いに、雀部は返答した。

「山本長官は航空主兵主義を提唱しておられるし、同調する者も少なくないが、現状では中途半端《ちゅうとはんぱ》という気がするな」

南雲は、海軍の現体制を思い返しながら言った。

「航空主兵を採《と》るなら、空母と航空機を揃《そろ》えるだけでは不充分だ。空母の護衛についても、しっかり考えなくてはならぬ。しかし、海軍で砲術といえば、対艦戦闘が主であり、対空戦闘は余技《よぎ》と考えられている。『古鷹』や『青葉』のように、対空戦闘を専門とする艦も登場したが、まだまだ数が足りぬ。直衛機による防空態勢の充実や空母自身の対空戦闘にも、もっと力を入れなければ」

「ごもっともな御意見です。この作戦が終わり、内地に戻りましたら、GF司令部に意見を具申してみましょう」

草鹿が微笑した。

南雲は水雷を専門としており、航空作戦については、草鹿以下の司令部幕僚に任せきりにしていたところがある。

その南雲が、自ら航空時代の海軍のあり方について意見を主張したことが嬉《うれ》しかったようだ。

「六戦隊にいる、対空戦闘の専門家にも話を聞いてみたい。何という男だね？」

「砲術参謀の桃園幹夫少佐です」

南雲の問いに、雀部が答えた。

「桃園幹夫少佐か。覚えておこう」

南雲らがやり取りをしている間にも、攻撃隊の収容作業は続いている。

出撃時のように、全機が整然たる編隊を組んでの帰還ではない。

中隊単位や小隊単位での帰還がほとんどだ。

単機で帰還する機体も少なくない。

着艦した帰還機は、すぐには格納甲板に収容されず、飛行甲板の前縁付近に留め置かれる。

時間の経過に伴い、飛行甲板の前半分は帰還機で埋まってゆく。

収容作業の開始から一時間余りが経過し、一旦帰還機が途切れたとき、

「各航空戦隊、及び三、六、八戦隊に命令。長波《ちょうは》を輻射《ふくしゃ》し、帰還機を誘導せよ」

南雲が、力のこもった声で下令した。

「いけません。危険です」

源田実航空甲参謀が真っ向から反対した。

電波を出せば、敵に一航艦の位置を教えることになる。

敵の砲戦部隊は近くにいないが、潜水艦《せんすいかん》を呼び寄せる危険があるのだ。

「第二次攻撃隊の出撃機数は一七五機、現時点における帰還機数は一二九機です。未帰還の四六機は、残念ですが、敵の直衛機か対空砲火に撃墜されたものと判断されます」

「そうと決まったものでもあるまい。燃料切れとなる時刻までは、生還を信じ、帰還のために手を尽くすべきだ」

「そのために、艦隊全体を危険にさらすべきではありません。搭乗員も、そのようなことは望まないと考えます」

「戦いは人だ、甲参謀。空母は艦上機がなければ価値はなく、航空機は搭乗員がいなければ無力だ。一機でも多くの艦上機、一人でも多くの搭乗員を帰還させることが、明日以降の戦いに繋《つな》がるものと私は信じる」

これ以上の異論は許さぬ——その意を込めて、南雲は言った。

源田は気圧《けお》されたような表情になり、沈黙した。

艦隊運用のことであればともかく、航空作戦について、南雲がこれほど強く自身の意見を主張するのは初めてのことだったのだ。

他の参謀たちも、驚いたような表情で南雲を見つめている。

長官の内で、何かが変わりつつある——誰もが、そう感じたようだった。

ほどなく「長波輻射始め！」の号令と共に、各空母と戦艦、重巡、防巡の通信室から、長波が発信された。

電波に導かれた機体が、上空に姿を現し、母艦に足を降ろす。

最終的に、長波輻射後の帰還機は一五機を数えた。

一航艦の各艦は、なおも帰還機を待ったが、残る三一機は燃料切れの想定時刻になっても、艦隊上空に姿を現すことはなかった。

5

同じ頃、TF14が放った最後の攻撃隊も、「サラトガ」に帰還していた。

「帰還機が馬鹿に多いな」

VB3の指揮を執るマーチン・ベルナップ大尉は、艦隊の上空を見て呟いた。

ざっと見ただけでも、六、七〇機の機体が、「サラトガ」への着艦を求め、上空を旋回している。

この場には「サラトガ」一隻しかいないため、短時間で全機の収容はできない。

待っている間に燃料を使い果たしたのか、海面に不時着水する機体もある。

滑空状態で海面に滑り込み、盛大に飛沫を上げたところに、駆逐艦が急行し、搭乗員の救助にかかる。

よく見ると、着艦を待っているのは、F4Fとデバステーターがほとんどだ。

ドーントレスはごく少ない。

「TF2の攻撃隊でしょう」

偵察員席のジェシー・オーエンス中尉が言った。

「『エンタープライズ』と『レキシントン』の連中か？　奴らがどうしてここに——」

言いかけて、ベルナップは状況を悟った。

TF2もTF14同様、デバステーターを中心とした攻撃隊を放った。

帰還機の数が多いところから見て、彼らは日本艦隊を発見できず、引き返して来たようだ。

その彼らが「サラトガ」に着艦を求める理由は、ただ一つしかない。

「エンタープライズ」と「レキシントン」は、日本軍にやられたのだ。

「隊長、『サラトガ』の指揮所《コントロール》と繋がりました」

オーエンスが報告した。

「『ファルコン・リーダー』より『飼い主《マスター》』。母艦を視認。着艦の許可求む」

「『マスター』より『ファルコン・リーダー』。収容は少し待ってくれ。御覧の通り、混雑中だ」

耳に馴染《なじ》んだドナルド・ウォーレス飛行長の声が返ってきた。

「何機が残っている？」

「六機です。全機が投弾に成功しましたが、離脱時に二機がジークに墜とされました」

無念の思いを込めて、ベルナップは報告した。

輪型陣の外に離脱した後、VB3はジーク二機に襲われ、第四小隊の三、四番機を墜とされたのだ。

三番機の機長デビッド・ソレル中尉が被弾時に上げた絶鳴《ぜつめい》と、四番機の機長アーサー・ミラン中尉の「助けて下さい、死にたくない！」という叫び声は、耳の奥にはっきりと残っている。生涯、忘れないであろう声だった。

ベルナップの思いを知ってか知らずか、ウォーレスは問いを重ねた。

「戦果は？」

「敵空母一に三発命中です。沈没までは、確認できておりません」

「VT3の戦果は？　彼らは、一緒ではないのか？」

「戦果は未確認です。我々も投弾後、ジークから逃れるだけで精一杯であり、VT3と行動を共にする余裕はありませんでした」

「確実な戦果は、敵空母一隻撃破か」

ウォーレスの声は、どこか力がなかった。勝利を喜ぶ声ではなかった。

「『エンタープライズ』と『レキシントン』はどうなったのです？」

「……沈んだ」

ベルナップの問いに、ウォーレスはごく短く返答した。

「一七〇機以上と推定されるジャップの大編隊がTF2を襲い、『エンタープライズ』と『レキシントン』に攻撃を集中した。両艦とも、爆弾、魚雷多数が命中し、手の施しようがなかったようだ」

「了解。着艦の順番を待ちます」

ベルナップは感情のこもらぬ声で言って、交信を打ち切った。

「……最悪の初陣になっちまったな、合衆国の機動部隊にとっては」

ため息混じりの声で、ベルナップは言った。

空母を擁する機動部隊同士が、互いに敵艦の姿を目視《もくし》することなく、艦上機のみを繰り出しての海戦は、史上初めてだ。

合衆国は、その記念すべき戦いで勝利者になれなかった。

三隻の空母から放った攻撃隊は、ジークの群れと防空艦の対空砲火によって大損害を受け、満足できる戦果を上げることはできなかった。

逆に合衆国艦隊は、「エンタープライズ」「レキシントン」の二空母を沈められたのだ。

屈辱的な結果としか言いようがなかった。

三〇分ほど待って、VB3に着艦の順番が回って来た。

ベルナップはエンジン・スロットルを絞り、ドーントレスを「サラトガ」の飛行甲板に降ろした。コクピットから這い出し、飛行甲板に足を降ろした途端《とたん》、その場に膝《ひざ》をつきそうになった。

一日に二度も出撃し、二度とも死線《しせん》をくぐったのだ。

飛行中は気づかなかったが、相当な疲労が溜まっていたらしい。

ペアを組むオーエンスも同様らしく、整備員の一人に肩を支えられている。

「すぐに降ろしてやれなくて、済まなかった」

ウォーレス飛行長が、正面から声をかけた。

空母の艦上機に複葉機のマーチンT4Mが使用されていた頃から操縦桿を握っていたベテランだ。ドーントレスの配備が始まる半年前に、飛行長に任ぜられている。

「早く降りたいのは、誰でも同じです。致し方がありません」

「君たちが着艦を待つ間、通信を送ってみたが、VT3の所属機からは応答がなかった。残念ではあるが、全機が未帰還に終わったようだ」

ウォーレスは、暗い表情で言った。

「全機、未帰還ですか……」

ベルナップは言葉の意味を確認するように、殊更《ことさら》ゆっくりと言った。

「私たちが攻撃したとき、艦隊の上空はがら空きの状態でした。ジークは、全機が低空でVT3を攻撃していたのかもしれません」

「VT3は、ジークを低空に引きつける役割を果たしたということか」

「だとすれば、我々は戦友を囮《おとり》に使ったことになります」

ベルナップは、自己嫌悪《けんお》を感じた。

自分たちはVT3を犠牲にすることで、空母一隻撃破の戦果を上げたのだ。

「たまたま、そうなったというだけだ。貴官が気に病《や》む必要はない」

ウォーレスは、ベルナップの肩を軽く叩いた。

「デバステーターは、制式採用から四年が経っている。性能面では、旧式化が目立つ機体だ。実戦配備が始まったグラマン社の新型雷撃機なら、もう少し生存率は高まるはずだ」

「新型機ですか。それが間に合っていれば、ジャップの空母を一、二隻沈められたかもしれません」

「雪辱《せつじょく》を果たす機会は、いずれ巡って来るだろう。戦いは、まだ緒戦《しょせん》だからな」

「その緒戦も、まだ終わったわけではないと考えますが」

ベルナップは、太平洋艦隊の現状を思い出しながら言った。

昨日の夜戦と午前中の空襲で、TF1が被害を受けたことは知っている。

太平洋艦隊司令長官ハズバンド・E・キンメル大将が戦死したことも。

だが、TF1にはまだ戦艦六隻が健在だ。

太平洋艦隊の指揮を引き継いだウィリアム・パイ中将は、残存兵力を率いて、日本艦隊との決戦に踏み切るのではないか。

「戦艦はともかく、空母は本艦一隻だけだ。『エンタープライズ』と『レキシントン』の機体を収容した結果、搭載機は九〇機となったが、日本軍の機動部隊に太刀《たち》打ちできる戦力ではない。やれるとすれば、TF1の直衛ぐらいのものだ」

ウォーレスはかぶりを振った。

今の戦力で、日本軍の機動部隊と再度戦うことがあれば、この「サラトガ」も、「エンタープライズ」「レキシントン」の後を追うことになる、と言いたげだった。

「いずれにしても、決めるのはパイ提督だ。我々は、指示を待つだけだ」

第四章　太平洋艦隊の選択

1

南方部隊が連合艦隊主力との合流を果たしたとき、桃園幹夫少佐は、安堵のあまり、艦橋の床にへたり込みそうになった。

星明かりの下に、連合艦隊主力の戦艦群が、艦影を浮かび上がらせている。

先頭に立つのは、旗艦「長門《ながと》」だ。

灯りが乏しいため、肉眼ではっきり見ることはできないが、檣頭《しょうとう》に連合艦隊司令長官の旗艦であることを示す大将旗が翻っていることは間違いない。

その後方には「長門」の姉妹艦「陸奥《むつ》」、長門型の竣工《しゅんこう》以前は連合艦隊最強の戦艦群として君臨《くんりん》していた伊勢《いせ》型戦艦、扶桑《ふそう》型戦艦各二隻が続いている。

海南島の南東岸沖で米英連合軍艦隊の凄まじい砲火にさらされ、夜が明けてからは英国戦艦「プリンス・オブ・ウェールズ」の追撃を受け、あわやというところまで追い込まれた身には、これほど頼もしい存在はなかった。

現在の時刻は二一時。

連合艦隊司令部から指示された合流時刻は一四時だったが、南遣艦隊旗艦「鳥海」の機関出力低下や、機動部隊同士の海戦生起《せいき》が考慮され、

「合流予定時刻ハ本二一〇〇《フタヒトマルマル》ニ変更ス」

と、改めて通知されていた。

「一艦隊の右後方に、空母らしき艦影あり」

第六戦隊旗艦「青葉」の艦橋に、見張員が報告を上げた。

「一航艦でしょうな。『古鷹』と『衣笠』もいるはずです」

「六戦隊の全艦が、ようやく同じ場所に揃ったわけですか」

首席参謀貴島掬徳中佐の言葉に、「青葉」艦長久宗米次郎大佐が応えた。

第六戦隊は二隊に分かれて、緒戦を戦った。

日本海軍 長門型戦艦「長門」

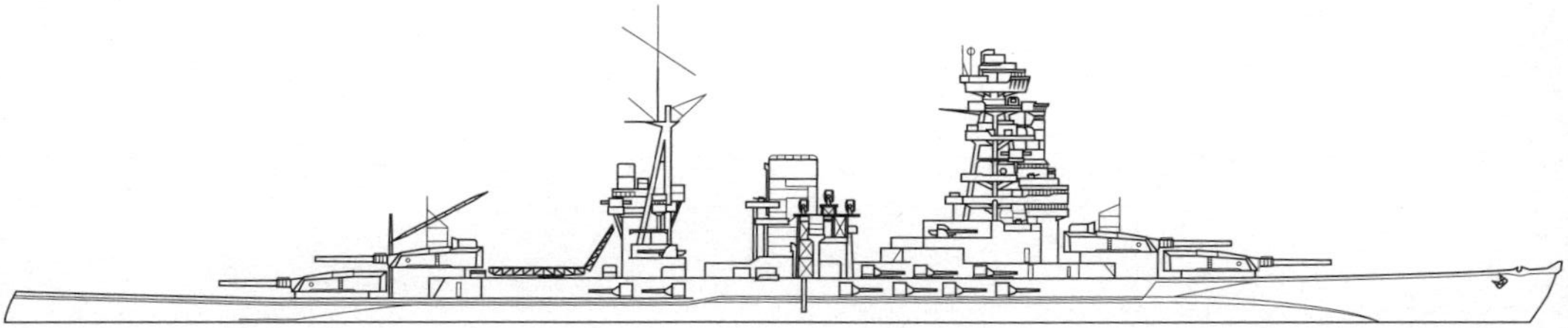

全長	224.9m
最大幅	34.6m
基準排水量	39,130トン
主機	艦本式タービン 4基／4軸
出力	82,000馬力
速力	24.4ノット
兵装	40cm 45口径 連装砲 4基 8門 14cm 50口径 単装砲 18門 12.7cm 40口径 連装高角砲 4基 8門 40mm 連装機銃 2基 25mm 連装機銃 10基
航空兵装	水上機 3機／射出機 1基
乗員数	1,368名
同型艦	陸奥

「八八艦隊計画」に基づき建造された長門型戦艦の一番艦。大正９年11月に竣工した当時、世界最大、最強の戦艦であった。主砲として40センチ砲を連装砲塔４基計８門搭載したほか、副砲として14センチ単装砲20門をケースメイト式砲座に収めた。その後、昭和９年から近代化大改装を受け、ボイラーの換装、装甲の追加、主砲塔の改修、艦尾の延長、バルジの増設など数々の改造を施している。この時、同時に魚雷発射管の廃止、14センチ単装砲を２門撤去、対空機銃の増設など近代戦に対応するための改修も行われた。

長く連合艦隊旗艦を務めるなど、日本海軍を代表する戦艦として知られており、今後も「日本の誇り」として、その存在は大きな意味をもつと思われる。

第一小隊の「青葉」「加古」は、南方部隊本隊の指揮下に入って、海南島の沖で熾烈《しれつ》な水上砲戦を経験し、第二小隊の「古鷹」「衣笠」は機動部隊の指揮下で、防空艦の役割を全《まっと》うした。

その四隻が、同じ海面に集まったのだ。

「長官は、今度こそ六戦隊全艦を一航艦の指揮下に入れるつもりでしょうか?」

「まだ分からん」

貴島の問いかけに、司令官五藤存知少将はぶすりと答えた。

「長官が、この先の戦闘をどのように考えておられるかで、六戦隊の行き先も決まるだろう」

(機動部隊中心に戦いを進めるなら、一航艦に編入されるな)

この日、「青葉」の通信室が受信した報告電を、桃園は思い起こした。

機動部隊同士の戦闘で、一航艦は敵空母二隻撃沈の戦果を上げ、被害は「飛龍」「翔鶴」の損傷に留まった。

対空戦闘の詳細は不明だが、「古鷹」「衣笠」は被害の低減に貢献したはずだ。

連合艦隊司令部が、明日以降も一航艦を中心とした作戦展開を考えているのであれば、「青葉」「加古」も空母の護衛に付くはずだ。

「六戦隊ハ機動部隊ノ指揮下ニ入レ」との命令を、桃園は期待していたが——。

「『長門』より信号。当隊に宛ててのものです」

信号長熊沢元也《くまざわもとや》一等兵曹の報告を受け、五藤が聞いた。

「何と言って来た?」

「『六戦隊一小隊ハ第一艦隊ノ指揮下ニ入レ』であります」

「各隊への信号、送信終わりました」

連合艦隊旗艦「長門」の艦橋に、信号長の甘利幸《あまりゆき》彦《ひこ》兵曹長が報告を上げた。

洋上では、各艦が動き始めている。

第一艦隊への編入を指示された巡洋艦、駆逐艦は、「長門」以下戦艦部隊の周囲に集まり、内地への帰還を命じられた損傷艦は、隊列から離れる。

星明かりの下、各艦の位置が入れ替わってゆく。

「大胆なことをなさいますな、洋上での艦隊の再編とは」

連合艦隊参謀長宇垣纏《うがきまとめ》少将の一言に、山本五十六《やまもといそろく》司令長官は応えた。

「泊地で再編成を行ったのでは、回航に時間がかかる。米太平洋艦隊の出方が分からぬ以上、一分でも早く再編を終え、決戦に備えなくてはならぬ」

昨日南方部隊に合流を命じた時点で、山本は、「南方部隊と合流次第、艦隊の再編成を行い、米太平洋艦隊との決戦に備える」

との方針を決めていた。

艦隊の再編成は、台湾の高雄あたりに入港して行うべきだったかもしれない。

だが、南方部隊は昨日の夜戦で戦力を大きく減じており、損傷艦や負傷者も多い。

南遣艦隊旗艦「鳥海」などは、至近弾によって機関を損傷しており、一四ノットしか出せないという。

南方部隊を高雄まで回航したのでは時間がかかる。

このため山本は、南方部隊と合流後、その場で艦隊を再編成すると決めたのだ。

山本が率いるのは、連合艦隊の直属《ちょくぞく》である第一戦隊の「長門」「陸奥」と、第一艦隊の隷下《れいか》にある第二戦隊の戦艦「伊勢」「日向《ひゅうが》」「山城《やましろ》」「扶桑」、第九戦隊の軽巡「大井《おおい》」、第六、第二一、二七の三個駆逐隊一二隻だ。

他に、第三艦隊の指揮下にあった第五戦隊の妙高《みょうこう》型重巡四隻と第二水雷戦隊が、第一艦隊に加わっている
南方部隊からは第六戦隊第一小隊と第七戦隊の最上型重巡四隻を、第一航空艦隊からは第三戦隊の戦

艦「比叡」「霧島」を、それぞれ第一艦隊の指揮下に置いた。

結果、第一艦隊は、戦艦八隻、重巡八機、防巡二隻、軽巡二隻、駆逐艦二〇隻という強力な水上部隊となったのだ。

損傷した「鳥海」「飛龍」「翔鶴」は、駆逐艦の護衛を付けて内地に帰還させる。

第一航空艦隊は、第一艦隊の後方に展開し、航空偵察や艦戦による上空の直衛を行い、第一艦隊を支援する。

開戦時、連合艦隊の主力は、内地の第一艦隊、洋上をハワイに向かう第一航空艦隊、台湾の第三艦隊と第一一航空艦隊、そして海南島の南方部隊と、大きく四隊に分かれていた。

予期せざる米太平洋艦隊主力のフィリピン出現によって、各部隊は分断され、各個撃破の危機に直面した。

だが、海南島沖の夜戦と、この日——一二月一一日の機動部隊戦を経た今、連合艦隊は米太平洋艦隊と正面から戦えるだけの兵力を整えたのだ。

「南方部隊が夜戦で戦艦一隻を沈め、もう一隻に雷撃を成功させたと報告しております。また、一航艦が航空攻撃により、英戦艦一隻と米戦艦三隻を沈めています。米英艦隊の戦艦は一二隻を数えましたが、六隻が戦列外に去った今、健在な艦は六隻です」

首席参謀の黒島亀人《くろしまかめと》大佐が、意気込んだ様子で言った。

我が方の戦艦は八隻。数の上で優位に立つ以上、勝利は決まったも同然です——そんな楽観が、表情から見て取れた。

「必ずしも、我が方が優勢とは限らぬ」

戒めるような口調で、宇垣が言った。

「南方部隊と一航艦が沈めた戦艦がどの級に属するものか、はっきりしていない。ノースカロライナ級、コロラド級が健在であれば、我が方が不利になる」

フィリピンに回航された米戦艦一〇隻のうち、四隻が四〇センチ主砲を装備している。

　対する日本戦艦八隻のうち、四〇センチ砲搭載艦は「長門」「陸奥」のみであり、他の六隻は三五・六センチ砲を主砲とする。

　米軍戦艦六隻のうち、四隻を四〇センチ砲戦艦が占めているのであれば、数の優位など、容易く覆されてしまうかもしれない。

　山本が、意味ありげな笑いを浮かべた。

「戦いは、戦艦だけでするわけではないからな」

2

「撤退すべきと言うのか？」

　第一任務部隊《TF1》司令官ウィリアム・パイ中将は目を剝いた。

「おっしゃる通りです」

　参謀長ジェームズ・オズボーン大佐は、沈痛《ちんつう》な声で言った。

「昨日の夜戦と本日昼間の空襲の結果、太平洋艦隊の戦艦は一〇隻から六隻に激減しました。これ以上戦って、傷を深くすれば、今後の作戦行動にも大きな支障を来します。戦争はまだ始まったばかりであり、日本軍との再戦の機会は必ず来ます。ここは撤退する勇気を持つべきかと愚考《ぐこう》する次第です」

「貴官の主張が愚考である、という一点については同意する」

　パイは、冷たい声で言い放った。

「ジャップの艦隊に負けたまま、引き上げろだと？　ジャップごときを相手に、敗北の屈辱を舐《な》めろと言うのか？　そのような真似《まね》をすれば、合衆国海軍は世界の笑いものになる。断じて容認できぬ」

　この日、ＴＦ1は日本軍の空襲によって、パイの旗艦「オクラホマ」と「ネバダ」「アリゾナ」の二戦艦を失った。

　のみならず、機動部隊同士の戦闘にも敗北し、ＴＦ2、ＴＦ14は、南シナ海における制空権《せいくうけん》の確保に失敗した。

とはいえ、パイはまだ破れたとは思っていない。

TF1には、六隻の戦艦が残されている。うち四隻は四〇センチ砲の搭載戦艦、二隻は三五・六センチ砲戦艦とはいえ、長砲身砲を装備した強力な艦だ。

この六隻を以《もっ》て、日本海軍の連合艦隊《コンバインド・フリート》に決戦を挑むつもりだった。

その方針に、参謀長が異議《いぎ》を唱《とな》えたのだ。

「我々は『オクラホマ』『ネバダ』『アリゾナ』の三戦艦を失っただけではない。昨日の夜戦では、『ペンシルヴェニア』を失った。キンメル司令長官の旗艦を、太平洋艦隊司令部のスタッフもろとも、ハイナン島の沖に沈められたのだ。しかも、同地にいた日本艦隊を取り逃がすという失態まで犯《おか》した。かくのごとき不名誉は、我々自身の手で払拭《ふっしょく》しなければならない。我々には、勝利が必要なのだ」

パイは、熱烈に主張した。

大統領選で演説する候補に劣らぬほど、力と熱のこもった声であり、表情だった。

「勝利が必要だという司令官のお考えには、小官も賛成ですが、それが今である必要はないと考えます」

パイとは対照的に、オズボーンは静かな声音で言った。

「我が艦隊が戦力低下を来したのは、戦艦だけではありません。巡洋艦もです。昨日の夜戦では、重巡二隻、軽巡三隻が損傷し、戦闘困難な状況に追い込まれています。健在な巡洋艦が『ヘレナ』のみでは、日本艦隊には対抗できません」

「巡洋艦は、TF2の所属艦をTF1に異動させる。二隻の空母を失った以上、同部隊に巡洋艦は必要ない。第四《CD4》、第六《6》巡洋艦戦隊の重巡五隻が戦列に加われば、戦列外に去った五隻の補《おぎな》いは付けられる」

「不足しているのは、空母も同じです」

航空参謀ケビン・ミラー中佐が、オズボーンに同調した。

　機動部隊同士が戦っている間、ミラーはもっぱら「ヘレナ」の通信室に詰め、傍受《ぼうじゅ》された通信から、戦闘の経過を把握《はあく》している。

「我が方の残存空母は『サラトガ』のみ。日本軍の空母は四隻が健在です。四対一の戦力差があるのでは、艦隊戦時に制空権を確保できません」

「艦隊戦での主役は、彼我共に戦艦だ。航空兵力は、補助的な役割を果たすだけに過ぎぬ。機動部隊に戦力差があることは認めざるを得ないが、艦隊戦の勝敗を決定づけるものではあるまい」

　戦死したキンメルと同じく、パイもまた戦艦の威力を信じる、大艦巨砲主義の信奉者《しんぽうしゃ》だ。

　戦艦「ペンシルヴェニア」副長、同「ネバダ」艦長、巡洋艦の戦隊司令官等を経て、太平洋艦隊の全戦艦を率いるＴＦ１の司令官に任じられている。

　航空兵力の重要性が増していることは認識しつつも、戦艦の火力で優位に立っているＴＦ１が敗北するなどあり得ない、と信じていた。

「戦艦が航空機に撃沈される光景は、司令官御自身が御覧になったはずです。現に、将旗を『オクラホマ』から『ヘレナ』に移したではありませんか」

　ミラーが言った。

　戦艦が航空機に敗北した瞬間を、実際に体験したにも関わらず、航空機の優位性を認められないのか、と言いたげだった。

「戦艦三隻の喪失は、ＴＦ１に直衛戦闘機が付いていなかったことが主因《しゅいん》だ。ＴＦ２、ＴＦ14が、適切に戦闘機を派遣していれば、戦艦三隻の喪失はなかった」

　パイは、なおも言い張った。

　直衛のＦ４Ｆは、日本機が立ち去った後でＴＦ１の上空に到着している。

　彼らが、日本機が来襲する以前からＴＦ１の頭上に展開していれば、九九艦爆《ヴァル》も九七艦攻《ケイト》も追い払っていたはずだ。

次の戦いでは、TF14にはTF1の直衛に徹するよう、命じるつもりだ、とパイは主張した。

「戦闘機の性能も、数も、日本軍の方が上です。F4Fと零戦《ジーク》の交戦を直接見たわけではありませんが、友軍の交信を傍受した限りでは、明らかに味方が押されていました。この一事《いちじ》から見ましても、制空権の確保は困難と考えます」

ミラーは、なおも主張した。

パイはゆっくりとかぶりを振り、オズボーン以下の幕僚たちを見渡した。

「諸官は、TF1が敗北すると決めてかかっているようだな」

「必ず敗北するとは申しませんが、我が軍が不利となる要素が多いと考えます」

オズボーンは応えた。慎重に、言葉を選んでいるように感じられた。

「我が軍が撤退したら、フィリピンはどうなる？」

最も肝心《かんじん》なことを、諸官は忘れている——その意を込め、パイは言った。

「太平洋艦隊をフィリピンに回航した最大の目的は、同地の防衛だ。フィリピンを守り切れば、日本軍はイギリス領マレー半島にも、オランダ領東インドにも兵を進めることができず、戦争遂行《すいこう》に不可欠《ふかけつ》の資源を入手できなくなる。結果、日本軍は立ち枯れとなり、日本を早期に屈服《くっぷく》させることが可能となる。何よりも、フィリピンはれっきとした合衆国領だ。合衆国国民も大勢住んでいる。その地を、敵の手に委ねることはできぬ」

「戦略的後退ということも、お考えになるべきです。フィリピンを一時、日本の占領《せんりょう》下に置かれたとしても、太平洋艦隊の主力が健在なら、奪回《だっかい》する機会は必ず来ます。ですが、太平洋艦隊が大損害を受ければ、奪回は困難さを増し、フィリピンの占領も長期化します」

「一時的に土地を捨て、兵力を温存する道を選ぶべきだ、というのが貴官の主張か？」

「おっしゃる通りです」

「……それはできぬ」

　パイは、少し考えてから応えた。

「捨てるのは土地だけではない。フィリピンに住む合衆国の国民も、見殺《みごろ》しにすることになる」

　オズボーンは沈黙し、他の幕僚も、それ以上は異議を唱えようとしなかった。

「フィリピン在住の合衆国国民を守るため」という大義名分《たいぎめいぶん》には反対できなかったのか、パイの決意の固さを悟り、説得を諦めたのかは分からなかった。

「太平洋艦隊主力は、一旦ラガイ湾まで後退する。同地で、艦隊の再編成と燃料、弾薬の補給を実施すると共に、損傷艦、負傷者を後送《こうそう》する」

　宣言するように、パイは言った。

「再編成と補給を行った後、打って出るのですか？」

「いや、日本艦隊の来寇《らいこう》を待つ。シブヤン海を、決戦の地とするのだ」

　オズボーンの問いに、パイは答えた。

「ハイナン島での戦いは、日本軍に地の利があった。おかげで、我が軍は思いがけない損害を出し、日本艦隊を取り逃がしてしまった。今度は、その条件を逆にする。我が軍が地の利を得ている場所で、ヤマモトの艦隊を迎え撃つのだ」

「日本軍が、シブヤン海に足を踏み入れるでしょうか？」

「必ず来る」

　パイは、言下《げんか》に答えた。

「太平洋艦隊との決着を、ヤマモトも望んでいるはずだ」

3

　南の空に、小さな機影が見えた。高度を落としつつ、接近して来る。

　両翼の下に、巨大なフロートを提げた水上機だ。

昨年、制式採用され、戦艦や重巡洋艦の目として使用されている機体、零式水上偵察機だった。

「収容準備！」

戦艦「長門」艦長矢野英雄《やのひでお》大佐が下令し、艦が左舷側に回頭を始めた。

回頭によって作り出される静水面《せいすいめん》に、零式水偵が飛沫を上げながら着水する。

揚収機《ようしゅうき》が降ろされ、機体を艦上に引き上げてゆく。

「長門」の水偵だけではない。

姉妹艦「陸奥」や、第五戦隊の妙高型重巡より放たれた水偵も、次々と帰還して来る。

「どの索敵機からも、報告はなし……か」

「長門」の艦橋から、水偵の帰還を眺めていた山本五十六連合艦隊司令長官は、ぼそりと呟いた。

「どうも、分からん話ですな。敵の指揮官は、何を考えているのか」

傍《かたわ》らに控える宇垣纏参謀長が、首を捻《ひね》りながら言った。

この日は、一二月一三日。

第一航空艦隊が米機動部隊との戦闘に勝利を収め、連合艦隊主力が南方部隊との合流を果たしてから、二日が経過している。

洋上で艦隊を再編し、損傷艦を後送した後、第一艦隊はマニラの北西二〇〇浬の海面に展開した。

連合艦隊主力の戦艦部隊が南シナ海に出撃し、フィリピンをうかがっている以上、米太平洋艦隊は必ず打って出て来ると睨んだのだ。

ところが山本の予想に反し、米艦隊は姿を見せなかった。

第一艦隊は、戦艦、巡洋艦の水偵を放って敵艦隊の早期発見に努め、第一艦隊の後方に展開する第一航空艦隊も、空母の艦上機を用いて米艦隊の捜索に当たったが、それらの機体が「敵艦隊見ユ」の報告電を送ることはなかった。

一二月一二日も、一三日も、索敵機は敵を発見できないまま、空《むな》しく帰還して来るだけであり、各艦の将兵は、神経を張り詰めさせながら、洋上で待機するだけだった。

「敵が退却《たいきゃく》した可能性はないでしょうか？」

作戦参謀三和義勇《みわよしたけ》中佐が、遠慮がちな口調で意見を述べた。

「一昨日の機動部隊戦の結果、彼我の航空兵力には大差《たいさ》がつきました。米軍は、機動部隊も、フィリピンの基地航空兵力も、著しく弱体化しております。米軍の指揮官が、制空権を失った以上勝算はないと判断し、撤退を決意した可能性は充分考えられます」

「敵の指揮官が、航空主兵思想の信奉者なら、その可能性はあるでしょう。ですが、キンメルは名《な》うての大艦巨砲主義者です。航空兵力がなくとも、戦艦部隊が健在なら勝算はあると考えるのではないでしょうか？」

渡辺安次《わたなべやすじ》戦務参謀が反論した。

連合艦隊司令部は、海南島沖の夜戦でキンメルが旗艦「ペンシルヴェニア」と運命を共にしたことを、まだ知らない。

「私も、米艦隊が撤退したとは考えていない。戦務参謀の主張とは、別の理由で、だが」

山本が言った。

「米国が太平洋艦隊の主力をフィリピンに回航した目的は、二つ考えられる。第一に、我が方の真珠湾攻撃を事前に察知し、肩透《かたす》かしを食わせるため。第二に、フィリピンの防衛だ。第一の目的だけなら、同じハワイのラハイナ泊地か、西海岸のサンディエゴまで太平洋艦隊を後退させれば済む。フィリピンまで太平洋艦隊を前進させたのは、同地が米国にとっても重要であり、失うわけにはいかない地だからだ。それを考えれば、太平洋艦隊はフィリピンに踏みとどまり、同地を死守《ししゅ》しようとするだろう」

「政治上の理由で、ということですか？」

宇垣の問いに、山本は頷き、言葉を続けた。

「その通りだ。他にもう一つ、米海軍の誇りの問題がある」

「誇り、でありますか?」

「一二月一〇日の夜戦について、考えてみたまえ。米艦隊は、というより米英連合軍艦隊は、戦艦だけで一二隻を擁していた。対する南方部隊は、戦艦は二隻だけで、あとは巡洋艦、駆逐艦だ。キンメルにしてみれば、主砲の斉射数回で、容易く殲滅《せんめつ》できると考えていたはずだ。私でもそう考える」

「長官だけではありません。私も、同じように考えます。他の参謀も、本艦や『陸奥』の艦長も同じでしょう」

宇垣は、黒島亀人首席参謀以下の幕僚や、矢野「長門」艦長をちらと見やった。

「南方部隊の喪失艦は、戦艦、重巡各二隻と軽巡一隻、駆逐艦六隻だ。残りの艦は、海南島沖からの脱出に成功している。米英側の損害は、戦艦一の沈没、同一の損傷だから、数字の上では彼らの勝利だが、圧倒的な戦力を有していながら、南方部隊の殲滅に失敗したことは、キンメルの誇りを深く傷つけたはずだ」

「キンメルにとり、連合艦隊《GF》との決戦は、名誉回復のための戦いでもある、ということですか」

宇垣は、深々と頷いた。

GFの長官として、太平洋艦隊司令長官の心がお分かりになるようだ、と思っている様子だった。

「長官の言われる通りだとしますと、米艦隊が出て来ないのは何故でしょうか?」

政務参謀藤井茂《ふじいしげる》中佐の疑問提起に、渡辺戦務参謀が答えた。

「補給のため、一旦泊地に戻ったのでは? 米艦隊はこれまでの戦闘で、相当量の燃料と砲弾を消費したはずです」

「マニラ湾には、敵の艦隊はいなかったと報告が届いています」

航空参謀の佐々木彰《ささきあきら》中佐が言った。

連合艦隊の索敵には、台湾の第一一航空艦隊も協力しており、連日ルソン島の上空に陸上攻撃機を飛ばして、長距離偵察を実施している。

同島最大の艦隊泊地があるのは、西岸のマニラ湾だが、米太平洋艦隊の姿は確認されていない。

何よりも、マニラ湾に米太平洋艦隊が在泊していたら、一一航艦が叩くはずだ。

「敵の泊地が、マニラ湾にあるとは限りません」

意見を述べたのは、航海参謀の永田茂《ながたしげる》中佐だ。

「フィリピンには、マニラ湾以外にも艦隊の泊地に適した場所が多数あります。米太平洋艦隊は、それらの一つに停泊しているのではないでしょうか？　何よりも、台湾からの攻撃圏内に入っているマニラ湾を、米太平洋艦隊が泊地に選ぶとは考えられません」

「米艦隊は、フィリピンのどこかで復讐戦《ふくしゅうせん》の機会をうかがっている、か」

山本は、海図台の上に置かれているフィリピンの地図を見やった。

大小の島々から成る、米国の極東領だ。

島の数は、有人のものと無人のものを合わせ、七〇〇〇余に及ぶ。

日本も、大小の島々から成る島国だが、地形の複雑さでは、フィリピンに遠く及ばない。

フィリピンには、複数の島で囲われた内海《ないかい》が幾つもあり、多数の海峡《かいきょう》、水路が入り組んでいる。多数の島々が、迷路《めいろ》を形成しているような地だ。

そのフィリピンのどこかで、米太平洋艦隊の主力が、連合艦隊と雌雄を決するべく、決戦の機を見極めようとしている……。

「米艦隊は、我が軍をフィリピンの内海に誘い込もうとしている、とは考えられないでしょうか？」

黒島が、質問の形を取って発言した。山本が聞き返した。

「何故、そのように考える？」

「一二月一〇日の戦闘で、南方部隊は海南島付近を戦場に選びました。詳細については、戦闘詳報《しょうほう》を待たねばなりませんが、近藤長官（近藤信竹中将。第二艦隊司令長官）が同地で米艦隊を迎え撃ったのは、地の利を得ようとした、と考えられます。結果、南方部隊は大きな犠牲を払いましたが、巡洋艦、駆逐艦の大部分を脱出させることに成功しました。キンメルはこの戦訓から、今度は自分たちが地の利を得ようと考えているのではないでしょうか？」

「可能性の一つとしては、考えられますな」

宇垣がそう言った後、顔をしかめた。

あることに気がついたようだ。

「首席参謀の言った通りだとすると、米艦隊はこちらが幾ら待っても出て来ないかもしれぬ」

「私も、そのことを危惧《きぐ》しているのです。索敵を継続すれば、いずれ米艦隊を発見することはできるでしょう。しかし、彼らが動かず、我が艦隊をシブヤン海やスル海あたりで待ち構える可能性は大いにあり得ます」

「首席参謀の推測通りなら、フィリピンの内海に突入するのは不利です」

永田茂航海参謀が断定口調で言った。

「我が方は、フィリピンの水路を完全には把握しておりません。フィリピンの内海に突入すれば、敵の待ち伏せに遭《あ》い、大損害を受ける危険があります」

「だからと言って、米艦隊が地の利を捨て、外海に出て来るとは考え難い」

首を捻りながら言った宇垣に、黒島が微笑した。

「敵を引っ張り出す策があります。ただし、長官に動いていただかねばなりませんが」

「私を、手駒《てごま》の一つに使うつもりか？」

山本は笑い出した。

GFの長官を駒に使おうとする黒島の発想に驚いたが、同時にその大胆不敵《だいたんふてき》さが気に入りもした。

「いいだろう。何でもやるぞ」

「長官には台湾に飛んでいただき、第一四軍の司令官に交渉していただきたいのです」

第一四軍は、フィリピンの攻略を担当する陸軍部隊だ。

本間雅晴《ほんままさはる》中将を軍司令官としており、第一六、四八の二個師団と第六五旅団、総勢約三万五〇〇〇名の兵力を指揮下に収めている。

「陸軍の協力を得ようというのか？」

山本の問いに、黒島は破顔《はがん》した。

「おっしゃる通りです。第一四軍も、出番を待ってうずうずしているでしょう」

4

一二月一六日早朝、アメリカ合衆国海軍アジア艦隊に所属するコンソリデーテッドＰＢＹ〝カタリナ〟飛行艇《ひこうてい》四号機は、ルソン島の西岸に沿って、哨戒飛行を行っていた。

一二月八日の空襲で、クラークフィールド、イバの両飛行場が壊滅《かいめつ》状態になった後、フィリピンの合衆国軍は、ルソン島、特にマニラ以北の制空権を喪失した。

台湾《タイワン》の日本軍航空部隊は、一二月九日以降も攻撃を継続し、マニラ周辺の航空基地は、ほとんど使用不能に追い込まれた。

極東航空軍の残存兵力は、ルソン島の南部や、ミンドロ島、パナイ島、ネグロス島等の飛行場に後退し、抗戦を続けているが、フィリピンを巡る航空戦は、既に大勢《たいせい》が決している。

アジア艦隊も例外ではなく、キャビテ軍港の在泊艦船は、太平洋艦隊に編入されたものを除き、フィリピン南部に脱出している。

アジア艦隊に所属する飛行艇や水上機も同様だ。

カタリナ四号機もキャビテから逃れた機体の一機であり、現在はミンドロ島北東部のカラパンから、作戦行動に当たっている。

ヴェルデ島水道の上空を横切ってルソン島上空に進入した後は、ルソン島の西岸に沿って島の北端まで飛行するのだ。

一二月一二日以降、戦闘はしばらく小康状態になっている。

タイワンから飛来する日本軍の爆撃機は、マニラ周辺の飛行場やキャビテ軍港に対する爆撃を継続しているが、ルソン島への日本軍の上陸はない。

星のマークの軍用機も、日本機と遭遇しない限りは、安全に飛行できる。

だが、日本海軍の主力部隊は南シナ海に遊弋《ゆうよく》しており、その中には、複数の空母も含まれている。

陸軍の偵察機の中には、ルソン島の北端付近で、「零戦《ジーク》！」の叫び声だけを残して消息《しょうそく》を絶った機体もある。

ルソン島北部の空は、既に敵地と言ってよく、北上するほど危険度が高いことは、クルーたちにとり、常識となっていた。

「マニラ湾口《わんこう》を通過」

四号機の機長と操縦員を兼任するノーマン・ベイリー中尉の耳に、偵察員を務めるアラン・モートン少尉が報告した。

ベイリーは、ちらを右方を見やった。

視界の前方から手前に、緑に覆われたバターン半島が突き出しており、その向こう側には、広々としたマニラ湾とマニラの市街地が見える。

湾口には、芥子粒《けしつぶ》のように小さな島——コレヒドール島が浮かんでいる。

上空から見下ろした限りでは、何ということもない小島だが、湾口を扼《やく》する位置にあるため、同地を占領しなければ、マニラ湾を使用できない。

在フィリピン軍の司令官ダグラス・マッカーサー大将は、日本軍がルソン島に上陸して来たときには、バターン半島とコレヒドール島を利用した邀撃《ようげき》作戦を考えているらしいが、アジア艦隊の航空部隊には、詳しい情報は伝わっていなかった。

カタリナは、マニラ湾口の沖を通過し、北上を続ける。

コレヒドールが視界の外に消え、バターン半島も遠ざかってゆく。

「奴らが上陸して来るとしたら、もう少し北の方だろうな」

ベイリーは、海岸を見つめながらひとりごちた。

マニラの北北西六〇浬にあるリンガエン湾には、大部隊の上陸に適した海岸がある。

同地からマニラまでは平坦であり、進撃は容易だ。

マッカーサーの在フィリピン軍司令部でも、リンガエン湾の重要性は理解していると思われるが、防御陣地《じんち》の構築はさほど進んでいない。

日本軍が上陸して来たら、マニラは容易く占領されてしまうのではないか、という気がした。

ほどなく、リンガエン湾が視界に入る。

ルソン島の西岸から、大きく南南東に切れ込んだような湾だ。

「右二〇度に艦影多数！」

不意に、モートン少尉が緊張した声で叫んだ。

ベイリーは、操縦席から身を乗り出し、右前方を見た。

リンガエン湾の湾口付近に、多数の艦艇が見える。

大型艦が二〇隻前後に、小型艦九隻だ。

「確認する！」

ベイリーは一声叫び、ステアリング・ホイールを右に回した。

カタリナが大きく傾き、右に旋回しつつ、降下を開始した。

ベイリーは、艦隊から距離を取りつつ、周囲を旋回する。

大型艦と見えたのは、輸送船のようだ。

喫水を大きく沈め、湾口を横断している。

リンガエン湾の東岸にあるサン・フェルナンドに向かっているようだ。

周囲を固めるのは、護衛の駆逐艦であろう。

「開拓民の幌馬車《ほろばしゃ》と、護衛の騎兵隊《きへいたい》って構図だな」

新大陸に入植《にゅうしょく》した先祖《せんぞ》のことを思い出し、ベイリーは呟いた。

「機長、駆逐艦は神風型《カミカゼ・タイプ》、ないしは睦月型《ムツキ・タイプ》のようです！」

モートンが、駆逐艦の型を見抜いて報告した。

カミカゼ・タイプ、ムツキ・タイプは、一九二〇年代の半《なか》ばに建造された日本軍の駆逐艦だ。旧式艦に属するが、哨戒艇《しょうかいてい》や駆潜艇《くせんてい》といった小艦艇を掃討《そうとう》したり、上陸部隊の支援砲撃を行ったりするには、充分な火力を持っている。

ベイリーは、口の中が乾《かわ》くのを感じた。

来たるべきものが来た。

日本軍は、ルソン島に上陸作戦を開始しようとしているのだ。

(開拓民なんかじゃないな、奴らは)

ベイリーは、先ほどの連想を打ち消した。

奴らは、このフィリピンを奪《うば》いに来た、とびきりたちの悪い強盗団だ。駆逐艦は、用心棒《ようじんぼう》のガンマンだ、と思い直した。


「ジャック、司令部に緊急信。『敵輸送船団発見。位置、リンガエン湾口。輸送船二〇、駆逐艦九。敵はサン・フェルナンドに上陸の公算大《こうさんだい》なり』」

ベイリーは、通信員のジャック・ファーマー少尉に命じた。

同時にステアリング・ホイールを手前に引き、上昇を開始した。

輸送船団の後方では、日本軍の主力艦隊が支援に当たっている可能性も考えられる。

ぼやぼやしていたら、ジークが飛んで来る。

開戦初日の戦いでは、極東航空軍のカーチスP40〝ウォーホーク〟やカーチスP36〝ホーク〟を多数撃墜し、五日前の機動部隊戦では、グラマンF4F〝ワイルドキャット〟をきりきり舞いさせた戦闘機だ。

最大時速二八八キロのカタリナでは、ひとたまりもなく叩き墜とされるのは目に見えている。

ベイリーはステアリング・ホイールを大きく回し、

機首を南へと向けた。

日本軍の上陸地点が一箇所とは限らないが、これ以上の北上は危険だ。

今にも「ジーク！」の叫び声が上がるのではないか。そんな不安を感じながらも、ベイリーはカタリナを操り続けた。

ベイリーらカタリナ・クルーの不安が、現実となることはない。

船団の上空に、ジークの機影はない。

輸送船や護衛の駆逐艦も沈黙しており、艦上に発射炎が閃くことは最後までなかった。


「カタリナの緊急信は、我が艦隊でも傍受しております」

受話器の向こうから、ウィリアム・パイ中将の声が伝わった。

太平洋艦隊司令長官ハズバンド・E・キンメル大将の戦死と、次席指揮官のパイが長官の代行として太平洋艦隊を率いていることは、アジア艦隊司令長官トーマス・ハート大将にも知らされている。

「日本軍は、身《み》の程《ほど》知らずにも、我が合衆国の領土に手をかけたのですね？」

「その通りだ。私が――いや、マッカーサーやブレリートンら、在フィリピン軍の主だった指揮官が恐れていたことが、現実となってしまった」

ハートは、力のない声で答えた。

開戦六日前の一二月二日、太平洋艦隊の主力がマニラ湾に姿を現したときは、「これでフィリピンが守られる」と安堵すると共に、太平洋艦隊の派遣を決定した本国《ステーツ》にも感謝した。

フィリピンは、本国から見れば、太平洋を間に挟んだ遠隔地だが、その地を全力で防衛せんとする意気込みが感じられた。

あれから二週間近くが経過した今、太平洋艦隊に、当初の力はない。

司令長官のキンメルは、旗艦「ペンシルヴェニア」と共に海南島沖の海底に消え、一二月一一日の機動部隊戦では、戦艦三隻、空母二隻を失った。

太平洋艦隊が大幅に弱体化した状況下で、日本軍がルソン島に上陸して来たのだ。

日本軍、特に連合艦隊《コンバインド・フリート》を率いるヤマモトは、

「太平洋艦隊は、もはや脅威にならない」

と考え、日本本土の大本営《だいほんえい》に報告したのではないか。

大本営はその報告に基づき、延期していたフィリピン攻略作戦を実行に移したのではないだろうか。

「陸軍部隊は、動き出しているのですか？」

パイが聞いた。

マッカーサー麾下《きか》の在フィリピン軍が、水際《みずぎわ》で日本軍の上陸を食い止め、撃退できる可能性に期待している様子だった。

「陸軍は、水際での防戦は考えていない。マッカーサー将軍は、マニラを無防備都市《オープン・シティ》とし、在フィリピン軍の主力はバターン半島とコレヒドール島に後退させて、籠城《ろうじょう》戦を戦うつもりでいる」

少し前にマッカーサーからかかって来た電話を思い返しながら、ハートは答えた。

マッカーサーは慌てふためいた様子で、

「戦況はどうなっているのか。太平洋艦隊は、何をやっているのか。何故、日本軍がルソン島に上陸して来るのだ」

と、ハートを問い詰めたのだ。

初陣の新兵が敵の奇襲を受けたような取り乱し方であり、大将の威厳《いげん》などあったものではない。

開戦初日に極東航空軍が大損害を受け、ルソン島の制空権をほぼ喪失していたため、恐怖心に駆られていたのかもしれないが、在フィリピン軍八万の兵力を率いる指揮官に相応しい態度とは思えなかった。

「太平洋艦隊は、独自の迎撃プランを考えています。電話口では説明できませんが、落ち着いて対処していただきたい」

ハートはそのように返答したが、マッカーサーは

「海軍はあてにならぬ」と判断したのだろう、独自に動き出し、バターン、コレヒドールへの籠城作戦を推進している。

一部の部隊は、既にバターン半島に移動を始めているようだ、とハートはパイに伝えた。

「マニラは放棄する、ということですか？」

パイは、事実を確認する口調で聞いた。

「オープン・シティだ。マニラ市民に対して、略《りゃく》奪《だつ》、暴行を働くような真似をすれば、日本軍もまた戦時国際法違反に問われる」

「ジャップが、そのようなものを尊重《そんちょう》するとは思えませんが」

「いずれにしても、陸軍は既に方針を決めている。アジア艦隊には、決定を覆させる権限はない」

「致し方がないようですな」

「太平洋艦隊の——というより、貴官の考えを聞きたい。日本軍の輸送船団を攻撃し、撃滅することは可能か？」

「……決戦に備え、麾下部隊の再編成は完了しております。出撃は、いつでも可能です」

数秒間の沈黙の後、パイは答えた。慎重に、一語一語を選んでいるような話し方だった。

「ただ……我が軍は、連合艦隊《コンバインド・フリート》をフィリピンの内海に引き込んで、叩く作戦を考えておりました。タブラス海峡か、シブヤン海あたりに」

「地の利を得ての戦いか」

ハートは、フィリピンの地図を思い浮かべた。

フィリピンの内海には島が多く、艦が身を隠す場所に事欠《ことか》かない。

内海に侵入して来た日本艦隊に、駆逐艦が奇襲の雷撃を敢行することも可能だ。

パイの作戦は良策に思えたが——。

「貴官の狙い通りに、ヤマモトが艦隊を突入させて来るかどうか、だな」

「問題はそこです。ヤマモトにしてみれば、どんな

手を使っても、太平洋艦隊の撃滅を図りたいでしょう。彼が蛮勇《ばんゆう》に駆られ、不利を承知で地理不案内な場所に踏み込んで来れば、勝利を我が物とできるのですが、おそらく慎重に行動するでしょうな」

「といって、永久に睨み合っているわけにもゆくまい。どちらかが動かねば、決着は付けられぬ」

「アジア艦隊司令長官としての御希望をうかがいたい。太平洋艦隊に、出撃を望まれますか？」

「できることなら、太平洋艦隊はサン・フェルナンドに出撃し、日本軍の輸送船団を叩いて貰いたい。彼らが内陸に進撃を開始する前なら掃討は可能だし、マニラを敵の手に委ねなくて済む」

ハートは、真情を吐露《とろ》した。

「ただ……私に、太平洋艦隊への命令権はない。私は、貴官に要請しかできない立場だ。できることなら出撃して欲しい、と」

「長官の苦しいお立場は、理解しているつもりです」

「日本艦隊がフィリピンの内海に踏み込んで来ないようであれば、思い切って撤退するのも一つの選択肢だと考えるが」

「撤退ですか？　日本軍の上陸を知りながら、フィリピンを見捨てろと？」

「太平洋艦隊が勝てばよい。しかし、敗北した場合、合衆国は太平洋艦隊とフィリピンを共に失うことになる。最悪の事態を避け、艦隊だけでも保全《ほぜん》してはどうだろうか？」

「どうも、はっきりしませんな」

困惑したような声で、パイは言った。

「サン・フェルナンドに出撃して欲しい、との希望と、撤退してはどうか、との御発言は、真っ向から矛盾《むじゅん》します。長官は、何を望んでおられるのです？　太平洋艦隊の出撃ですか？　撤退と艦隊の保全ですか？」

「アジア艦隊司令長官の立場としては、リンガエン湾への出撃を望むとしか言えぬ。だが……立場を離れ、戦略的に考えると、艦隊の保全を選ぶ方がベターだろう」

「長官御自身も、迷っておられるということですか」

「私は、貴官に何も強制できぬ。現時点における太平洋艦隊の責任者として、貴官が最善と考える道を選んで欲しい、としか言えないのだ」

ハートは、苦衷《くちゅう》の覗《のぞ》く口調で言った。

心情的には、撤退の道を選んで欲しい。太平洋艦隊の将兵が、祖国から遠く離れた極東の海で死ぬのを見たくはない。

だが立場上、それを口にすることはできない。

アジア艦隊の責任者とは、そのような矛盾を抱え込まねばならない立場だった。

パイは、数秒間の沈黙の後に応えた。

「全てをお任せいただけたものと判断します。御期待にお応えできるよう、最善を尽くします」

第五章　暁の対決

1

「右三〇度に艦影。距離八五《ハチゴ》（八五〇〇メートル）！」

「艦種は分かるか？」

夜戦見張員を務める大木《おおき》五郎《ごろう》二等兵曹の報告を受け、「舞風《まいかぜ》」駆逐艦長中村《なかむら》清治《せいじ》中佐は、即座に問い返した。

「舞風」は、第四駆逐隊に所属する陽炎《かげろう》型駆逐艦の一艦だ。南方部隊本隊に所属し、僚艦と共に、一二月一〇日の夜戦に参加した。

このときの戦いで損傷した「萩風《はぎかぜ》」「野分《のわき》」が後送された後、司令駆逐艦の「嵐《あらし》」と共に、第一艦隊の指揮下に入っている。

現在の任務は、ルソン島リンガエン湾周辺の警戒。

米太平洋艦隊の主力部隊は、フィリピンの内海から南シナ海に躍り出し、サン・フェルナンドの輸送船団と、第一四軍が築いた橋頭堡《きょうとうほ》を狙うと考えられている。

リンガエン湾の周辺では、「舞風」の他にも五隻の駆逐艦が哨戒任務に就いており、艦橋や上甲板では、夜戦見張員や手空《てす》きの乗員が、闇の向こう側に目を凝《こ》らしていた。

大木は、すぐには答を返さなかった。

身を乗り出し、双眼鏡を右前方に向けているのだ。

夜空に、月明かりはない。

特殊な訓練を受け、暗視視力を極限まで鍛えた夜戦見張員といえども、星明かりだけを頼りに、敵の艦種まで見分けられるものか。

二〇秒ほど置いて、新たな報告が上げられた。

「小型艦五、中型艦三、大型艦一を確認！」

「それだけ分かれば充分だ」

中村は、通信室を呼び出した。

「司令部宛打電。『敵艦隊見ユ。位置、〈オロンガポ〉ヨリノ方位二七〇度、一五浬。敵ハ小型艦五、中型艦三、大型艦一。〇一《マルヒト》五九《ゴキュウ》（現地時間〇時五九分）』」

「『敵艦隊見ユ。位置、〈オロンガポ〉ヨリノ方位二七〇度、一五浬。敵ハ小型艦五、中型艦三、大型艦一。〇一《マルヒト》五九《ゴキュウ》』。司令部宛、打電します」

通信長谷村《たにむら》喜《き》助《すけ》中尉が、即座に復唱を返した。

オロンガポは、マニラ湾口の北北西三〇浬地点に位置している。

リンガエン湾口までの距離は、約九〇浬だ。

発見した敵艦隊が一八ノットで進撃すれば、夜明け前後に到達する。

「航海、取舵一杯。針路一五〇度」

中村は、航海長三宅《みやけ》貞夫《さだお》中尉に命じた。

こちらは、ただ一隻だ。敵に発見されたら、ひとたまりもない。

海南島沖でやったように、陸地に接近して身を隠すのだ。

「取舵一杯。針路一五〇度！」

三宅が復唱を返し、舵輪《だりん》を回す。

「舞風」は艦首を左に振り、陸地に接近し始める。

「小型艦の数、一〇隻以上。中型艦五。大型艦三」

変針する間にも、大木が新たな敵情を報告する。

敵艦隊は「舞風」の視界内に、続々と姿を現しているのだ。

（来るなよ、来るなよ。こっちに来るなよ）

中村は、敵艦隊に呼びかけた。

お前たちの相手は、リンガエン湾口の沖で待っている。本艦のような小物《こもの》に構っている余裕はないはずだ。

だから来るな。こっちに来るな。

「通信より艦橋。打電終わりました！」

谷村通信長が、報告を上げた。

中村は、安堵の息を吐き出した。

哨戒艦としての任務は、これで果たせた。仮に撃沈されても、必要な情報は、既に「長門」の連合艦隊司令部に渡っている。

「視界内の敵艦は中型艦七、大型艦五。小型艦は数え切れません」

大木が、新たに視認した敵艦を報告に追加する。

敵艦が、北上しているのだ。

今にも艦上に発射炎が走り、敵弾が飛んで来るのではないか。そんな予感に駆られ、中村は首筋《くびすじ》をそっとなでた。

恐れていたことは、何も起こらない。

敵の艦上に発射炎が閃くこともなければ、駆逐艦が変針して、「舞風」に向かって来ることもない。

敵は、針路も速力も変えることなく、「舞風」から遠ざかってゆく。

「舞風」の姿に気づいていないのか、気づいていても攻撃する必要性を認めていないのかは分からなかった。


「舞風」の緊急信は、連合艦隊旗艦「長門」を始めとする各艦でも受信されていた。

「ようやく出て来たか」

山本五十六司令長官は、宇垣纏参謀長以下の司令部幕僚に笑いかけた。

一二月一一日の機動部隊戦以降、連合艦隊と米太平洋艦隊の対峙《たいじ》は一週間に及んだ。

「こちらからフィリピンの内海に踏み込み、敵艦隊を探し出して、撃滅すべきではないでしょうか？」

連合艦隊司令部には、このような積極策を主張する幕僚もいたが、山本がその意見を採り上げることはなかった。

状況を打開すべく、山本が動いたのは、一二月一三日だ。

黒島亀人首席参謀の具申に従って台湾に飛び、第一四軍司令官本間雅晴中将に会見を求めたのだ。

「遅れていたフィリピン攻略作戦を、早急に実施していただきたい。輸送船団、及び上陸後の橋頭堡の護衛については、連合艦隊が全責任を持ちます」

と、山本は本間に要請した。

本間は当初、難色《なんしょく》を示した。

連合艦隊と米太平洋艦隊の戦闘については、第一四軍でも独自に情報を収集しており、敵の水上砲戦部隊が健在であることを知っていたのだ。

「米艦隊は充分な余力《よりょく》を残していると聞き及びます。特に主力の戦艦は、連合艦隊を上回るとか。米艦隊が出て来たら、連合艦隊は本当に第一四軍の安全を保証できるのですか？」

本間の問いに、山本は答えた。

「米艦隊を引っ張り出すことが、我々の狙いです」

「連合艦隊は、我々を囮に使うつもりですか⁉」

激昂《げっこう》して叫んだのは、本間の参謀長を務める前田《まえだ》正実《まさみ》中将だ。

階級や職制は山本の方が上だが、前田はその差などものともせず、山本に詰め寄った。

本間もまた、険《けわ》しい表情を浮かべた。

軍司令官の立場上、第一四軍三万五〇〇〇の兵力を囮に使うなど、到底受け容れられるものではない。そう言いたいのは明らかだった。

「南方作戦を先に進めるには、他に方法がないのです」

山本は、連合艦隊と米太平洋艦隊が対峙している現状について率直《そっちょく》に説明した上で、言葉を続けた。

「連合艦隊も、いつまでもルソン島の近海に留まっているわけにはゆきません。燃料補給のため、内地に戻らねばならない時が来ます。連合艦隊が引き上げた後で、米太平洋艦隊が打って出てきたら、台湾が空襲や艦砲射撃を受けるかもしれません。第一四軍が甚大《じんだい》な損害を受け、輸送船がことごとく撃沈されるようなことになれば、フィリピン攻略作戦は頓挫《とんざ》し、南方作戦全てが瓦解《がかい》します。本間さんの御決断には、米太平洋艦隊との決着だけではなく、南方作戦の成否《せいひ》がかかっています」

山本は胸《むね》の内《うち》を明かし、熱心に本間に説いた。

「我が第一四軍も、永久に台湾で待機を続けることはできません。全軍を上げてルソンに渡り、フィリピンの攻略にかかりましょう。ただし、海上輸送の安全と橋頭堡の護衛については、必ず約束を守っていただきたい」

最終的には本間が折れ、リンガエン湾への上陸に同意した。

船団の出港は一二月一四日、リンガエン湾東岸のサン・フェルナンドに上陸したのは一六日だ。

山本は本間に約束した通り、第一艦隊の全艦で第一四軍の護送に当たり、部隊の上陸後は、リンガエン湾口に艦隊を待機させて、米太平洋艦隊の出現に備えた。

山本の賭《か》けは、図に当たった。

米艦隊はサン・フェルナンドの橋頭堡を叩くべく、南シナ海に出撃して来たのだ。

「狙い通りにはなりましたが、責任は重大です」

宇垣が山本に言い、ちらと黒島に視線を向けた。

「第一四軍を囮に使う」という策を提案したのは黒島だ。

第一艦隊が万一にも破れ、サン・フェルナンドの橋頭堡が蹂躙《じゅうりん》されるようなことになれば、山本のみならず、発案者の黒島にも重大な責任が生じる。

「米太平洋艦隊には必ず勝つ。第一四軍には、指一本触れさせぬ」

懸念《けねん》は無用だ——その意を込め、山本は宇垣の肩を叩いた。

「米艦隊が一八ノットで進撃した場合、戦闘の開始は夜明け前後になると推測されます」

永田茂航海参謀が報告した。

オロンガポから現海域までは約九〇浬。一八ノットで約五時間の航程だ。

「舞風」が報告電を打ったのは一時五九分、気象班が報告した夜明けの時刻は七時一六分だから、会敵《かいてき》は夜明けの直前か直後となる。

「夜明け前後というのは、意図があってのことだろうか?」

「航空攻撃を避けるためではないでしょうか?」

宇垣の疑問提起に、佐々木彰航空参謀が答えた。

夜明け直後であれば、空母の艦上機は、まだ活動を始めていない。

敵の指揮官は、機動部隊が動く前に決着を付けようと考えたのではないか、と佐々木は主張した。

「敵が艦上機を警戒するのは当然でしょう。一二月一一日の戦闘では、目の前で戦艦が航空機に撃沈される瞬間を目撃しているのですから」

三和義勇作戦参謀が言った。

「戦艦部隊ではなく、一航艦の航空攻撃で敵艦隊を叩きますか？」

「艦上機の到着を待っていては、敵艦隊にサン・フェルナンドへの突入を許す危険がある。ここは予定通り、戦艦で迎え撃とう」

宇垣の問いに、山本は答えた。

第一航空艦隊は、第一艦隊の六〇浬後方に布陣している。

これは第一艦隊の直衛を担当させるためだが、同時に空母が水上砲戦に巻き込まれないための措置《そち》でもある。

六〇浬遠方から、艦爆、艦攻を発進させ、敵艦隊にとりつかせるまでには、相応《そうおう》の時間がかかる。

ここに来て、急に作戦計画を変更すれば、混乱が生じる危険もある。

敵が、こちらの目論見通りに出て来たのだから、計画通りに事を運んだ方がよい、と山本は諭《さと》すように言った。

「それに――」

山本はニヤリと笑い、付け加えた。

「艦爆、艦攻には、やって貰うことがある」

2

戦闘は、夜明けの直前に始まった。

「敵艦、右三〇度、一六〇《ヒトロクマル》（一万六〇〇〇メートル）！　駆逐艦らしい！」

測的長上田辰雄《うえだたつお》中尉の報告が、防巡「青葉」の射撃指揮所に飛び込んだ。

「砲術より艦橋。敵艦、右三〇度、一六〇《ヒトロクマル》。駆逐艦のようです！」

　砲術長岬恵介少佐は、即座に艦長久宗米次郎大佐に報告を送った。

「高角砲、左砲戦。砲戦距離一〇〇《ヒトマルマル》（一万メートル）」

　久宗から、間髪《かんぱつ》入れずに指示が飛ぶ。

「青葉」が装備する長一〇センチ高角砲は、一万四〇〇〇メートルの最大射程を持つが、最大射程ぎりぎりの砲撃は命中率が悪い。

　久宗はそれを考慮し、距離一万での発砲を命じたのだ。

「高角砲、左砲戦。砲戦距離一〇〇《ヒトマルマル》。宜候《ようそろ》！」

　岬は復唱を返し、次いで第一、第三分隊に艦長の指示を伝えた。

　射撃指揮所の、大双眼鏡を右前方に向ける。

　海面にまだ陽光はなく、周囲は薄暗いが、空の色は紫紺《しこん》に変わっている。星は一つ残らず姿を消しており、空の支配者が入れ替わろうとしていることを示している。

　岬の目は、まだ敵の姿を捉えることはできない。夜戦用の特殊訓練を受けたことのない身には、薄明《はくめい》の状態で、一万六〇〇〇メートル遠方にいる駆逐艦は視認できないのだ。

　それでも、一二月一〇日に熾烈な夜戦を経験した身は、彼方から迫る敵の気配を感じ取っていた。

　久宗が「面舵一杯」を命じたのだろう、「青葉」が艦首を右に振った。

　前甲板では、一、二番高角砲が、艦の向きとは逆に、左舷側に旋回し、二基合計四門の砲身に仰角がかけられる。細く長い長一〇センチ砲が、射撃準備を整える様は、槍足軽《やりあしがる》が横一列に並び、穂先《ほさき》を揃える光景を思わせる。

　後部の四、六番高角砲二基や、僚艦「加古」の高角砲も、同様の動きを見せているはずだ。

「敵距離一四〇《ヒトヨンマル》。速力三五ノット！」

上田から、新たな報告が届いた。

「射撃指揮所より第一分隊。敵の速力は三五ノットだ。高角砲の仰角に注意しろ」

岬は、第一分隊長の月形謙作《つきがたけんさく》大尉に指示を送った。

長一〇センチ砲は、次弾発射までに四秒を要する。その間に、敵艦は約七二メートルを進む。

「敵速三五ノット。宜候！」

月形が、落ち着いた声で返答した。

「皮肉《ひにく》なものだな」

岬は、掌砲長の千田類《せんだるい》特務少尉に笑いかけた。

機動部隊用の防空艦として改装されたはずの「青葉」と「加古」が、開戦以来、水上砲戦ばかり戦っている。

本来の任務である対空戦闘を行ったのは、一二月一一日にB17を墜としたときだけだ。

改装など行わず、重巡のままでいた方が、勝利に貢献できたのでは、という気がする。

「戦争なんて、そんなものですよ。想定外の局面で戦わなければいけないことなんて、幾らだってありますから」

「違いない」

岬は肩を竦《すく》めた。

艦隊戦における「青葉」の役目は、駆逐艦の掃討だ。その役割を果たすだけだ。

「敵距離一二〇《ヒトフタマル》（一万二〇〇〇メートル）！」

上田が報告を上げた。

岬は、大双眼鏡を覗き込んだ。

空が明るさを増したことに加え、距離が詰まったためだろう、敵の艦影が視界に入る。

上田が報告した通り、駆逐艦が単縦陣《たんじゅうじん》を作り、白波を蹴立てながら、日本艦隊との距離を詰めている。

魚雷の射点に向かっているであろうことは、容易に想像できる。

米軍の魚雷は、日本海軍が使用する九三式六一センチ魚雷に比べて射程が短いため、距離を詰める必要があるのだ。

「砲戦距離一〇〇《ヒトマルマル》。測的よし！」

発令所を担当する星川龍平《ほしかわりゅうへい》大尉が報告を上げ、

「方位盤よし！」

「全高角砲、射撃準備よし！」

方位盤射手の北河原誠《きたがわらまこと》一等兵曹と第一分隊長の月形謙作大尉の報告が続いた。

「敵距離一一〇《ヒトヒトマル》！」

「砲撃始め！」

報告が届くや、岬は下令した。

砲戦距離は一万だが、発射してから目標に到達するまでの時間を考慮したのだ。

左舷側に向けて発射炎がほとばしり、硬いものを打ち合わせるような砲声が射撃指揮所を包んだ。

各砲塔一門ずつの交互撃ち方ではなく、一斉撃ち方だ。一〇センチ砲弾八発が、秒速一〇〇〇メートルの初速で放たれたのだ。

「『加古』撃ち方始めました！」

後部指揮所の小村剛《おむらごう》第一分隊士が、僚艦の動きを報告する。

現在のところ、発砲したのは「青葉」「加古」の二艦だけだ。他艦は沈黙を保っている。

一〇秒余りが経過したところで、敵一番艦の右舷付近で爆発が起こり、大量の飛沫が奔騰した。

「青葉」の第一射は、空振りに終わったのだ。

各砲塔が、僅かに右に旋回する。

「青葉」の第二射と、「加古」の第一射の弾着が、ほとんど同時だった。

敵一番艦の艦上に爆発光が閃き、火焔が躍った。黒い塵《ちり》のような破片が飛び散った。

岬は、軽く舌打ちした。「青葉」にできなかった初弾命中を、「加古」がやってのけたのだ。

「あいつの方が、腕がいいのかな」

「加古」砲術長矢吹潤三《やぶきじゅんぞう》少佐の顔を思い浮かべ、岬は呟いた。

「青葉」の第二射が落下する。

敵一番艦の艦上に二度目の爆発光が閃き、先の被弾時を上回る炎が、空中高く噴き上がる。

「射撃指揮所より発令所。目標、敵二番艦！」

岬は、星川第三分隊長に命じた。

炎の大きさから見て、敵一番艦は戦闘不能に陥ったと判断したのだ。

「目標、敵二番艦。宜候！」

星川が復唱を返したとき、「加古」の第二射弾が敵一番艦を捉えた。

敵の艦上に三度目の爆炎が躍り、速力がみるみる衰え始めた。艦長が取舵を命じたのか、艦首が左舷側に大きく振られた。

噴出する黒煙の中から、敵駆逐艦の二番艦が飛び出す。

それを待ち構えていたかのように、「青葉」が新目標への第一斉射を放つ。

今度は、初弾から命中弾が出た。

艦上に二箇所、爆炎が湧き出した直後、艦の形状が大きく変わったように見えた。

「青葉」の射弾は、艦橋を直撃したようだ。

続いて、「加古」の射弾が命中する。

艦上に火焔が湧き出し、敵二番艦が一番艦同様、左に大きく回頭する。

強烈な張り手を食らった力士が、たまらずに腰砕けになったようだ。

「砲術、その調子だ。敵を五〇《ゴマル》（五〇〇〇メートル）以内に近寄らせるなと、司令官の御命令だ」

久宗が、興奮を抑えきれない声で伝えて来る。

敵駆逐艦を、魚雷の射程内に踏み込ませるなというのが、五藤存知六戦隊司令官の意志だ。水雷を専門とするだけに、魚雷を警戒している。

「目標、敵三番艦！」

岬が星川に新目標を告げたときには、第一艦隊直率下の駆逐艦一二隻や、第二水雷戦隊の駆逐艦八隻も、砲撃を開始している。

各艦六門ないし五門の一二・七センチ砲全てを左

舷側に向け、まっすぐに向かって来る敵駆逐艦に猛射を浴びせる。

敵駆逐艦も射弾を放つ。一二・七センチ両用砲弾が、唸《うな》りを上げて飛来する。

敵弾は、海面に激突して飛沫を上げるばかりだ。直撃弾は一発もない。

全主砲、高角砲を使用できる日本側と、前部の主砲しか使用できない米駆逐艦の差が、命中弾数の差となって表れている。

更に一隻の米駆逐艦が炎上し、落伍したところで、これまでのものとは異なる砲弾の飛翔音が轟いた。

(もしや――)

岬が直感したとき、「青葉」の左舷側に複数の水柱が奔騰し、しばし射撃指揮所の視界を隠した。

艦底部を突き上げる爆圧が、艦橋トップの射撃指揮所にまで伝わった。

「『加古』に至近弾!」

後部指揮所の小村分隊士が報告を送って来る。

岬は、敵駆逐艦群の後方に双眼鏡を向けた。

駆逐艦よりも一回り大きな艦艇群が、日本艦隊に右舷側を向けている。

がっしりした箱のような艦橋を持つ艦があれば、ひょろ長い三脚檣を持つ艦もある。

敵の巡洋艦が、砲撃を開始したのだ。

「測的、敵巡洋艦までの距離は?」

「二〇〇《フタマルマル》(二万メートル)!」

「射程外か」

上田の答を聞いて、岬は歯ぎしりした。

最大射程一万四〇〇〇メートルの長一〇センチ砲では、どうやっても届かない。

「艦長より砲術。駆逐艦への砲撃を続けろ。敵の巡洋艦は、五、七戦隊が相手をする」

久宗の命令が飛び込んだ。

その間にも、敵巡洋艦の射弾が飛来し、「青葉」の周囲に落下する。

海南島沖で、敵戦艦の巨弾を受けたときほどではないが、弾着時の衝撃は小さなものではない。至近弾の爆圧が艦底部を突き上げ、「青葉」の艦体が上下に振動する。

「五戦隊、七戦隊、撃ち方始めました！」

小村が、歓声混じりの報告を上げた。

その声に、飛翔音が重なった。

妙高型、最上型が放った二〇センチ砲弾が、「青葉」の頭上を飛び越し、彼方の敵艦に殺到する。

敵の指揮官が強敵の存在を認めたのだろう、敵巡洋艦の「青葉」への砲撃が止んだ。

代わりに、多数の小口径砲弾が飛んで来る。

敵駆逐艦が、「青葉」を砲撃しているのだ。

「敵駆逐艦、二七〇度に変針。距離七〇《ナナマル》（七〇〇〇メートル）！」

上田が報告した。

敵駆逐艦は、闇雲《やみくも》の突撃を止め、同航戦に切り替えたようだ。砲撃戦で日本側の火力を弱体化させた上で、雷撃を敢行するつもりであろう。

「砲撃続行。照準を付けやすい艦を狙え！」

岬は、第一、第三分隊に下令した。

長一〇センチ砲が、砲撃を再開する。左舷側に火焔がほとばしり、周囲の大気が震える。

艦が傾くほどの反動はないが、一度に八門を放ったときの砲声は強烈だ。顔面をはたかれたような衝撃と共に、耳の奥に異物をねじ込まれるような痛みが襲って来る。

「青葉」の射弾は、敵駆逐艦の六番艦に命中した。

敵艦の手前に弾着の飛沫が上がると同時に、艦上や舷側の複数箇所に爆発光が閃いた。

次の瞬間、駆逐艦の艦上に巨大な火焔が躍った。炎は凄まじい勢いで膨れ上がり、瞬く間に艦全体に広がった。駆逐艦の中から真っ赤な怪物が生まれ、艦を呑み込んだように見えた。

炎が弾け、八方に飛び散ったとき、敵駆逐艦は姿を消している。海面には、炎と黒煙がわだかまっているだけだ。

「目標変更！」

岬は、間髪入れずに発令所に指示を送った。

敵を轟沈させたことを喜んでいる余裕はない。敵の数は多いのだ。

「目標変更、宜候！」

岬の指示に、星川第三分隊長が復唱を返したとき、海面に光が差し込んだ。

空の色がみるみるうちに、紫紺から目が覚めるような青へと変わり始めた。

「後方より曙光《しょこう》。夜明けです！」

小村の報告が、射撃指揮所に上げられた。

光の中に浮かび上がる影を、岬ははっきり見た。

「前回は夜、今回は白昼堂々か」

岬の口から、その呟きが漏れた。

昇る朝日が、一二月一〇日に海南島沖で遭遇した巨大な敵――米軍の戦艦を照らし出した。

3

TF1の戦艦群も、陽光の中に姿を見せた日本艦隊の戦艦部隊を視認していた。

「右正横、三万ヤード（約二万七〇〇〇メートル）に敵戦艦。その手前に、巡洋艦、駆逐艦多数」

戦艦群の先頭に位置する「ワシントン」の艦橋に、射撃指揮所からの報告が上げられた。

「ワシントン」艦長ハワード・H・J・ベンソン大佐は、右舷側に双眼鏡を向けた。

水平線の手前に、戦艦群のものとおぼしき隊列が見える。

その手前では、巡洋艦、駆逐艦が、さかんに発射炎を閃かせ、太平洋艦隊の巡洋艦、駆逐艦群と撃ち合っている。

「『調教師《トレーナー》』より全艦。針路二七〇度」

TF1司令部より命令が届いた。

アメリカ海軍 ノースカロライナ級戦艦「ワシントン」

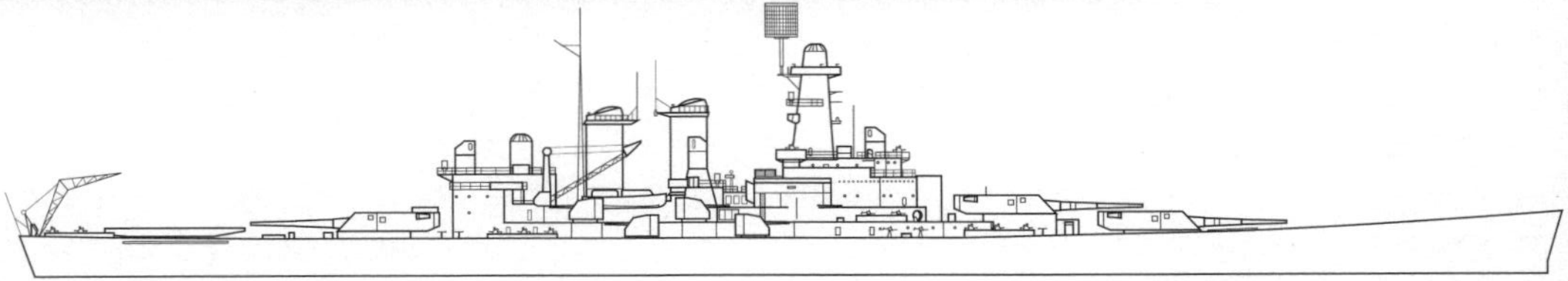

全長	222.1m
最大幅	33.0m
基準排水量	35,000トン
主機	ギヤードタービン 4基／4軸
出力	121,000馬力
速力	27.0ノット
兵装	40.6cm 45口径 3連装砲 3基 9門
	12.7cm 38口径 連装両用砲 10基 20門
	28mm 4連装機銃 4基
	12.7mm 単装機銃 16丁
航空兵装	水上機 3機／射出機 2基
乗員数	1,880名
同型艦	ノースカロライナ

アメリカ海軍がワシントン海軍軍縮条約明けを待って建造した新型戦艦、ノースカロライナ級の二番艦。新開発の高出力機関を採用することで、27ノットの最大速度を実現し、空母機動部隊との連携を可能とした。従来のアメリカ戦艦の外見上の特徴だった籠マストを廃し、二重円筒式の新型艦橋となっている。16インチ（40.6センチ）砲を収めた3連装砲塔を3基備えた強力な火力を誇るが、一方で装甲は対14インチ（35.6センチ）砲防御にとどまっている。これは、第二次ロンドン軍縮会議の影響で、当初は35.6センチ砲搭載艦として計画されたものの、仮想敵である日本海軍の新型戦艦（大和型）を40センチ砲搭載と判断し、急遽、設計を改めたことによる。

防御力に不安を抱えるものの、空母に随伴できる高速戦艦は今次大戦の戦いには不可欠であり、米海軍の新たな戦術思想を象徴する艦となっている。

ウィリアム・パイ司令官は、ルソン島ラガイ湾での待機中に、新鋭戦艦の「ノースカロライナ」を新たな旗艦に定めている。

位置は、戦艦部隊の二番艦。「ワシントン」の後方だ。

「取舵一杯。針路二七〇度」

「取舵一杯。針路二七〇度！」

ベンソンの指示を、航海長ロン・ギャビン中佐が操舵室に伝えた。

「ワシントン」はしばし直進を続けた後、艦首を二七〇度、すなわち真西に向けた。

日本艦隊と、同航戦の態勢に入ったのだ。

「『灰色熊1《グリズリー・ワン》』より『鴎1《シーガル・ワン》』。敵の数、及び艦種報せ」

ベンソンは、「ワシントン」の水上機に命じた。

TF1の戦艦群は、三機ないし二機ずつのヴォートOS2U〝キングフィッシャー〟を搭載している。

既に全機が発艦しており、日本艦隊の上空で、弾着観測の任務に就いている。

「『シーガル1』より『グリズリー1』。敵戦艦は八隻。一、二番艦はコンゴウ・タイプ。他の六隻よりも離れた位置に展開しています」

「シーガル1」の偵察員を務めるレイク・ダニエルズ少尉が報告した。

「長門型《ナガト・タイプ》はどこにいる？」

「三、四番艦がナガト・タイプ。五、六番艦は伊勢型《イセ・タイプ》。七、八番艦は扶桑型《フソウ・タイプ》と判断します」

「了解した」

ベンソンは、一旦交信を切った。

「本艦と『ノースカロライナ』で、『ナガト』『ムツ』を叩くことになりそうだな」

唇の端を僅かに吊り上げ、間もなく始まろうとしている戦艦同士の砲撃戦を思い描いた。

TF1司令官ウィリアム・パイ中将が、「シブヤン海で日本艦隊を迎撃する」という作戦計画を放棄し、「リンガエン湾に打って出る」と決定したのは、一二月一六日の午後だ。

パイが方針を変更した理由については、

「日本の陸軍部隊が、サン・フェルナンドに上陸したから」

とのみ説明を受けている。

太平洋艦隊がフィリピンに回航された目的は、合衆国領であるフィリピンの防衛だ。

パイは、あくまで任務に忠実に行動するつもりなのだ。

「それだけが理由ではあるまい」と、ベンソンは考えている。

太平洋艦隊はフィリピン到着後、ルソン島南東部のラガイ湾を仮泊地《かはくち》としていたが、一二月一六日の午後、ラガイ湾上空に日本軍の偵察機が姿を現したのだ。

ラガイ湾に留まっていれば、空襲を受け、泊地内で撃滅される危険がある。

パイは、泊地内で打ちのめされるより、外海に出て、日本艦隊に決戦を挑む道を選んだのだろう。

日本軍に威嚇《いかく》され、ラガイ湾の外に引っ張り出された格好だが、ベンソンは自軍が不利だとは思っていない。

TF1には、四〇センチ砲の搭載戦艦が四隻ある。うち二隻は、条約明け後に竣工した新鋭艦だ。

「ナガト」「ムツ」さえ沈めてしまえば、残りは三五・六センチ砲装備の旧式艦ばかりであり、どうにでも料理できる。

まずは「ナガト」と「ムツ」を叩くことだ。

「もう異分子はいないんだ。今度こそ、合衆国海軍の真の実力を見せてやる」

海南島沖《ハイナン・アイランド》でイギリス東洋艦隊に足を引っ張られた忌々しい記憶を思い出したとき、

「『トレーナー』より全艦。『グリズリー』目標、三、四番艦。『北極熊《ポーラーベア》』目標、五、六番艦。『黒熊《ブラックベア》』目標、七、八番艦」

司令部からの命令が届いた。

「金剛型《コンゴウ・タイプ》は、相手にしなくてよいということか」

命令を聞いて、ベンソンは首を傾げた。

ハイナン島沖の夜戦で、二隻のコンゴウ・タイプが集中砲火を浴びながらも粘り、巡洋艦以下の艦を逃がしたのは八日前だ。パイ提督も、自分の目で見たはずだが、と胸中で呟いた。

（あれは、夜戦だったからだ。昼戦《ちゅうせん》では、問題にならぬ）

そう思い直し、ベンソンはコンゴウ・タイプを無視すると決めた。

「艦長より砲術。目標、敵三番艦。ナガト・タイプを叩くぞ！」

「照準は光学とレーダー、どちらを？」

「光学照準を使用せよ」

砲術長ビリー・グラハム中佐の問いに、ベンソンは即答した。

合衆国海軍では、既にレーダー照準射撃を実用化しているが、射撃精度の点では光学照準射撃に及ばない。

ハイナン島沖の戦闘でも、レーダー照準射撃を使用したものの、ろくに命中弾を得られないという苦い結果に終わっている。

昼戦である以上、信頼性の高い光学照準射撃を用いるのが上策《じょうさく》だ。

「目標、敵三番艦。光学照準射撃を使用します。新鋭戦艦と旧式戦艦の違いを見せてやりましょう！」

グラハムは、意気込んで復唱を返した。艦長の選択は当然だ、と言いたげだった。

ベンソンが受話器を置いたとき、

「敵一、二番艦、左に回頭！」

キングフィッシャーからの報告が届いた。

ベンソンは、敵の隊列に双眼鏡を向けた。

報告された通り、二隻のコンゴウ・タイプが左舷側に艦首を振っている。

ＴＦ１の前方に、回り込もうとする動きだ。

「Ｔ字戦法でしょうか？」

ギャビン航海長が疑問を口にした。

一九〇五年の対馬《ツシマ》沖海戦で、東郷平八郎《ヘイハチロー・トーゴー》が率いる日本艦隊がT字戦法を駆使して、ロシア・バルチック艦隊を撃滅したことは、広く知られている。

トーゴーの後継者たちは、リンガエン湾の沖でも同じ戦法を用いるつもりなのか。

「『シーガル1』、三番艦以降の動きはどうか？」

「針路、速度共に変化はありません」

ベンソンの問いに、ダニエルズが報告した。

直後、後方より砲声が届いた。

「『ノースカロライナ』射撃開始。続いて『メリーランド』『ウェストバージニア』射撃開始！」

後部指揮所から、報告が上げられる。

パイの新しい旗艦が最初に砲撃を開始し、コロラド級戦艦二隻が続いたのだ。

「本艦も、射撃準備完了しております」

「オーケイ、撃て《ファイア》！」

グラハム砲術長の報告を受け、ベンソンは力のこもった声で下令した。

直後、右舷側に巨大な火焔がほとばしり、足下に落雷するような大音響が轟いた。

基準排水量三万五〇〇〇トンの鋼鉄製の艦体が、発射の反動を受け、激しく震える。

四五口径四〇センチ砲九門、合衆国の戦艦の中では最大の火力を持つ主砲が火を噴いたのだ。

重量一トンに及ぶ巨弾九発を、いちどきに放ったときの衝撃は、艦そのものが壊れるのではないか、と思わされるほど強烈だった。

「『テネシー』『カリフォルニア』射撃開始」

後部指揮所が、僚艦の動きを報告する。

これでTF1の全戦艦が、砲撃に踏み切ったことになる。

三万ヤードの距離を隔てての遠距離砲戦だ。初弾からの命中は望めないが、二度か三度の弾着修正を行えば、直撃弾は得られる。

そう思い、ベンソンは弾着の瞬間を待ったが——。

「零戦《ジーク》！」

「なに⁉」

不意に上がった叫びに、ベンソンは半ば反射的に聞き返した。射撃指揮所からの報告だ。

「ジークです！　観測機が、ジークの攻撃を受けています！」

ベンソンは、敵艦隊の上空に双眼鏡を向けた。

三万ヤードの距離があるため、航空機の動きまではっきり分からないが、何条もの黒煙が、空中から海面に向かう様が望見《ぼうけん》できる。

キングフィッシャーが零戦に襲われているのだ。

「『シーガル』全機、避退しろ！」

ベンソンは「ワシントン」のキングフィッシャーに呼びかけるが、応答はない。

既に、全機が撃墜されたのかもしれない。

キングフィッシャーは抜群の安定性を誇り、実用性に優れるが、元より空中戦用の機体ではない。

最大時速は二七五キロと極めて低速であり、兵装も七・六二ミリ機銃二丁だけだ。

主力艦戦のF４Fすら苦戦を強いられるジークに襲われては、ひとたまりもなかったであろう。

「第一射、弾着。全弾、遠！」

「弾着修正、できるか？」

グラハムの報告を受け、ベンソンは聞いた。

観測機が失われたのでは、精度の確保は望めない。

彼方に奔騰する水柱を観測することで、弾着の修正は可能だが――。

「やってみます」

グラハムが答えてから数秒後、「ワシントン」は第二射を放った。

再び斉射に伴う衝撃が艦を震わせ、雷鳴さながらの砲声が艦橋を包んだ。

余韻《よいん》が収まったとき、

「『トレーナー』より全艦。針路三〇〇度。距離を詰め、射撃精度を確保する」

司令部からの命令が飛び込んだ。

「面舵一杯。針路三〇〇度」

「面舵一杯。針路三〇〇度！」

ベンソンが即座に下令し、ギャビン航海長が操舵室に命じる。

「ワシントン」の舵はすぐには利かず、しばし直進を続ける。

（パイ司令官は、敵の動きを見誤《みあやま》ったかもしれぬ）

そのようなことを、ベンソンは考えている。

航空攻撃を避けるため、夜明け直後の戦闘を選んだが、敵の艦上機の動きは予想以上に早かった。

ＴＦ１は、夜明けの直前に観測機を発進させたが、日本軍の機動部隊も、早い段階でジークを放っていたのだ。

戦闘に踏み切った以上は、どうしようもない。

被弾は覚悟の上で敵との距離を詰め、射撃精度を確保するのだ。

転舵の命令から一分余りが経過したとき、「ワシントン」の舵が利き始める。

全長二二二・一メートル、最大幅三三メートル、基準排水量三万五〇〇〇トン。一九四一年一二月の時点では、合衆国で最も大きく、重く、最大の火力を持つ戦艦が、艦首を右に振ってゆく。

「敵観測機、右前方より接近！」

艦が直進に戻った直後、艦橋見張員が緊張した声で叫んだ。

ほとんど同時に、「ワシントン」の前方と右方に発射炎が閃き、褐色《かっしょく》の砲煙が湧き出した。

連合艦隊旗艦「長門」と、敵戦艦群の前方に回り込んだ高速戦艦「比叡」「霧島」の発砲は、ほとんど同時だった。

「長門」の左舷側に巨大な火焔がほとばしり、褐色の砲煙が湧き立ったとき、左前方にも砲煙が立ち上る様が望見された。

発射の反動を受けた「長門」の艦体が激しく震え、

耳朶《じだ》を打つような砲声が、他の全ての音をかき消す。

「二一年目にして初陣を飾るか」

発射の余韻が収まったとき、山本五十六連合艦隊司令長官の呟きが、「長門」艦長矢野英雄大佐の耳に届いた。

「長門」の竣工は大正九年。艦齢《かんれい》は、今年で二一年になる。

その間、姉妹艦「陸奥」と共に、帝国海軍の象徴《しょうちょう》として国民に親しまれたが、実戦を経験することは一度もなかった。

その「長門」が、生涯で初めて、敵戦艦目がけて射弾を放ったのだ。

「『陸奥』撃ち方始めました」

「『伊勢』『日向』撃ち方始めました」

「『扶桑』『山城』撃ち方始めました」

後部指揮所より、僚艦の動きが伝えられる。

「各艦の目標は、間違いなく伝えただろうね？」

「弾着を御覧いただければ、確認できます」

矢野の背後では、山本が宇垣纏参謀長と言葉を交わしている。

砲戦開始に先立ち、連合艦隊司令部は、八隻の戦艦に射撃目標を割り当てた。

敵艦隊の前方に回り込んだ「比叡」「霧島」には、敵一番艦に砲撃を集中させ、「長門」は敵二番艦を、「陸奥」は敵三番艦をそれぞれ相手取る。

第二戦隊の戦艦四隻のうち、「伊勢」「日向」は敵四番艦を、「扶桑」「山城」は敵五、六番艦を目標とするのだ。

米戦艦六隻のうち、一番艦から四番艦までが四〇センチ砲の搭載艦であることは、観測機の報告から分かっている。

「長門」「陸奥」であれば、四〇センチ砲戦艦と互角《ご》に渡り合えるが、他の戦艦は分《ぶ》が悪い。

そこで、敵一、四番艦には三五・六センチ砲戦艦二隻ずつを割り当て、砲火を集中するものとしたのだ。

二対一なら、三五・六センチ砲戦艦であっても格《かく》上《うえ》の四〇センチ砲戦艦に勝てるというのが宇垣の考えであり、山本も了承していた。

敵一番艦の周囲に、弾着の水柱が奔騰する。

水柱は弾着観測用の染料によって、春の若葉を思わせる緑色と秋の銀杏《いちょう》を思わせる黄色に染まっている。前者は「霧島」、後者は「比叡」の染料だ。

「用意……だんちゃーく！」

ストップウォッチで、発射後の時間を計測していた艦長付の宮永憲司《みやながけんじ》一等水兵が、声を張り上げて報告した。

敵二番艦の手前に、四本の水柱が奔騰した。

どの水柱も、艦橋を大きく超えて伸び上がり、しばし艦の姿を隠した。

奔騰した海水は、南シナ海の空の色を写し取ったような青に染まっている。「長門」の主砲弾に仕込まれている染料の色だ。

若干の時間差を置いて、敵三番艦の手前に、燃えるような紅《くれない》に染まった水柱が噴き上がる。

姉妹艦「陸奥」の射弾が、「長門」のそれより僅かに遅れて落下したのだ。

敵四番艦の周囲にも、紫《むらさき》色、橙《だいだい》色の水柱が奔騰し、五、六番艦の手前には、薄緑《うすみどり》色、薄紅《うすべに》色の水柱がそそり立っている。

「各艦とも指示通りに砲撃しています」

「よし！」

宇垣の報告を受け、山本が満足げに頷いた。

(長官も、鉄砲屋の血は抑え切れないようだな)

矢野は、小さく笑った。

山本は「海軍航空の父」と呼ばれ、航空主兵主義者の急先鋒《きゅうせんぽう》のように見られているが、本来の専門は砲術だ。

航空界に転じたのは大佐任官後であり、中佐時代までは砲術関連の職を数多く経験している。

「長門」に乗って戦艦部隊の陣頭に立ち、艦隊砲戦の指揮を執ることこそ、山本が江田島時代から思い描いていた自身の姿かもしれない。

「観測機より受信。『敵針路三〇〇度』」

「三戦隊を除く全艦、三〇〇度に変針！」

通信参謀和田雄四郎《わだゆうしろう》中佐の報告を受け、山本はすかさず命じた。

距離を詰めようとしている敵艦隊に対して、等距離を保つと判断したのだ。

「砲撃、一時中止」

「面舵一杯。針路三〇〇度」

矢野は、二つの命令を発した。

「面舵一杯。針路三〇〇度！」

矢野の指示を、航海長小野寺貞治《おのでらさだはる》中佐が操舵室に伝える。

「長門」の主砲が一旦沈黙したところに、敵艦の射弾が轟音を上げて飛来した。

敵弾の飛翔音は、艦の真上を左から右に通過し、右舷側に弾着の水柱を噴き上げた。

多数の水柱が、広範囲にそそり立っている。一つ一つが、「長門」の艦橋より高い。

（米戦艦の砲撃は散布界《さんぷかい》が広いと聞いていたが、事実だったようだな）

矢野は、駐米大使館付武官を経験した者から聞いた話を思い出している。

その武官が入手した情報によれば、米戦艦の弾着は広範囲にばらつく傾向があり、散布界は最大で、日本戦艦の三倍近くに達するという。

「長門」の右舷側に噴き上がった水柱を見ると、その情報が正しかったことが分かる。

「『陸奥』の右舷側に弾着。直撃弾なし！」

「『伊勢』の前方に弾着。直撃弾は認められません！」

後部指揮所が、僚艦の情報を伝えて来る。

現在のところ、八隻の戦艦に被弾した艦はない。全艦が無傷で、敵戦艦と対峙している。

敵艦の艦上に新たな砲煙が湧き出したとき、「長門」の艦首が右に振られた。

三万九一三〇トンの基準排水量を持つ「長門」は、舵の利きが遅いものの、ひとたび回頭が始まれば動きは速い。鋼鉄製の巨体が、海面に大きく弧を描き、右へ右へと回ってゆく。

「敵距離二六〇《フタロクマル》（二万六〇〇〇メートル）！」

直進に戻ると同時に、射撃指揮所から報告が上げられた。

直後、主砲発射を告げるブザーが鳴った。

鳴り終わると同時に、各砲塔の二番砲から火焔がほとばしり、鋼鉄製の艦体が武者震《むしゃぶる》いのように震えた。強烈な砲声が前後から艦橋を包み、しばしの間、何も聞こえなくなった。

この日二度目、そして「長門」の生涯二度目の、敵艦への砲撃だ。

「長門」の第二射と入れ替わるように、敵の射弾が飛来する。

今度は、全弾が「長門」の左舷側海面に落下した。

弾着は先の砲撃同様、広範囲に散らばっている。大部分は、「長門」から遠い。

それでも、一発が第二砲塔の左脇に、もう一発が艦尾付近にそれぞれ落下し、手を伸ばせば届きそうなところに水柱を噴き上げた。

前進に伴い、艦橋が水柱の間近に来る。そそり立つ海水の柱は、白い巨木と見紛《みまが》わんばかりのヴォリュームを持つ。

爆圧は、艦橋にまで伝わって来る。

先の砲撃よりも、射撃精度は高い。

弾着観測機を失ったにも関わらず、敵戦艦の砲撃は、一射毎に精度を上げている。

「用意……だんちゃーく！」

宮永が叫んだ。

敵二番艦の手前に、青く染まった水柱が噴き上がり、艦体の大部分を隠す。

轟沈とも思えるような光景だが、戦艦が容易く沈む艦ではないことは、矢野にもよく分かっている。

（米戦艦の一隻は、酸素魚雷の命中によって轟沈したというが、あれは相当な幸運に恵まれた結果だ。あらゆる軍艦の中で、最も堅牢《けんろう》に作られた艦が、簡単に沈む道理《どうり》がない。まして相手は、米軍の新鋭戦艦なのだ）

矢野は敵艦を凝視しながら、腹の底で呟いた。

青い水柱が崩れ、敵二番艦が姿を現す。

被弾した様子はない。

「長門」の第二射は、空振りに終わったのだ。

敵戦艦六隻が次々と射弾を放ち、艦上に砲煙が湧き起こった。

「長門」も第三射を放つ。

ブザーが鳴り響き、各砲塔の一番砲が咆哮する。

後方からも、「陸奥」以下五隻の砲声が届く。

「そろそろ、直撃弾を得てもいい頃だが……」

宇垣の呟きが、矢野の耳に届いた。

幾分か、苛立ちを感じさせる声だ。

状況は、日本側が有利だ。艦の数は二隻多いことに加え、敵の弾着観測機を一掃《いっそう》している。

数と射撃精度の面で、圧倒できるはずだ。にも関わらず、直撃弾を得た艦はない。

日本側が先に被弾するようなことがあれば、この優位も覆ってしまう、と危惧している様子だった。

敵弾の飛翔音が迫り、急速に拡大した。

矢野が両目を大きく見開いたとき、「長門」の左舷側海面に多数の水柱が奔騰し、至近弾の爆圧とは大きく異なる衝撃が伝わった。

艦橋が、見えざる手に振り回されているように激しく揺れ動き、山本以下の連合艦隊司令部幕僚や、「長門」の艦橋要員がよろめいた。

被害状況報告は、応急指揮官の副長ではなく、砲術長加藤正《かとうただし》中佐から上げられた。

「砲術より艦長。左舷側副砲に被弾。三基損傷！」

「当たったか……！」

矢野は、思わず呻き声を漏らした。

弾着観測機を使用でき、射撃の散布界が小さい分、命中弾は日本側が先に得られるものと楽観していた。

案に相違《そうい》して、先に直撃弾を得たのは米側だった。

弾着観測機全機の喪失という不利な状況にも関わらず、「長門」に一発を命中させたのだ。

「用意……だんちゃーく！」

この状況下でも、宮永一水は時間計測の任務に徹している。被弾時の衝撃のためか、声は幾分か上ずっているが、何が起きようと、この任務に徹すると腹をくくっているようだ。

矢野は、敵二番艦に双眼鏡を向けた。

相変わらず、命中した様子はない。

「長門」の主砲は、空振りを繰り返すばかりだ。

「砲術、どうした⁉」

矢野が射撃指揮所を呼び出したとき、新たな敵弾の飛翔音が迫った。

矢野が大きく両目を見開いたとき、またも左舷側海面に多数の水柱が奔騰し、艦橋の後方から打撃音が届いた。

先の被弾時のような、大きな衝撃はない。

艦中央部の主要防御区画に張り巡らされている分厚い装甲鈑が、敵弾を受け止め、跳ね返したのだ。

お返しだ、と言わんばかりに「長門」の主砲が第四射を放つ。

砲声と発射の反動は強烈だが、矢野には、どこか空疎《くうそ》に感じられる。

「長門」の四〇センチ砲弾がどれほど強力であろうと、命中しなければ意味はない。何度も空振りを繰り返す「長門」が、一人で勝手に踊《おど》っているだけの滑稽《こっけい》な存在にすら思えた。

先の被弾からおよそ三〇秒後、新たな敵の斉射弾が飛来した。

直撃弾の衝撃が、今度は二度連続して襲いかかり、「長門」の艦体は激しく身震いした。

今度は、多数の水柱が「長門」を囲むように奔騰した。

左右どちらを向いても、艦橋より高い海水の柱が見える。あたかも、「長門」を閉じ込めんとする檻《おり》のようだ。

「副長より艦長。右舷後甲板に被弾。戦闘、航行に支障なし!」

「砲術より艦長。副砲二基損傷!」

被害状況報告が、前後して飛び込む。

「長門」は、まだ致命傷を受けてはいない。損傷箇所は、上甲板や副砲に留まっている。

だが、敵が連続斉射に移行している以上、どこに命中してもおかしくない。

(何とかしなければ、何とか……)

焦慮《しょうりょ》に駆られるが、どうにもならない。

「長門」が直撃弾を得られるよう、祈るだけだ。

「参謀長、もう少し距離を――」

意見を具申しようと、宇垣に声をかけたとき、宮永一水が「だんちゃーく!」の声を上げた。

「砲術より艦長。命中しました!」

宮永の報告に続いて、加藤の歓喜の声が飛び込んだ。

矢野は、敵二番艦に双眼鏡を向けた。

敵艦の艦尾付近から、黒煙が後方になびいている。

「長門」の第四射弾だ。空振りを三回繰り返しはしたが、四回目の砲撃で直撃弾を得たのだ。

「次より斉射!」

加藤が、意気込んだ声で報告する。

各砲塔一門ずつの交互撃ち方から、連続斉射に切り替えるのだ。

「長門」は、既に敵の連続斉射を受けている。

「長門」が先に戦闘不能に陥るか、敵二番艦に致命傷を与え得るかだ。

主砲発射を告げるブザーが鳴り響いた。

三度繰り返されたところで、左舷側に火焔がほとばしった。真上から爆風を受けた左舷側の海面が、巨大な凹《おう》レンズのようにへこみ、その周囲に波が立った。

交互撃ち方のそれより遥かに強烈な衝撃が艦体を震わせ、右舷側に仰け反らせる。

砲声は、これまでとは比べものにならないほどだ。内地で竣工したばかりの新鋭戦艦「大和《やまと》」を除けば、帝国海軍の艦砲が上げる、最も烈《はげ》しい咆哮だった。

「敵四番艦、火災！　『伊勢』か『日向』が直撃弾を得た模様！」

弾着を待つ間に、艦橋見張員が報告を上げた。

矢野は、敵の隊列の後方に目をやった。

報告された通り、敵四番艦――丈高《たけたか》い籠《かご》マストを持つコロラド級戦艦が、艦の後方に黒煙をなびかせている。

その周囲に橙色の水柱が突き上がり、艦の後部に爆炎が躍った。

「日向」の射弾が落下し、一発が命中したのだ。

「参謀長、成功です。『伊勢』『日向』の集中射撃が効いています！」

「うむ！」

渡辺安次戦務参謀の弾んだ声に、宇垣参謀長が満足そうな声を上げた。

敵四番艦に「伊勢」「日向」の二艦を当たらせるよう山本に具申したのは宇垣だ。

自身の策が図に当たったことに、素直な喜びを覚えているのだろう。

敵四番艦だけではない。

その前方に位置する三番艦の右舷付近にも、真紅《しんく》の水柱が噴き上がっている。

水柱が崩れても、真っ赤な色は消えない。敵三番艦の艦上に噴出した炎が、籠マストを舐めている。

「陸奥」が「長門」に続いて直撃弾を得たのだ。

「これで『陸奥』も、斉射に移行できる」

矢野が呟いたとき、主砲発射を告げるブザーが鳴り響いた。

最初の斉射弾が目標に到達する前に、主砲が次発装塡《そうてん》を終えたのだ。

「長門」が第二斉射を放つ。

再び衝撃が艦を震わせ、巨大な砲声が周囲に満ちる。

「用意……だんちゃーく！」

余韻が収まったところで、宮永が報告した。

矢野は、双眼鏡を目標に向けた。

敵二番艦を、青い水柱が包んだ。

「長門」の第一斉射弾が落下したのだ。

二度目の斉射弾は、既に空中にあり、各砲塔は三度目の斉射に備えて、次発装填に当たっている。

直撃弾を得るまでに少しもたついたが、ひとたび連続斉射に移行すれば、「長門」は四〇秒置きに八発ずつの巨弾を放つ。敵のために死と破壊を作り出す、海上の工場だ。

水柱が崩れ、敵二番艦が姿を現す。

火災煙は後部だけではなく、中央部からも噴出している。

艦形そのものが、少し変わったようだ。上部構造物のうち、特に大きくて目立つ艦橋や煙突を損傷させたのかもしれない。

「観測機より報告。『二発命中』」

通信長有田憲吾《ありたけんご》少佐が報せて来る。

第四射での命中弾と合わせて、合計三発が直撃した計算だ。

敵二番艦は、弱った様子を見せない。

艦上に発射炎が閃き、爆風が火災煙を吹き飛ばす。

褐色の砲煙が立ち上り、艦の航進に伴って後方へと流れる。

（流石《さすが》は新鋭戦艦だ）

矢野は、内心で舌を巻いた。

「長門」は艦齢二一年に達する旧式艦だが、主砲の破壊力だけは新鋭艦に負けない。

「大和」を除けば、米国のコロラド級、英国のネルソン級等の主砲と並び、今なお世界最強の破壊力を誇っている。

米国の新鋭戦艦は、その砲弾を三発食らっても戦闘力の低下を見せず、速力も衰えていない。

条約明け後、米国が満《まん》を持《じ》して送り出してきた新型艦であるだけに、防御力も傑出《けっしゅつ》しているようだ。

「長門」が三度目の斉射を放ってから一〇秒ほどが経過したとき、みたび敵二番艦を青い水柱が包んだ。水柱が奔騰する直前、矢野は敵二番艦の艦上に、直撃弾の炎をはっきり見た。

水柱が崩れ、敵二番艦が姿を現す。

今度は、艦の前部に命中したようだ。艦橋の真下あたりから煙が噴出し、後方へとなびいている。

「艦長、本艦への砲撃が止んでいるぞ」

宇垣に注意を受け、矢野は初めて気がついた。

「長門」を繰り返し襲っていた敵弾が、いつの間にか飛来しなくなっている。「長門」の被弾は、最初に受けた三発だけだ。

もしや――あることに気づき、矢野は敵一番艦に双眼鏡を向けた。

想像していた通りの光景が、そこにあった。

敵一番艦が、黒煙に覆われている。

艦体の下部はほとんど視認できず、絶え間なく噴出する黒煙の上に、艦橋や煙突が姿を覗かせている有様だ。

その一番艦の周囲に水柱が奔騰し、艦首のあたりに爆発光が走った。

水柱は、鮮やかな黄色に染まっている。

「比叡」の主砲弾に仕込まれている染料の色だ。

「そうか！」

矢野は状況を理解した。

砲撃戦の開始以来、敵一番艦は前方に回り込んだ「比叡」「霧島」ではなく、もっぱら「長門」を砲撃していた。

「比叡」「霧島」に対しては、前部の主砲塔しか使えないということもあったろうが、敵の指揮官は、四〇センチ砲装備の「長門」を最大の脅威と見ていたのだろう。

「比叡」「霧島」は、その隙を衝いた。

敵一番艦が「長門」を砲撃している間に、二艦合計一六門の三五・六センチ主砲で砲火を集中したのだ。

三五・六センチ砲弾は、四〇センチ砲戦艦の主要防御区画や主砲塔の正面防楯《ぼうじゅん》を貫通する力を持たないが、上部構造物に対しては、大きな破壊力を持つ。

板張りの甲板を吹き飛ばし、煙突や両用砲といった被弾に弱い箇所を粉砕し、測距儀《そっきょぎ》や通信アンテナを破壊して、戦闘に不可欠の目と耳を奪う。

敵一番艦は被弾が積み重なり、戦闘力をほぼ喪失したのだろう。

「長門」は、「比叡」「霧島」のために囮の役を果たしたことになる。

「勝ちが見えて来たな」

沈黙していた山本が微笑した。

敵戦艦六隻のうち、一番艦は多数の被弾によって、気息奄々《きそくえんえん》になっている。

二、三番艦には「長門」「陸奥」が連続斉射を浴びせており、四番艦にも直撃弾を得ている。

脅威が大きかった四〇センチ砲の搭載艦は、戦闘力を失いつつあるのだ。

これなら勝てる。第一四軍をリンガエン湾に上陸させ、太平洋艦隊を外海に引きずり出した甲斐《かい》があった。

山本は、そう思っているようだった。

「長門」の主砲が、通算四度目の斉射を放った直後、通信室に詰めている和田雄四郎通信参謀が、泡を食ったような声で報告を送って来た。

「リンガエン湾の五水戦から緊急信です！『敵艦隊見ユ。敵ノ目標ハ輸送船団ト認ム。〇七二〇《マルナナフタマル》（現地時間六時二〇分）』」

4

リンガエン湾口に姿を現したのは、オマハ級軽巡洋艦「デトロイト」を旗艦とする第二水雷戦隊《DF2》だった。

海南島沖の戦闘では、駆逐艦二隻を日本軍の雷撃によって失ったが、その後、アジア艦隊に所属していた軽巡「マーブルヘッド」と駆逐艦四隻が指揮下に加わった。

　現在の戦力は、「デトロイト」「マーブルヘッド」と駆逐艦一二隻だ。

「TF1は針路を西方に取り、日本艦隊の主力を、引きつける。DF2はその隙にサン・フェルナンドに突入し、敵の輸送船団を叩くのだ。敵が揚陸を完了していた場合には、橋頭堡に艦砲射撃をかけ、物資を焼き払うよう努めよ」

　太平洋艦隊司令長官代行のウィリアム・パイ中将は、ラガイ湾から出港する前、DF2司令官ミロ・ドラエメル少将に命じている。

　日本軍は、艦隊決戦や空母機動部隊による航空戦といった派手《はで》な戦いには熱心である一方、輸送船団の護衛という地味《じみ》な任務は軽視する傾向がある。

　東郷提督《アドミラル・トーゴー》が連合艦隊《コンバインド・フリート》の指揮を執っていた頃から、この体質は変わっていない。

　DF2は、無防備な船団を一方的に叩けるはずだ、とパイはドラエメルに説いた。

　事実、DF2は日本軍の迎撃を受けることはなく、全艦が無事にリンガエン湾口に到達した。

　湾口の西側に位置するサンチアゴ島の沖を回り込んだときには、島陰《しまかげ》に敵艦が潜《ひそ》んでいるのではないか、と警戒したが、日本軍は艦艇のほぼ全てを太平洋艦隊主力との決戦に注ぎ込んでいるらしく、DF2を迎え撃つ艦はなかった。

　湾口に到達した後は、針路を北東に取り、三三ノットの最大戦速で、日本軍の上陸地点であるサン・フェルナンドを目指している。

　サンチアゴ島からサン・フェルナンドまでは、約二〇浬。

「約三〇分で、敵船団を射程内に捉えられます」

　旗艦「デトロイト」の航海長マイケル・スティーブンソン少佐は、ドラエメルと艦長ロイド・ウィルトス大佐に、そう報せていた。

ＤＦ２の前方には、ルソン島が横たわっている。

夜明け直後であるため、黒々とした稜線《りょうせん》が見えるだけだが、距離を詰めれば、サン・フェルナンドの市街地や、日本軍の輸送船団が視界に入るはずだ。

サンチアゴ島とサン・フェルナンドを結んだ線をなぞるようにして、ＤＦ２は旗艦「デトロイト」を先頭に、白波を蹴立てながら突進する。

背後からは、遠雷《えんらい》のような音が伝わって来る。

戦艦や巡洋艦の砲声、命中時の炸裂音等が一つに響き合わさった音だ。

パイ提督のＴＦ１が、ヤマモトの戦艦部隊と撃ち合っているのだ。

「後方に敵影はないか？」

「そのような報告は届いておりません」

ドラエメルの問いに、首席参謀のトーマス・シェル中佐が答えた。

「オーケイ！」

ドラエメルは満足感を覚えた。

ＤＦ２は、湾口のほぼ中央部に達している。

日本艦隊がＤＦ２の存在に気づき、兵力の一部を差し向けても間に合わない。

彼らがサン・フェルナンドに到達する頃には、ＤＦ２は輸送船団を壊滅させ、離脱しているはずだ。

「サン・フェルナンドまで一〇浬」

スティーブンソン航海長が報告する。

日本軍の船団は、まだ見えない。太陽が逆光《ぎゃっこう》となっているため、島影に隠れる形になっている。

「我が隊は、敵から視認されている可能性がありますね」

ウィルトス艦長が言った。

パイ提督は「無防備な船団を一方的に叩ける」と言っていたが、最初に輸送船団を発見したカタリナのクルーは、護衛駆逐艦九隻の存在を報告している。

その九隻が、船団の護衛や陸軍部隊への火力支援のため、サン・フェルナンドに残っているのではないか――と、懸念を表明した。

「索敵機は、敵の護衛を睦月型《ムツキ・タイプ》、神風型《カミカゼ・タイプ》と報告しています。一九二〇年代に建造された旧式艦など、恐れるに足りません」

シェル首席参謀が、小馬鹿にしたように応えた。

「一九二〇年代に建造された旧式艦」というなら、オマハ級軽巡も同じだ。

竣工から時間が経過し、経年劣化《けいねんれっか》が進んだこと、新型軽巡のブルックリン級が多数竣工したことなどから、一九四〇年中には全艦の退役《たいえき》が予定されていたが、ヨーロッパでの大戦勃発《ぼっぱつ》に伴って現役《げんえき》続行が決まった艦だ。

だが、兵装は充実している。

一五・二センチ連装砲二基、単装砲六基、七・六センチ単装両用砲八基、四七ミリ単装砲二基、五三・三センチ三連装魚雷発射管二基を装備し、火力は日本軍の旧式駆逐艦などより遥かに大きい。

後方に伴っている一二隻の駆逐艦は、一九三〇年代の後半に竣工した艦で、カミカゼ・タイプ、ムツキ・タイプより新しく、強力だ。

旧式駆逐艦を寄せ集めた護衛など一掃できる。

「楽観は禁物では――」

ウィルトスがシェルに言いかけたとき、

「サン・フェルナンドまで六浬」

「左三〇度に輸送船団。距離一万ヤード（約九一〇〇メートル）」

スティーブンソン航海長と砲術長ティモシー・ライアン少佐が、前後して報告を上げた。

「艦長より砲術、護衛の駆逐艦はいないか？」

「輸送船の手前に小型艦が複数見えます」

ウィルトスの問いに、ライアンが報告を返した。

「『ブルー・リーダー』より全艦。右砲戦。距離七〇〇〇ヤードにて三三〇度に変針、直進に戻り次第砲撃を開始する。『ブルー』目標、駆逐艦。『レッド』『イエロー』『グリーン』目標、輸送船」

ドラエメルは、DF2全艦に下令した。

「デトロイト」と「マーブルヘッド」の一五・二セ

ンチ主砲で敵の旧式駆逐艦を掃討し、駆逐艦の一二・七センチ両用砲で輸送船を叩くのだ。

敵艦を一掃した後は海岸に接近し、敵の橋頭堡を砲撃する。

「艦隊決戦にばかり気を取られていると、一番大事なものを失うぞ、ジャップ」

ドラエメルは、日本軍にその言葉を投げかけた。

DF2は、なおも突進する。

敵からの発砲はない。ムツキ・タイプ、カミカゼ・タイプの兵装ではどうにもならぬと悟っているのかもしれない。

「勝ち目がないと思うならさっさと逃げろ。こっちの目当ては輸送船だ」

ドラエメルが呼びかけたとき、

「敵距離七〇〇〇ヤード！」

射撃指揮所から報告が届いた。

「取舵一杯。針路三三〇度」

「取舵一杯。針路三三〇度！」

ウィルトスの指示を、スティーブンソンが操舵室に伝える。

「デトロイト」はしばし直進を続けた後、艦首を大きく左に振る。

前甲板では、一五・二センチ連装主砲が、艦の向きとは逆に、右舷側に旋回している。

直進に戻り次第、一五・二センチ連装砲と単装砲、合計七門が火を噴く。

ドラエメルの脳裏には、一五・二センチ砲弾が片っ端から日本軍の旧式駆逐艦を爆砕してゆく光景が、既に浮かんでいたが――。

「司令官！」

ウィルトスが、切迫した声で叫んだ。

ドラエメルも、自身の目ではっきり見た。

敵の隊列――輸送船団と駆逐艦の間に、発射炎が閃いたのだ。

一門、二門といった数ではない。ざっと見ただけでも、十数門が同時に発砲したように見える。

アメリカ海軍 オマハ級軽巡洋艦「デトロイト」

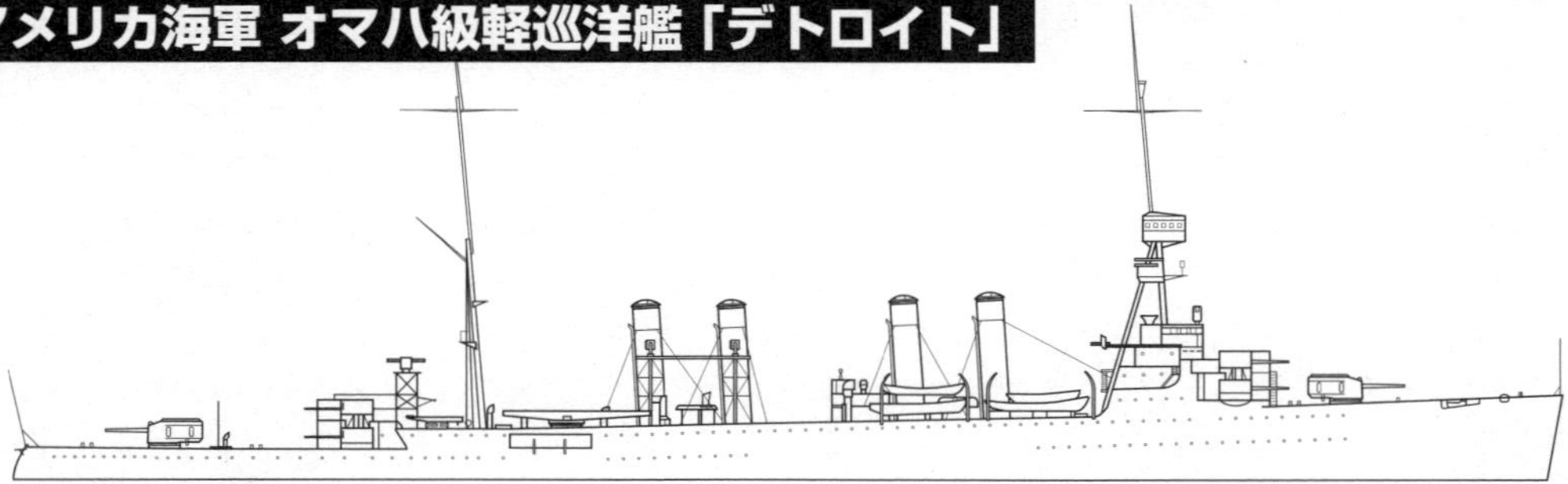

全長	169.3m
最大幅	16.9m
基準排水量	7,050トン
主機	ギヤードタービン 4基／4軸
出力	90,000馬力
速力	34.0ノット
兵装	15.2cm 45口径 連装砲 2基 4門
	15.2cm 45口径 単装砲 8門
	7.62cm 50口径 単装両用砲 8門
	53.3cm 3連装魚雷発射管 2基
乗員数	458名
同型艦	オマハ、ミルウォーキー、シンシナティ、ローリー、リッチモンド、コンコード、トレントン、マーブルヘッド、メンフィス

アメリカ海軍が1916年度計画で建造した軽巡洋艦、オマハ級の五番艦。オマハ級は偵察および水雷戦隊母艦を務めるよう設計された高速軽巡洋艦で、日本海軍の天龍型、球磨型に相当する。

主兵装は新設計の15.2センチ砲で、艦の前後に連装砲塔で２基４門のほか、上下に重ねたケースメイト式砲郭に片舷単装４門計８門を搭載している。そのほか、53.3センチ３連装魚雷発射管を片舷１基ずつ備え、強力な雷撃力を誇る。

本艦を含めたオマハ級の10隻は、新型軽巡のブルックリン級の就役に伴い順次退役の予定だったが、今次大戦の勃発により現役続行が決まった。ほとんどが艦齢20年近くの老艦ではあるが、それだけに乗員の練度も高く、さらなる活躍が期待されている。

敵弾の飛翔音が迫り、「デトロイト」の左前方に弾着の飛沫が上がる。

戦艦のような巨弾ではない。一二・七センチ両用砲と同様の小口径砲だ。

「デトロイト」が直進に戻るより早く、敵艦が第二射を放った。

発射炎の中に、艦影が浮かび上がる。三角定規《じょうぎ》のような形状の艦橋が、ドラエメルの目を射る。

「砲術より艦橋。敵は古鷹型《フルタカ・タイプ》ないし青葉型《アオバ・タイプ》の巡洋艦！」

ライアンが艦形を見抜いて、報告を上げた。

「フルタカ・タイプだと⁉」

ドラエメルは叫んだ。

世界の海軍関係者の中に、フルタカ・タイプの名を知らない者はいない。

一万トン級の重巡に相当する兵装と適切な防御力、最高速度三四・五ノット（竣工時。改装後は三三ノット）の性能を、基準排水量七九五〇トン（竣工時。改装後は八七〇〇トン）で実現した艦として、日本の造船技術の高さと設計者平賀譲《ユズル・ヒラガ》の名を世界に知らしめた艦だ。

だが、フルタカ・タイプの主砲は二〇・三センチ砲六門のはずだ。

高角砲を増備したのか、あるいは——。

襲って来た衝撃が、ドラエメルの思考を中断させた。

前部に爆炎が躍り、一五・二センチ連装主砲を爆砕すると同時に、艦橋の後方からも、三度の衝撃が連続して伝わった。

「二番煙突、三番主砲損傷！　後甲板に被弾！」

ダメージ・コントロール・チームのチーフを務めるレスリー・ホフマン少佐が報告した。

「デトロイト」は前部主砲の他、一五・二センチ単装主砲一基を失ったのだ。

ホフマンが被害状況を報告する間にも、新たな敵弾が唸りを上げて飛来する。

最初の直撃弾を受けてから五秒と経たぬうちに、衝撃と炸裂音が続けざまに襲い、至近弾の飛沫が噴き上がる。

「三番煙突倒壊《とうかい》！　一番射出機《しゃしゅつき》損傷！　右舷中央に二発命中！」

「『マーブルヘッド』にも敵弾命中！」

ホフマンと前後して、後部見張員も報告を上げる。

ウィルトスは、対処指示を出すどころではない。

被害状況報告が上げられている最中に、次の敵弾が飛来し、「デトロイト」の上部構造物を破壊し、舷側を抉り取る有様だ。

「砲術、撃て！　反撃だ！」

ウィルトスが射撃指揮所を呼び出し、下令した。

恐慌《きょうこう》状態に陥ってはいるが、反撃に転じるだけの闘志は残っていたのだ。

艦橋の後方から砲声が届く。

健在な一五・二センチ単装主砲と後部の連装主砲が、砲撃を開始したのだ。

「『ブルー・リーダー』より全艦。目標、敵巡洋艦。砲撃始め《オープン・ファイアリング》！」

ドラエメルもウィルトスに続いて、全艦に命令を発した。

旗艦と二番艦「マーブルヘッド」は被弾したが、一二隻の駆逐艦は健在だ。

敵の護衛艦を打ち払い、船団を撃滅する力は充分残っている。

「『マーブルヘッド』射撃開始」

「駆逐艦も、順次射撃開始しました」

後部指揮所が、僚艦の動きを伝える。

この間にも、「デトロイト」の被弾は相次《あいつ》いでいる。

敵の巡洋艦は、およそ四秒置きに多数の射弾を放って来るのだ。

斉射のたび、数発の敵弾が命中し、「デトロイト」の上部構造物を破壊し、上甲板や艦体側面に破孔を穿つ。

中央部に位置する四本の煙突のうち、二本が根元から倒壊し、二本は上半分を吹き飛ばされる。

排煙が甲板上に立ちこめ、火災煙と混ざり合って、艦の後方へとなびく。

舷側に穿たれた破孔から、艦内に飛び込んだ敵弾が、兵員室や士官室を破壊する。

炎が真っ赤な大蛇《だいじゃ》のように通路をのたうち、ラッタルにまとわりつく。

敵弾は、戦艦の主砲弾のように、一発で艦を粉砕する破壊力は持たない。

だが、上部構造物であれ、艦体の外鈑であれ、あるいは内部の構造材であれ、命中箇所を確実に破壊してゆく。

アマゾンに棲《す》むと言われる肉食魚《ピラニア》の群れが、巨大な獲物を襲い、肉を一寸刻《いっすんきざ》みに食いちぎってゆく様に似ている。

艦は、急速に戦闘力を失い、残骸《ざんがい》と化してゆく。

「『マーブルヘッド』沈黙！」

不意に、後部指揮所より報告が飛び込んだ。

「『マーブルヘッド』に命令。『離脱し、艦の保全に努めよ』」

「本艦の通信アンテナは、既に破壊されています。通信不能です！」

ドラエメルの命令に、シェル首席参謀が叫んだ。

その声を、後方から伝わった巨大な炸裂音がかき消した。

「『マーブルヘッド』轟沈しました！『マーブルヘッド』轟沈！」

後部指揮所の見張員が、泣き出しそうな声で報告を送って来る。

たった今の巨大な爆発音が、誘爆によるものであることは間違いない。

火災煙が弾火薬庫に回ったか、あるいは魚雷発射管が直撃弾を受けたのか。

本来であれば、昨年のうちに退役していたはずの旧式軽巡は、本国から遠く離れたフィリピンの沖で、無残な最期《さいご》を遂げたのだ。

「マーブルヘッド」が失われても、「デトロイト」への砲撃は止まない。

四秒置きに高速で飛来する小口径砲弾は、なおも艦をなぶり、破壊し続けている。

「『マーブルヘッド』の後を追え。見苦《みぐる》しい姿を、いつまでも浮かべているな」

そんな悪意が込められているようだった。

不意に、「デトロイト」の速力が大幅に低下した。

速力の急減に伴う衝撃で、艦橋内の全員が、前のめりによろめいた。

「司令官、機関部に火災との報告です！」

機関長ジャック・タイニー中佐と連絡を取っていたウィルトスが、青ざめた表情で報告した。

「本艦はここまでだな」

ドラエメルはかぶりを振った。

機関部にまで火が回っては、艦を救う術はない。

姉妹艦「マーブルヘッド」に続いて、「デトロイト」の命運《めいうん》も尽きたのだ。

「『バグレイ』に信号。『我に代わり、DF2の指揮を執れ』」

ドラエメルは、第二〇《DDG20》駆逐隊の司令駆逐艦「バグレイ」に送信を命じ、次いでウィルトスに命じた。

「艦長、総員を退艦させろ。これ以上の悪《わる》あがきは、乗員に犬死にを強いることになる」

その命令を途中まで口にしたとき、新たな敵弾の飛翔音が急速に迫った。

ドラエメルがウィルトスに命令を出し終わる前に、真っ赤に灼《や》けた塊が凄まじい速度で艦橋内に飛び込み、全員をその場になぎ倒した。

——司令官のドラエメルも、艦長のウィルトスも失った「デトロイト」は、原形を留めぬほどぼろぼろになり、炎と黒煙に覆われながらも、なおしばらくの間、その場に浮いていた。

日本艦隊の砲撃が他の艦に移った後も、何かを訴《うった》えんとするかのように、サン・フェルナンド沖の海上に姿を留め続けていた。

「マーブルヘッド」を轟沈に追い込み、「デトロイト」を戦闘・航行不能に陥れたのは、第六戦隊第二小隊の「古鷹」と「衣笠」だった。

両艦は、第一航空艦隊の指揮下で空母の直衛に当たっていたが、一二月一六日に、サン・フェルナンド沖への移動を命じられたのだ。

第一四軍は、一兵も損なうことなくサン・フェルナンドに上陸し、同地に橋頭堡を築いたが、空襲を何度か受けている。

第一四軍と輸送船団の護衛に当たっている第五水雷戦隊は、旧式軽巡の「名取《なとり》」と睦月型、神風型駆逐艦による編制で、対空火力が弱い。

第一四軍の援護は、陸軍航空隊第五飛行集団の担当だが、同部隊はまだルソン島に進出しておらず、地上部隊や輸送船団を援護できる態勢にない。

山本が「第一四軍の護衛には責任を持つ」と本間軍司令官に約束したこともあり、「古鷹」「衣笠」が第一四軍と輸送船団の援護に当たることとなったのだ。

両艦の乗員は敵機に備えていたが、予想に反し、敵は海からやって来た。

米軍は、弱体化した航空部隊には、輸送船団の撃滅も、橋頭堡の破壊もできないと判断し、一個水雷戦隊を突入させて来たのだ。

「古鷹」「衣笠」は船団の前方に展開し、長一〇センチ砲に低めの仰角をかけて、米艦隊を待ち構えた。

米軍のオマハ級軽巡は、一五・二センチ砲を装備しており、一発当たりの破壊力は、長一〇センチ砲を上回る。

だが長一〇センチ砲は、毎分一五発という速射性能を誇る。

「古鷹」「衣笠」は、その長所を十二分に活かし、二隻のオマハ級に猛射を浴びせて、短時間で叩きのめすことに成功したのだ。

「こいつだよ、俺がやりたかったことは」

「古鷹」の射撃指揮所では、桂木光砲術長が、敵二番艦の沈没跡と、残骸と化した敵一番艦を見ながら、満足の声を上げている。

元々、艦隊決戦に憧《あこが》れて海軍士官を志《こころざ》し、江田島卒業後は砲術を専門に選んだ身だ。

防巡の砲術長というポジションに不満を抱きながらも真面目《まじめ》に務めているのは、次こそは戦艦の砲術長か砲戦部隊の参謀に、という思惑《おもわく》があるためだ。

その防巡に、思いがけず水上砲戦を戦う機会が巡って来た。

相手が戦艦ではなく、主砲が四〇センチや三五・六センチの大口径砲でなくともよい。

敵の軍艦と撃ち合いができるのだ。

桂木は大いに張り切って米水雷戦隊との戦闘に臨み、僚艦「衣笠」の砲術長橘令治少佐と共に、敵巡洋艦一隻撃沈、一隻撃破の戦果を上げたのだった。

「艦長より砲術、目標を駆逐艦に変更しろ！」

「目標、駆逐艦。宜候！」

荒木伝「古鷹」艦長の命令に、桂木は即座に復唱を返した。

戦闘は、まだ終わっていない。敵には、一〇隻以上の駆逐艦が残っている。

米軍の駆逐艦は、魚雷一本当たりの破壊力は、日本の九三式六一センチ魚雷より小さいものの、一度に発射できる魚雷の数は多い。

四連装の発射管を、三基ないし四基装備しており、一六本の魚雷を一度に発射できる艦もある。

無防備な輸送船にとっては、オマハ級軽巡以上の脅威だ。

敵が魚雷の射程内に到達し、投雷する前に、撃滅しなければならない。

「目標、敵駆逐艦一番艦！」

桂木の命令を受け、

「目標、敵駆逐艦一番艦。測的よし！」

「方位盤よし！」

「全高角砲、射撃準備よし！」

各分隊より応答が返される。

「撃ち方始め！」

桂木が下令するや、「古鷹」の長一〇センチ高角砲四基八門が一斉に火を噴き、八発の一〇センチ砲弾を、秒速一〇〇〇メートルの初速で叩き出す。

後方からも、僚艦「衣笠」の砲声が届く。「古鷹」同様、八発の一〇センチ砲弾が、数秒の時間差を置いて、敵駆逐艦に殺到する。

「後部指揮所より射撃指揮所。五水戦各艦、撃ち方始めました！」

後部指揮所に詰めている第一分隊士金村良太兵曹長が報告する。

五水戦旗艦「名取」の一四センチ単装主砲と、睦月型、神風型駆逐艦の一二センチ単装主砲が砲門を開いたのだ。

砲の装備数は「古鷹」「衣笠」に及ばないが、一発当たりの破壊力は、長一〇センチ砲を上回る。

大中小三種類の砲弾が、唸りを上げて、敵駆逐艦に殺到する。

外れ弾が飛沫を上げ、朦気《もうき》が敵艦を包み込む。

「敵一番艦、取舵！　距離七〇《ナナマル》（七〇〇〇メートル）、敵針路三五〇度！」

影山秀俊測的長が、彼我の距離を報告した。

敵駆逐艦は、接近しながらの反航戦《はんこうせん》を挑んで来たのだ。

敵一番艦が直進に戻るや、前部と後部に発射炎が閃いた。

一二・七センチ両用砲弾が唸りを上げて飛来し、「古鷹」の右舷付近に弾着時の飛沫が上がる。

舷側に海水が降りかかるが、直撃弾はない。

回頭後、すぐの砲撃であるだけに、狙いが定まらなかったようだ。

「敵二番艦取舵！　続いて三番艦！」

影山が、続報を上げる。

転舵の時機を見計らって、「名取」の一四センチ砲弾、睦月型、神風型の一二センチ砲弾が飛ぶ。
二、三番艦は取り逃がしたが、四番艦の艦上に、直撃弾炸裂の火焔が躍る。
被弾した敵駆逐艦が速力を落としたところに射弾が集中され、直撃弾の炎と至近弾落下の飛沫が、艦を包んでゆく。

「古鷹」は敵一番艦を目標に、続けざまの斉射を放っている。

右舷側に発射可能な八門の長一〇センチ砲が四秒置きに咆哮し、重量一三キロの砲弾を、秒速一〇〇〇メートルの初速で叩き出す。

発射の反動は、以前に「古鷹」が装備していた二〇・三センチ砲ほど強烈ではない。基準排水量八七〇〇トンの艦体が仰け反ったり、沈み込んだりすることはない。

だが、砲声は強烈だ。

頭の中で、ハンマーが金床《かなとこ》を力任せに一撃しているような衝撃を感じる。

四秒置きに八発ずつ放たれる一〇センチ砲弾は、七〇〇〇メートルの距離を一飛びし、敵駆逐艦の面前に、あるいは右舷付近に、弾着の飛沫を上げる。

第一射、第二射は空振りに終わったが、第三射で直撃弾が出た。

弾着の瞬間、敵一番艦の周囲で飛沫が上がり、上部と艦体側面に爆発光が閃いた。

直撃弾を受けたにも関わらず、敵一番艦は速力を落とさない。

一二・七センチ両用砲を撃ちまくりながら、「古鷹」の右舷側海面を疾駆《しっく》する。

「古鷹」の長一〇センチ砲が僅かに右に旋回し、新たな射弾を放つ。

砲声が射撃指揮所を包み、艦橋が痺れるように震える。

敵艦の前方に飛沫が上がり、艦体側面に複数の爆発光が閃いた。

直後、敵艦の中央部から大量の黒煙が噴出し、みるみる速力を落とし始めた。

この直前まで砲撃を続けていた一二・七センチ両用砲も沈黙する。

「古鷹」の射弾は、缶や主機、発電機といった艦の心臓部を損傷させたのかもしれない。

このときには、敵二番艦も黒煙を噴き上げ、行き足が止まっている。

上甲板から上には、黒雲を思わせる火災煙がわだかまり、上部構造物は全く見えない。

「衣笠」が「古鷹」と同じ長一〇センチ砲八門の連続斉射で、敵二番艦を叩きのめしたのだ。

「目標を三番艦に変更！」

「目標、敵三番艦。宜候！」

荒木艦長の指示に、桂木は即座に復唱を返す。

若干の間を置いて、「古鷹」の長一〇センチ主砲が、再び咆哮を上げ、新目標に八発ずつの一〇センチ砲弾を叩き込む。

「敵も勇敢《ゆうかん》だな」

その呟きが、桂木の口から漏れた。

敵の戦力は、軽巡二隻、駆逐艦一二隻だ。

うち、最も火力の大きな軽巡二隻が、序盤《じょばん》で沈没ないし戦闘・航行不能となり、続いて駆逐艦三隻が直撃弾多数を受け、行き足が止まった。

にも関わらず、敵は突撃を止めない。

残った九隻の駆逐艦は、なおも輸送船への雷撃を狙い、最大戦速で突撃を続けている。

「輸送船をやらせるわけにはいかん。いい加減で諦めろ」

桂木が敵に向かって呼びかけたとき、敵三番艦の艦上に爆発光が閃いた。

光は凄まじい勢いで膨れ上がり、巨大な火焔となって、艦全体を包み込んだ。

次の瞬間、炎が弾け、無数の火の粉や黒い塵のような破片が八方に飛び散った。

「やったか……！」

桂木は、唸り声を上げた。

敵三番艦への最初の命中弾が、致命傷を与えた。

一〇センチ砲弾が、魚雷発射管に命中し、誘爆を引き起こしたことは間違いない。

敵三番艦は、輸送船に叩き込むはずだった魚雷で、自らを爆砕されたのだ。

(同様の事態が、本艦を襲う可能性もある)

腹の底で、桂木は呟いた。

「古鷹」は、二番煙突と四番高角砲の間に、四連装魚雷発射管二基を装備している。

破壊力では世界最強を誇る九三式六一センチ魚雷八本が装塡されているのだ。

それらがいちどきに誘爆を起こせば、「古鷹」は原形を留めぬまでに破壊され、轟沈することは間違いない。

防空巡洋艦に改装されたとき、水上砲戦が生起する可能性を考慮して残された魚雷発射管だが、重大な弱点でもある。

あの駆逐艦の運命は、明日の本艦の運命かもしれない――そんなことを、桂木は思っていた。

「砲術より艦長。次の目標を――」

「砲撃、一時中止」

指示を求めた桂木に、荒木艦長は予想もしていなかった命令を出した。

「敵は、遁走に移っている。しばらく様子を見る」

桂木は、敵駆逐艦の隊列に双眼鏡を向けた。

荒木が言った通り、敵駆逐艦は反転、避退に移っている。

この直前まで、整然たる隊列を組んでいたが、今は各艦がばらばらだ。統制《とうせい》など、あったものではなく、算《さん》を乱して逃げ惑うだけだ。

何隻かは火災を起こしているらしく、後方に黒煙をなびかせている。おそらく、五水戦の砲撃が損害を与えたものであろう。

「船団を守り切ったということですか」

「軽巡二隻を最初に叩いたことが効いたな。あれで敵の砲火力は、一気に低下した」

荒木の声は満足そうだ。

船団護衛では、六戦隊の第二小隊が最大の貢献をした。「古鷹」と「衣笠」の猛射が、船団と第一四軍を守った。

そのことに、大きな喜びを覚えている様子だった。

「戦果拡大を図っては？」

桂木は聞いた。

サン・フェルナンドに突入して来た敵艦は、軽巡二隻、駆逐艦一二隻だ。

うち、軽巡二隻、駆逐艦四隻を撃沈破したが、駆逐艦八隻は逃げ去っている。

これらの艦が再び戦場に出現すれば、味方にどのような被害を与えるか分からない。

戦争がまだ始まったばかりであることを考えれば、一隻でも多く沈めておくべきではないか。

荒木は、笑いを含んだ声で返答した。

「今は、船団と第一四軍の護衛が第一だ。安全になったと判断されるまでは、船団から離れるわけにはゆくまい」

5

「『サン・フェルナンド』ノ敵艦隊ハ撃退セリ。輸送船団並ビニ第一四軍ニ損害ナシ。〇七四三《マルナナヨンサン》（現地時間六時四三分）」

五水戦旗艦「名取」からこの報告電が打電されたとき、戦艦同士の砲撃戦も趨勢《すうせい》が定まりつつあった。

米戦艦の一番艦は、「比叡」「霧島」の集中砲火を浴びて火災を起こし、四〇センチ砲塔三基のうち、二基が沈黙している。

残された一基による砲撃も、射撃精度を確保できないのか、射弾は日本側の戦艦から大きく外れた海面に落下するばかりだ。

敵二番艦は、主砲による戦闘力を喪失したらしく、完全に沈黙している。

敵三番艦は、「陸奥」の四〇センチ砲弾多数を浴び、艦形そのものが変わっている。

外観上の大きな特徴となっていた丈高い籠マストは根こそぎとなり、第三、第四砲塔は天蓋を大きく裂かれている。

被害は機関部にも及んでいるらしく、速力は一〇ノット以下に低下して、隊列の後方に取り残されていた。

敵四番艦の惨状《さんじょう》は、三番艦を上回る。

「伊勢」と「日向」の二隻から、三五・六センチ砲二四門の集中砲火を浴びたため、上部構造物のほとんどを破壊された状態だ。

火災煙に隠され、艦上の様子ははっきりとは分からないが、鉄屑《てつくず》の堆積場《たいせきじょう》のような有様になっていると推定される。

三番艦同様、速力が大幅に低下し、隊列から落伍していた。

敵五、六番艦は、戦闘力を残している。

逆に、「扶桑」「山城」の方が損害大だ。

「扶桑」は機関部に直撃弾を受けたため、黒煙と水蒸気を噴き上げながら停止し、「山城」は主砲塔六基の半数を破壊された。

現在、敵五番艦には「陸奥」が、六番艦には「伊勢」「日向」が、それぞれ射弾を浴びせていた。

「艦長、本艦も目標を五番艦に変更しろ。敵二番艦は、もはや脅威にはならぬ」

山本五十六連合艦隊司令長官が、自ら「長門」艦長矢野英雄大佐に命じた。

「目標を、敵五番艦に変更します」

「目標、敵五番艦！」

矢野は命令を復唱し、射撃指揮所に新目標への指示を送った。

敵二番艦への砲撃を続けていた「長門」の主砲が、一旦沈黙する。

巨大な主砲塔が左に旋回し、太く長い砲身が俯《ふ》仰《ぎょう》する。

主砲発射を告げるブザーが鳴り響き、各砲塔の一番砲が咆哮する。

砲口から巨大な火焔がほとばしり、発射に伴う反動が「長門」の巨体を震わせ、砲声が他の全ての音をかき消す。

「制空権の確保が勝ちに繋がったな」

ちらと上空に目をやり、矢野は口中で呟いた。

第一艦隊の上空では、後方の空母から発艦した零戦が援護に当たっている。

戦闘の序盤で、敵の観測機を一掃した後、艦隊の直衛を続けているのだ。

砲戦の途中、米軍の艦戦隊――グラマンF4F〝ワイルドキャット〟が飛来し、日本側の観測機を攻撃しようとしたが、零戦が全機を撃退した。

以後、日本側は優勢に戦いを進めている。

日本側は、観測機による弾着観測の結果に基づいて、弾着の修正が可能だが、米側は艦上からの観測しかできない。

必然的に、命中率に大きな差がついたのだ。

(それも、一一日の機動部隊戦に一航艦が勝利を収めたからだ)

一週間前、世界初となった機動部隊同士の戦闘を、矢野は思い出している。

あの海戦で勝利を収めていなければ、日本側と米側の立場は逆になっていた。

航空戦に勝利を収めなければ、艦隊戦の勝利も望めない。

今は、そのような時代になっている。我々は大きな変化の途上にいるのだ――そんなことを、矢野は考えていた。

思いを巡らしている間に、「長門」の射弾が落下している。弾着の水柱は、目標の艦首付近だ。

敵艦の艦首が、染料によって青く染まった水柱に突っ込む。

束の間、敵艦の前甲板に青い霧《きり》のようなものが立ちこめるが、すぐに消える。

敵五番艦の艦上に、発射炎が閃く。

たった今の砲撃で、「長門」「陸奥」の二艦から砲撃を受けていることは悟ったであろうが、戦意は衰えていないようだ。

「長門」が第二射を放つより早く、「陸奥」の射弾が落下する。

至近弾落下の水柱は、敵艦の左右両舷付近に奔騰した。右舷側に二本、左舷側に一本だ。

同時に、敵艦の後部に爆炎が躍り、黒い破片が飛び散った。

「『陸奥』、直撃弾を得ました！」

宇垣参謀長が、弾んだ声で山本に報告する。

報告を受けなくとも、敵戦艦を観察していれば、何が起きたのかは明らかだが、帝国海軍最強の戦艦にして、長年象徴として君臨して来た艦が戦果を上げたとなれば、興奮を抑えきれないようだ。

「『陸奥』の右舷に弾着。直撃弾なし！」

後部指揮所から届いた報告に、「長門」の第二射の砲声が重なる。

第一射と同様の砲声が轟き、発射の反動が艦を震わせる。

「『陸奥』、斉射に移行しました！」

数秒後、後部指揮所からの報告が届いた。

敵五番艦の艦上に新たな発射炎が閃き、爆風が火災煙を吹き飛ばす。

束の間、後部の姿が露わになるが、すぐに噴出する黒煙の下に隠れる。

「長門」の第二射弾が落下した。

弾着の瞬間、艦の中央部に閃光が走った。前部の籠マストが後方に倒れる様が、「長門」の艦橋からも遠望できた。

先に敵二番艦を砲撃したときは、直撃弾を得るまでに少し手間取ったが、今度は弾着修正一度だけで直撃弾を得たのだ。

敵戦艦の頭上に貼り付いている観測機が、弾着位置のずれを正確に読み取り、「長門」の発令所が、的確な修正を行ったためであろう。

日本側だけが弾着観測を行っていることが、ここでも活きたのだ。

「砲術より艦長、次より斉射！」

加藤正砲術長が意気込んだ声で報告を上げ、「長門」の四〇センチ主砲八門は、次発装塡のために沈黙する。

その間に、「陸奥」の斉射弾が敵五番艦を襲う。

「陸奥」の斉射弾が落下した瞬間、多数の水柱が目標を囲む形で奔騰し、しばし敵五番艦の姿を隠した。

染料によって真紅に染まった水柱は、炎の色を写し取ったように見えた。

水柱が崩れ、敵五番艦が姿を現す。

先に倒壊した前部の籠マストに続いて、後部の籠マストも消えており、艦を覆う火災煙は、一層激しく噴出している。

「陸奥」の最初の斉射弾は、敵五番艦に相当な打撃を与えたようだ。

次の「長門」の斉射が止めとなるのでは、と思わせた。

「『陸奥』に直撃弾！　火災発生！」

後部指揮所から、緊張した声で報告が飛び込んだ。

敵五番艦も、一方的にやられてはいなかった。

大きな打撃を受けながらも、「陸奥」に痛烈な反撃を浴びせたのだ。

「長門」の艦上に、斉射を告げるブザーが鳴り響いた。

三度連続し、途切れると同時に、「長門」は敵五番艦に対する第一斉射を放った。

僅かに遅れて、「陸奥」も第二斉射を放つ。

時間差を置いて放たれた一六発の四〇センチ砲弾が、大気を激しく震わせながら、敵戦艦に殺到する。

「長門」の斉射弾が先に落下し、青い水柱が敵艦の姿を隠した。

水柱が完全に消えるより早く、「陸奥」の斉射弾が、真紅の水柱を噴き上げた。

水柱が崩れ、敵艦が姿を現したとき、これまでよりも小さくなっているように見えた。

「もしや……」

矢野がある予感を覚えたとき、加藤砲術長が報告した。

「敵五番艦——いや、敵の全戦艦が取舵を切りました。敵は、離脱しつつあります！」


これより少し前、合衆国戦艦「ワシントン」艦長ハワード・H・J・ベンソン大佐は、通信室から伝えられた命令に対し、悪態《あくたい》をついていた。

「気楽に言ってくれる。司令官には、状況が見えていないのか⁉」

TF1司令官ウィリアム・パイ中将の命令は、ごくシンプルだ。

「作戦を中止する。TF1は可及的速やかに、戦場より離脱せよ」

というものだ。


勝利の可能性が、もはやなくなったことは、ベンソンにも分かっている。

「ワシントン」と「ノースカロライナ」は大損害を受け、戦闘不能に近い。

「ウェストバージニア」と「メリーランド」は戦闘不能に追い込まれ、速力も著しく低下している。

「テネシー」「カリフォルニア」は、比較的ましな状態だが、ナガト・タイプとイセ・タイプ、合計四隻に砲火を浴び、追い詰められている。

一方、日本軍の戦艦はナガト・タイプ二隻を含め、六隻が健在だ。

扶桑型《フソウ・タイプ》二隻だけは、大損害を与えて落伍に追い込んだが、他艦は充分な戦闘力を残している。

日本艦隊を撃滅し、ルソン島の沖から叩き出すなど、もはや夢物語《ゆめものがたり》としか思えない。

この状況下で戦い続けても、全戦艦の喪失という最悪の事態を招くだけだ。

将兵と艦を救うには、撤退以外に道はない。

今となっては、その撤退こそが何よりも困難ではあるが――。

「取舵一杯。針路一五〇度！」

ベンソンは、航海長ロン・ギャビン中佐に命じた。

諦めるには、まだ早い。艦の心臓部たる機関も、舵や推進軸も健在なのだ。

両腕をもがれても、心臓と足が残っていれば、退却はできる。

ここは何としても生き延びるのだ。

いずれ日本軍に復讐戦を果たし、今日の屈辱を晴らすためにも。

「取舵一杯。針路一五〇度！」

ギャビンが、操舵室に命じる。

前方に回り込んだ敵戦艦――二隻のコンゴウ・タイプが、なお砲撃を繰り返し、三五・六センチ砲弾が降り注ぐ中、「ワシントン」はしばし直進を続け、おもむろに回頭を始める。

基準排水量三万五〇〇〇トンの艦体が、大きな弧を描きながら、左へ左へと回ってゆく。

新たな敵弾の飛翔音が迫るが、全弾が「ワシントン」の右舷側に落下し、巨大な水柱を奔騰させる。

「ワシントン」が直進するとの前提で砲撃したため、肩透かしを食わせた形になったのだ。

「両舷前進全速！」

艦が直進に戻ったところで、ベンソンは機関長ジェフ・チャータリス中佐に下令した。

「両舷前進全速！」

チャータリスが復唱し、機関の鼓動《こどう》が高まる。

「ワシントン」の四基の推進軸がフル回転し、艦の速力が上がってゆく。

コンゴウ・タイプの射弾が飛来し、艦の後方から、弾着の水音が届く。

弾着位置は遠く、爆圧も感じられない。

「ワシントン」の転舵によって、相対位置が大きく変わったため、交互撃ち方による弾着修正からやり直しているのだろう。

「多少は時間が稼げますね」

「うむ……」

ギャビン航海長の一言に、ベンソンは忌々しさを覚えつつ頷いた。

合衆国の最新鋭戦艦ともあろうものが、日本の旧式戦艦、それも格下の三五・六センチ砲搭載艦から逃げ回らねばならないとは、恥辱《ちじょく》の限りだ。

本来なら、四〇センチ主砲の斉射で容易くたたき伏せることが可能な相手なのだ。

だが、今の「ワシントン」には、コンゴウ・タイプを仕留める力はない。

第一砲塔は電路の切断により、旋回も、砲身の俯仰も不可能となった。

第二砲塔は通信回線が途絶し、射撃指揮所からの指示も、射撃諸元のデータも届かない状態だ。砲塔測距儀による測的と砲撃は可能だが、命中はまず望めない。

第三砲塔は後甲板に発生した火災によって砲塔内部が高温になり、砲員のほとんどが倒れている。

まともな砲撃が行えるのは、左舷側の一二・七センチ連装両用砲五基だけだ。

これでは、コンゴウ・タイプの戦艦どころか、巡洋艦とすら戦えない。

どれほど悔しくとも、今は逃げるしかない。

不意に、艦橋の前方で砲声が轟き、「ワシントン」の傷つけられた艦体が震えた。

第二砲塔が発砲し、コンゴウ・タイプに反撃しているのだ。

現在、第二砲塔とは一切の連絡が取れない。砲員は、完全に孤立した状態だ。

おそらく、砲台長のドナルド・ゲーブル大尉が独自に判断し、発砲しているのだろう。

「伝令を送り、中止させますか？」

「構わぬ。牽制《けんせい》にはなる」

ギャビン航海長の問いに、ベンソンはかぶりを振った。

重量一トンの巨弾三発が、コンゴウ・タイプを目がけ、唸りを上げて飛ぶ。

「命中！」の報告はない。おそらく、見当外《けんとうはず》れの海面に落下したのだろう。

入れ替わるように、コンゴウ・タイプの射弾が飛んで来る。

今度の弾着位置は、先のものより近い。

「ワシントン」の右舷側より弾着の水音が届き、爆圧が艦橋にまで伝わって来る。

コンゴウ・タイプ二隻のうち、一隻の射弾は至近距離に落下したようだ。

「ワシントン」の第二砲塔が、新たな射弾を放つ。

先の砲撃から、一分余りの時間が経過している。

本来であれば、三〇秒置きの砲撃が可能だが、砲塔測距儀に頼っての測的だ。照準に、時間を要するのだろう。

「本国に帰り、修理を完了したら、必ず復讐戦を挑む。今日、我々が味わったものの一〇倍以上の屈辱を味わわせてやるぞ、ジャップ」

砲弾と共に、この言葉も届け――その思いを込め、ベンソンは日本艦隊、特に「ワシントン」を追って来るコンゴウ・タイプに向かって呟いた。

敵の新たな射弾が、唸りを上げて飛来する。

今度は全弾が「ワシントン」の頭上を飛び越し、前方に落下する。

至近弾の爆圧が、艦首から伝わった。

直後、大量の海水が滝のように降り注ぎ、「ワシントン」の艦首甲板や揚錨機《ようびょうき》、第一、第二砲塔の砲身、天蓋を叩いた。

弾着の衝撃が収まったところで、砲術長ビリー・グラハム中佐が報告した。

「砲術より艦橋。コンゴウ・タイプ、変針。敵針路一五〇度」

「追って来たか」

ベンソンは呻いた。

「逃がしはしない」

「お前たちに、復讐の機会はない」

そんなメッセージが、伝えられたような気がした。

「ワシントン」の第二砲塔が新たな射弾を放つより早く、コンゴウ・タイプの三五・六センチ砲弾が飛んで来る。

今度は、複数の砲弾が至近距離に落下した。

至近弾の爆圧が、連続して艦底部を突き上げ、「ワシントン」は上下に振動した。複数の至近弾による衝撃は、艦が見えざる打撃を受けたことを感じさせた。

「ボディブロウの連続か」

ベンソンは、ボクシングを思い出している。

ボディブロウは、対戦相手の内臓にダメージを与え、スタミナを奪い去る。

それと同じことが、「ワシントン」に起きているのではないか、という気がした。

「三番、六番缶室に浸水あり！」

「出力に異常はないか？」

チャータリス機関長の報告を受け、ベンソンは聞き返した。

「現在のところ異常はありませんが、これ以上繰り返されれば、どうなるか分かりません」

と、チャータリスは返答した。

また、新たな敵弾が落下する。

再び至近弾落下の爆圧が襲い、「ワシントン」の艦体が上下する。

直撃弾はないが、艦にダメージが蓄積《ちくせき》していることははっきり感じ取れた。

（逃げ切れぬか？）

パイの避退命令を受けてから、初めて絶望的な思いがベンソンの胸中に湧き出した。

合衆国の最新鋭戦艦は、初陣の場で失われるのか。

ナガト・タイプを撃沈することもできず、格下のコンゴウ・タイプに沈められるという屈辱を舐めるのか。

不意に飛び込んだ報告が、悲観的な思考を中断させた。

「味方駆逐艦、煙幕展張を開始しました！」

6

米軍の駆逐艦が煙幕を展張する様は、第六戦隊旗艦「青葉」の艦橋や射撃指揮所からも、はっきり見えた。

駆逐艦の煙突から噴出する黒煙と、戦艦の火災煙が混ざり、後方になびいた。

「『比叡』『霧島』、砲撃中止！」

「『長門』『陸奥』、砲撃中止！」

艦橋見張員の報告を受け、

「敵駆逐艦を、一掃しなければなりませんな」

貴島掬徳首席参謀が、五藤存知司令官に具申した。

戦闘開始以来、第六戦隊第一小隊の「青葉」と「加古」は、第九戦隊、第二水雷戦隊と共に、敵駆逐艦の雷撃から、味方の戦艦や重巡を守る役目を担った。

「青葉」「加古」に砲門を向けて来る敵の巡洋艦もあったが、それらは第五戦隊の妙高型重巡、第七戦隊の最上型重巡に任せ、第六戦隊はひたすら「敵の雷撃阻止」に徹した。

六戦隊と九戦隊、二水戦は、敵駆逐艦に投雷を許すことなく、味方の戦艦、重巡を守り切った。

第一艦隊は勝利をほぼ手中《しゅちゅう》にしたが、最後の詰めの段階になって、残存する敵駆逐艦が妨害行動に出たのだ。

敵駆逐艦を掃討し、煙幕の展張を阻止しなければ、生き残っている敵戦艦に止めを刺すことはできない。

「目標、煙幕展張中の敵駆逐艦。六戦隊突撃せよ！」

五藤が大音声で下令し、

「取舵一杯。針路一五〇度！」

「『加古』に信号。『我ニ続ケ』」

久宗米次郎「青葉」艦長が、早坂彰《はやさかあきら》航海長と熊沢元也信号長に指示を送った。

「青葉」はしばし直進した後、艦首を大きく左に振る。

舵が中央に戻されたところで、

「両舷前進全速！」

久宗が、機関長磯部《いそべ》太郎《たろう》中佐に下令する。

回頭に伴い、一旦速力が低下した「青葉」が増速し、敵艦隊に追いすがる。

「『加古』、本艦に追随《ついずい》します！」

「九戦隊、二水戦、一五〇度に変針。敵艦隊を追撃します！」

後部指揮所が「加古」の動きを報告し、艦橋見張員が、第九戦隊、第二水雷戦隊の動きを伝える。

敵駆逐艦は煙幕を展張しているため、戦艦の側から離れられない。

敵艦隊の変針によって、一旦は開いた彼我の距離が、再び詰まって来る。

「砲術より艦橋。目標の指示願う」

「砲術長の判断に任せる。最も照準を付けやすい艦を狙え」

岬恵介砲術長からの要請に、久宗は即答した。

若干の間を置いて、「青葉」の前甲板に発射炎が閃き、砲声が甲板上を駆け抜けた。

「青葉」が装備する長一〇センチ連装砲塔六基のうち、前部の三基が火を噴いたのだ。

「『加古』撃ち方始めました！」

との報告が、後部指揮所より上げられる。

六戦隊の二隻だけではない。

第九戦隊の「大井」と駆逐艦一二隻も、第二水雷戦隊の軽巡「神通《じんつう》」と駆逐艦八隻も、一四センチ単装砲、一二・七センチ連装砲を放っている。

中小口径砲の砲声が響き、敵駆逐艦目がけて射弾が飛ぶ。

外れ弾が海面で炸裂し、南シナ海の真っ青な海面が、飛び散る飛沫によって真っ白に染め上げられる。

弾着の狂騒《きょうそう》が収まるより早く、新たな射弾が落下し、海面を激しく沸き返らせる。

敵駆逐艦も煙幕を展張しつつ、反撃の射弾を放つ。

「青葉」の前方や左右にも敵弾が落下し、炸裂音が艦橋に伝わる。

三回ほど空振りを繰り返した後、「青葉」が最初の直撃弾を得た。

敵駆逐艦一隻の後部に爆炎が躍り、主砲とおぼしき角張った破片が吹き飛ぶ様が見えた。

続いて、その後方に位置する駆逐艦の中央部に、直撃弾炸裂の閃光が走った。

おそらく、「加古」の二〇センチ砲弾だ。

煙突に命中したのか、排煙とおぼしき黒煙が甲板上に直接噴き出す。煙は、後部の主砲や発射管を覆い、艦の後方へとなびく。

煙幕の効果が薄れたのだろう、敵戦艦の中央部にそびえる尖塔《せんとう》のような艦橋が、煙の間に見え隠れしている。

「『金剛』と『榛名』の仇討《あだう》ちだ」

桃園幹夫砲術参謀は、敵戦艦を見つめて呟いた。

敵戦艦の一番艦には、第三戦隊の「比叡」「霧島」が砲火を浴びせていた。

「比叡」「霧島」は、一一月一〇日の夜戦で敵戦艦の砲火を集中され、海南島の沖に沈んだ「金剛」「榛名」の姉妹艦だ。

第三戦隊の二隻の高速戦艦は、姉妹艦の仇とも言うべき米軍の新鋭戦艦に砲火を集中し、戦闘不能状態に追い込んだのだ。

その「比叡」と「霧島」は、一時的に砲撃を中止している。

敵駆逐艦の煙幕に妨げられ、測的ができないのだ。

(電探照準射撃を実用化しなければ駄目《だめ》だな)

腹の底で、桃園は呟いた。

開戦前に入手した情報によれば、米英両国の海軍は、既に電波探信儀《たんしんぎ》を用いた射撃管制の実用化を進めているという。

一方日本は、電探そのものの実用化も満足できる段階に達していない。

仮に、今の「比叡」「霧島」が電探を装備していれば、敵駆逐艦の煙幕など関係なしに目標を探知し、砲撃できるはずだ。

艦隊戦だけではない。

桃園の専門である対空戦闘にも、いや艦船より遥かに高速で、複雑な機動を行う航空機に対してこそ、電探は有用な装備となるはずだ。

この戦いが終わり、内地に戻ったら、司令官や首席参謀とも相談して、電探の早期実用化のために動かねばなるまい……。

また一隻、敵駆逐艦が火を噴く。

機関部を損傷したのか、みるみる後方に落伍する。

敵一番艦を覆う煙幕は減少しており、間もなく完全に姿を現しそうだ。

(撃て、『比叡』『霧島』。今なら、直撃弾を得られる。敵一番艦を完全に沈め、『金剛』と『榛名』の仇を討て)

桃園が「比叡」「霧島」に呼びかけたとき、不吉な響きを持つ音が聞こえ始めた。

この八日前、海南島の南東岸沖で何度となく聞いた、不気味な恫喝《どうかつ》の音。

戦艦の巨弾が、急速に迫る音だった。

「全員、衝撃に備えろ!」

状況を悟ったのだろう、五藤が叫んだ。

桃園が両足に力を込めたとき、轟音が「青葉」の頭上を通過した。

安堵する間もなく、後方から突き上げるような衝撃が襲い、「青葉」の艦体は大きく前にのめった。

「艦尾至近に弾着!」

後部指揮所より、喘ぐような声で報告が届く。

「『神通』に至近弾!」

艦の動揺が収まったとき、艦橋見張員が報告した。

第二水雷戦隊旗艦の「神通」にも、敵の巨弾が飛来したのだ。

「司令官、敵の五、六番艦です」

桃園は、五藤に推測を伝えた。

敵戦艦六隻のうち、戦闘力を残している五、六番艦が、味方艦の退却を援護しているのだ。

敵戦艦の砲撃に構わず、「青葉」は「加古」と共に、砲撃を続行する。

また一隻、敵駆逐艦の艦上に爆炎が躍り、塵のように見える破片が飛び散る。

その「青葉」に、新たな巨弾の飛翔音が迫った。

轟音は頭上を圧し、急速に拡大する。途方もなく重く、巨大なものがのしかかって来るような威圧感があった。

今度は、「青葉」の正面に落下し、多数の水柱が眼前に奔騰した。

「青葉」の艦首は爆圧に突き上げられ、艦全体が後方に大きく仰け反った。このとき一〇センチ砲六門が咆哮したが、砲弾が明後日《あさって》の方向に飛んでいったことは間違いなかった。

揺り戻しが起こり、「青葉」の艦首が大きく沈み込んだ。

最大戦速で突撃を続けている艦が、そのまま海中に潜ってしまいそうな気がした。

水柱が崩れ、「青葉」の艦首甲板や三基の長一〇センチ砲に降りかかる。

海水が前甲板に川を作り、左右両舷から海に戻ってゆく。

動揺が収まったとき、

「GF司令部より受信！　『追撃中止。逐次《チクジ》集マレ』であります！」

通信参謀関野英夫少佐が報告を送った。

「確かか、通信参謀？」

「間違いありません」

五藤の問いに、関野が即答する。

「弱気になられたか、長官は？」

誰にともなしに、五藤は聞いた。

米艦隊は、追撃の先鋒となっている第六戦隊や第二水雷戦隊を砲撃しつつ、退却している。

追撃を続行すれば、二隻の防巡や二水戦の軽巡、駆逐艦が大きな被害を受ける可能性がある。

「米艦隊が退却に移った以上、作戦目的は達成された。これ以上の損害は抑えたい」

山本長官は、そのように考えたのかもしれない。

「司令官、御命令を」

「……六戦隊、針路三三〇度。砲撃しつつ後退する！」

貴島首席参謀の求めに対し、五藤は数秒間思案を巡らせてから新たな命令を発した。

「取舵一杯。針路三三〇度！」

「『加古』に信号。『針路三三〇度。我ニ続ケ』」

久宗が早坂航海長と熊沢信号長に命じる。

「青葉」に、みたび敵弾が迫り、飛翔音が拡大する。

全弾が「青葉」の前方に落下したが、弾着位置は遠かった。

爆圧は、先のものほど強烈ではなく、艦首が大きく持ち上げられることもなかった。

水柱が崩れたとき、「青葉」の艦首が大きく左に振られ、敵艦隊に背を向けた。

前方に見えていた敵戦艦や、煙幕展張中の駆逐艦が死角に消え、「長門」や「陸奥」、第五、第七戦隊の重巡群が視界に入って来た。

「九戦隊、反転。二水戦も順次反転します」

後部指揮所が、僚艦の動きを報告する。

新たな敵弾の飛来はない。

米艦隊の指揮官も、日本艦隊が追撃を打ち切ったと認めたようだ。

「どうも中途半端ですな。敵艦隊、特に戦艦を殲滅することは充分可能と考えるのですが」

「私も、同じことを考えていた」

不満そうな久宗の言葉に、五藤は応えた。

「ただ……山本長官は、開戦劈頭《へきとう》の一撃で、米太平洋艦隊を壊滅させることを望んでおられた。その機会を断念するとは考えられない。何か、お考えがあるのかもしれぬ」

その疑問に答えるかのように、関野通信参謀が新たな報告を上げた。

「GF司令部の命令電を受信。一航艦に宛てたものです。『目標、米太平洋艦隊主力部隊。攻撃隊発進セヨ。〇八二二《マルハチフタフタ》（現地時間七時二二分）』」

7

「敵の巡洋艦、駆逐艦、反転します。敵は、追撃を断念した模様です」

TF1司令官ウィリアム・パイ中将の下に、報告が届けられた。

「そうか」

パイは司令官席に腰を下ろしたまま、大きく息を吐き出しながら応えた。

同時に、激しい疲労が押し寄せて来た。

重苦しい敗北感が、心だけではなく、身体をも苛んでいる。できることなら、司令官席から降り、医務室のベッドで身体を休めたい。

だが、今のパイにそれは許されない。

自分はTF1の司令官であるだけではなく、太平洋艦隊司令長官の任務も代行している。

ヤマモトの気が変わり、追撃を再開しないとの保証はない。

フィリピンの内海に逃げ込むまでは、この場で指揮を執り続けなければならなかった。

「残存艦は何隻だ？」

「戦艦が四隻、巡洋艦が六隻、駆逐艦が九隻です。単艦で戦場から離脱した艦があるかもしれませんが、確認はできていません」

「『ウェストバージニア』と『メリーランド』は駄目だったか」

参謀長ジェームズ・オズボーン大佐の答を聞いて、パイは深々とため息をついた。

「ウェストバージニア」「メリーランド」は、ノースカロライナ級の竣工以前、合衆国に三隻しかない四〇センチ砲搭載戦艦であり、合衆国海軍最強の戦艦として頂点に君臨していた艦だ。

本来であれば、四〇センチ主砲の破壊力に物を言わせ、「ノースカロライナ」「ワシントン」と共に、日本艦隊を圧倒するはずだった。

だが、「ウェストバージニア」も「メリーランド」も、敵戦艦に打ち破られ、戦闘・航行不能に追い込まれたのだ。

一艦当たり一九六八名のクルーだけでも助けたかったが、乗員救助ができる状況ではない。

日本軍の捕虜《ほりょ》となっても、一人でも多くが生き延びてくれれば——パイとしては、そう祈る以外になかった。

「巡洋艦が、思ったよりも生き延びているな」

パイは言った。

連合艦隊《コンバインド・フリート》との決戦に参加したのは、重巡と軽巡を合わせて八隻だ。

うち、アジア艦隊から太平洋艦隊の指揮下に入った「ヒューストン」と姉妹艦の「シカゴ」が失われたが、他の六隻は傷つきながらも戦場からの離脱に成功している。

「彼らは、もっぱら敵巡洋艦、駆逐艦の牽制に徹しましたから」

「第二水雷戦隊《DF2》の残存艦は？」

もう一つ、気にかかっていたことを、パイは聞いた。

パイが戦闘の打ち切りと撤退を決意したのは、ＤＦ２による日本軍の輸送船団と橋頭堡への攻撃が失敗に終わったためだ。

ＤＦ２は、高速でサン・フェルナンドに突入し、日本軍を叩くはずだったが、船団の護衛艦艇によって阻止されたのだ。

彼らが、最小限の損害でサン・フェルナンド沖から脱出したことを、パイは願っていたが——。

「駆逐艦八隻との報告です。旗艦『デトロイト』が沈没した後、第六二駆逐隊《DDG62》司令のリチャード・マローン中佐が指揮を執っています」

「未帰還となった軽巡二隻、駆逐艦四隻の乗員は、救助できなかったのだろうな?」

「おそらく……」

オズボーンの答に、パイは目も眩《くら》むような喪失感を覚えた。

一二月一〇日の戦闘以来、太平洋艦隊の沈没艦は、乗員の大半が未帰還となるケースが多い。

ハイナン島沖で轟沈した太平洋艦隊旗艦「ペンシルヴェニア」は、キンメル提督以下の太平洋艦隊司令部幕僚全員が戦死し、クルーもほとんどが帰らなかった。

艦外に脱出したクルーはいたが、夜間であったこと、「ペンシルヴェニア」が沈没した時点では戦闘が続いていたことから救助が遅れ、一四名しか助けられなかったのだ。

終わったばかりの、日本艦隊との決戦でも、沈没艦の乗員は救助していない。

太平洋艦隊は、多数の艦を失っただけではなく、人材面でも多大な損失を被ったことになる。

「ルソン沖に打って出るべきではなかったかな」

独語するような口調で、パイは言った。

「ラガイ湾で待機を続け、ヤマモトの艦隊をシブヤン海に引き込んでいれば……」

「日本軍がルソン島に上陸した以上、止むを得なかったと考えます。フィリピンが占領されるのを、見過ごすことはできませんから」

「どのみち、フィリピンの陥落《かんらく》は避けられなくなった。太平洋艦隊の敗北により……」

パイは、かぶりを振った。

結果が変わらぬのであれば、連合艦隊《コンバインド・フリート》との対決は避けるべきだったのではないか。艦隊とフィリピンの両方を失うのであれば、せめて艦隊だけでも保全するのが、賢明な選択ではなかったか。

そんな後悔が、脳裏に渦巻いていた。

「航空兵力の優劣が、勝敗を分けました」

航空参謀のケビン・ミラー中佐が言った。

「戦艦の数も、性能も、我が方は決して日本軍に劣っていませんでしたが、制空権の喪失が勝敗を分けました。我が方は敵の制空権下での戦闘を強いられ、弾着観測を行うことができず、命中率の著しい低下を来したのです」

「一二月一一日の機動部隊戦に敗れたことが、今日の敗北を招いたと、貴官は主張したいのか？」

オズボーンの問いに、ミラーはかぶりを振った。

「太平洋艦隊のフィリピン回航に当たり、空母を三隻しか随伴させなかったことが、最大の失敗でした。日本軍には、六隻の空母が存在することが分かっていたのですから、我が方も同数の空母を用意して臨むべきだったのです」

「それは無理だ。太平洋艦隊のフィリピン回航は、日本の対米開戦を察知した時点で急遽決定されたものであり、大西洋から空母を回航する時間はなかった。また、ドイツ、イタリアの存在を考えれば、空母全てを太平洋艦隊に回すわけにもゆかぬ」

「敗北は、必然だったのかもしれぬな」

パイは、悟ったような口調で言った。

元々合衆国海軍の対日作戦計画は、中部太平洋の島々を一つずつ攻略し、前進基地を確保しつつ、日本本土に向けて進撃することになっていた。

日本軍の目に付かぬよう、太平洋艦隊の主力をフィリピンに回航するというのは、奇策《きさく》に属する。

日本軍に与える精神的な衝撃は大きいものの、合衆国側にとってもリスクの大きい作戦だ。

そのような作戦を、充分な事前検討や協議も行うことなく強行したのが、最大の敗因だったのかもしれない。

「敗因分析は、本国《ステーツ》に戻ってからにしましょう。今は、残存艦の回航が先です」

「そうだな」

オズボーンの具申に、パイは頷いた。

自分に、敗因分析を行う機会はないかもしれない、とパイは考えている。

司令長官のキンメルが戦死した以上、敗北の責任は、次席指揮官で長官の任務を代行したパイにかかって来る。

特に、一二月一一日の機動部隊戦、この日の艦隊決戦についてでは、パイが太平洋艦隊の指揮を執っていたのだから、責任を免れることはできない。

査問会にかけられた後の予備役編入が、自分を待つ運命だ。

ただし、査問会では戦闘の経過について、説明する時間と機会を与えられる。

そこで、敗因について考えるところを述べればよいだろう……。

――だが、敗因分析のことに考えを巡らせるのは早過ぎた。

現地時間の九時一九分、戦闘艦橋に電測室から報告が飛び込んだのだ。

「対空レーダーに反応。敵味方不明機多数。方位三四〇度、距離五〇浬！」

パイは、幕僚たちと顔を見合わせた。

方位三四〇度、すなわち北北西には、味方の空母はおらず、航空基地もない。

「まさか……」

「敵です。ジャップの艦上機です！」

ミラー航空参謀が、血相《けっそう》を変えて叫んだ。

この瞬間、パイは、ヤマモトが太平洋艦隊の残存艦を見逃した理由を悟った。

ヤマモトは、追い切れないと考えたわけではない。

残存艦には、空母四隻の艦上機で止めを刺せばよいと考えたのだ。

各艦は、多かれ少なかれ損傷しており、対空火力も減少している。

クルーも、日本艦隊と戦った直後だけに疲労が激しい。

空襲を受ければ、全艦沈没という最悪の事態を招きかねない。

「おのれ、ヤマモト……！」

パイは、音を立てて歯を噛み鳴らした。

我が太平洋艦隊を、徹底的に殲滅するつもりか。一隻たりとも、生かして帰すつもりはないということか。

「司令官、御命令を。敵機が来るなら、迎え撃つ以外にありません！」

「わ、分かった。全艦、対空戦闘準備！」

オズボーンの叫びを受け、パイは叫んだ。

艦隊戦の終了は、戦いの終わりを意味しない。空襲を切り抜け、安全圏に艦隊を避退させた時点で、初めて戦いが終わるのだ。

「ＴＦ14に緊急信。『敵機来襲。〈サラトガ〉の全戦闘機を発進させ、ＴＦ１を援護せよ』」

パイは、もう一つの命令を発した。

ＴＦ14は艦隊戦の間、後方に控え、戦闘機による制空権の確保に当たった。

ジークに圧倒され、制空権を奪取するには至らなかったが、「サラトガ」には使用可能なＦ４Ｆが残っているはずだ。

この際、彼らに頭上を守らせる以外にない。

だが日本機は、Ｆ４Ｆが来援するよりも早く、ＴＦ１の上空に姿を現した。

九時四二分、「ノースカロライナ」の後部見張員が報告を上げた。

「左一六〇度に敵機。一〇機以上……三〇機以上……」

不意に、報告する声が絶叫に変わった。

「敵機は一〇〇機以上、突っ込んで来ます！」

第六章　諜者還る

1

海南島の三亜港は、開戦前と変わらなかった。

桟橋《さんばし》や埠頭《ふとう》も、倉庫街も、タグボートを始めとする作業船も、そのまま残っている。

開戦二日目の夜、この港からほど遠からぬ場所で、激しい海戦が繰り広げられたことをうかがわせるものはなかった。

「米軍も、英軍も、港湾施設には手を出さなかったようですね」

貴島掬徳第六戦隊首席参謀の言葉に、桃園幹夫砲術参謀が応えた。

「決戦に備えて、砲弾を温存したのでしょう。米英軍にとっては、本国から遠く離れた海域での作戦です。燃料はまだしも、戦艦の主砲弾や航空機の爆弾は、補給が難しいでしょうから」

「港は無事で済んだが、艦隊は寂《さび》しくなったな」

五藤存知司令官が、港内を見渡して慨嘆《がいたん》した。

開戦前に、三亜港に集結していた南方部隊の威容《いよう》は、大きく損なわれている。

高速戦艦の「金剛」「榛名」も、第四戦隊の重巡「愛宕」「高雄」も、海南島の南東岸沖で沈んだ。

南遣艦隊の旗艦を務めていた「鳥海」は、修理のため、内地に戻っている。

三亜港に戻って来た大型艦は、第七戦隊の最上型重巡四隻だけだ。

南遣艦隊司令長官小沢治三郎中将の将旗は、練習巡洋艦の「香椎《かしい》」に掲げられている。

対空戦闘の要として南方部隊に配属された第六戦隊も、艦が入れ替わった。

海南島沖で損傷した「青葉」と「加古」は、修理のため内地に戻り、第二小隊の「古鷹」と「衣笠」が、機動部隊から南方部隊に転属となっている。

現在は、「衣笠」が六戦隊の旗艦として、五藤の少将旗を掲げていた。

「陣容は少し寂しくなりましたが、南方作戦は滞《とどこお》りなく進められるでしょう。最大の脅威だった米英の戦艦は、綺麗《きれい》さっぱりいなくなりましたから」

「違いない」

貴島の一言に、五藤は顔をほころばせた。

開戦から一〇日の間に、帝国海軍は大規模な戦闘を三回経験した。

一二月一〇日夜の海南島沖海戦、一二月一一日の南シナ海海戦、一二月一八日のルソン島沖海戦（いずれも大本営の公称）だ。

海南島沖海戦では、米戦艦一隻――後に、捕虜の供述から、太平洋艦隊旗艦「ペンシルヴェニア」と判明した――を撃沈し、英巡洋戦艦「リパルス」を、雷撃によって損傷させた。

続く南シナ海海戦では、第一航空艦隊の艦上機が、英戦艦「プリンス・オブ・ウェールズ」と米戦艦「アリゾナ」「オクラホマ」「ネバダ」、米空母「エンタープライズ」「レキシントン」を撃沈した。

最後のルソン島沖海戦では、艦隊戦で米戦艦「ウエストバージニア」「メリーランド」撃沈、同「ノースカロライナ」「ワシントン」撃破の戦果を上げ、ルソン島リンガエン湾の沖から撃退した。

艦隊戦の結果は、やや不満足なものに終わったが、その後、退却中の米艦隊に一航艦の艦上機が攻撃を加え、残存していた四隻の米戦艦を全て沈めた。

一航艦は更に、戦艦部隊の後方で支援に当たっていた米空母「サラトガ」を撃沈し、米太平洋艦隊に止めを刺している。

一連の海戦で、連合艦隊は、米太平洋艦隊の戦艦と空母全てを撃沈した他、英本国からシンガポールに派遣された戦艦、巡戦を仕留めたのだ。

米太平洋艦隊の残存部隊は、豪州方面に退却していったことが確認されている。

米英の有力艦を一掃した今、米国領フィリピンにも、英国領マレー半島、シンガポールにも、オランダ領東インドにも、日本軍を脅《おびや》かす敵はない。

南方攻略作戦全般を担当していた第二艦隊司令長官近藤信竹中将は、海南島沖海戦で戦死したが、代わって山本五十六連合艦隊司令長官が、自ら南方作戦の指揮に乗り出している。

予定より遅れはしたものの、南方作戦の成功は、約束されたも同然だった。

「六戦隊の指揮官としては、防巡の実力を実戦の場で確認できたことが、最大の収穫だ」

五藤は、桃園と「衣笠」艦長沢正雄《さわまさお》大佐の顔を見やった。

「衣笠」と「古鷹」の戦闘詳報は、既に六戦隊司令部に届けられている。

南シナ海海戦では空母を守って奮戦し、多数の敵機を撃墜した。

ルソン島沖海戦では、第五水雷戦隊と共に輸送船団とサン・フェルナンドの橋頭堡を守り、敵軽巡二隻、駆逐艦四隻を撃沈している。

六戦隊司令部が直率した第一小隊よりも、大きな功績を上げたと言っていい。

何よりも、防巡の本来の役割である対空戦闘で、その実力を証明したことが大きい。

今後は、防巡が艦隊防空の要となることは間違いなかった。

「艦長としては、防巡の威力には懐疑《かいぎ》的でした。砲力を弱めるような真似をして、どうするのか、と。ですが、実際に敵機と戦ってみて、その認識を改めました」

沢が、頭を掻きながら苦笑した。

「ただ……一航艦に二隻だけでは少なすぎます。本艦と『古鷹』は、一、二航戦を守るだけで精一杯であり、五航戦には手が回りませんでした」

「来年から、長一〇センチ砲を装備した駆逐艦が、順次竣工します。昭和一四年度計画で建造が始まった新型軽巡も、防空巡洋艦に艦種変更すると決定されたそうです。それらが機動部隊に加われば、艦隊の防空力は大幅に向上するはずです」

桃園が言った。

新型駆逐艦や新型軽巡の情報は、艦政本部にいる同期を通じて入手している。

「防空艦を増やすのも大事だが、空母自身の防空力を高めて貰うことも必要だろうな」

沢が桃園に言った。

「貴官が作成した対空戦闘の訓練計画は、長一〇センチ砲だけではなく、一二・七センチ高角砲にも応用できるはずだ。南シナ海海戦で実績を上げたことでもあるし、あの計画をGF全体に広く行き渡らせれば、GFを今以上に強くできると考えるが」

「高く評価していただけるのは名誉なことですが、六戦隊の砲術参謀の身では、なかなか」

桃園は、恐縮《きょうしゅく》した態度を見せながら応えた。

自分が作成し、六戦隊各艦の砲術科に実践《じっせん》させた訓練計画には、自信を持っている。

実際に、「青葉」と「加古」が四機のB17を撃墜した瞬間を、自身の目で見ているし、「古鷹」「衣笠」が活躍した実績もある。

ただ、空母と航空機が海軍の主力となりつつある現在も、砲術の専門家の間では、水上砲戦が主流となっている。

対空戦闘は傍流《ぼうりゅう》であり、砲術学校でも、対空戦闘の研究を希望する者は少数派だ。

沢の提案はありがたいが、自分が中央に意見書を提出しても、取り上げられる可能性は少ないと予想できる。

「南方作戦が終わり、内地に戻ったら、防空力の強化案について、私が意見書を作ろう。六戦隊の働きぶりは、小沢長官も、一航艦の南雲長官も、御自身の目で御覧になっている。防空力の強化については、御賛同をいただけるはずだ。中央も、実戦部隊の責任者の言を無視はできまい」

任せておけ——そう言いたげな笑顔で、五藤が請け合った。

「恐縮です」

頭を下げた桃園に、五藤は言った。

「採用になるとは限らんぞ。一連の海戦で勝利を得、米太平洋艦隊に壊滅的な打撃を与えたことが、防空力強化の妨げになるかもしれぬ。勝利という奴は、慢心《まんしん》を生みやすいからな」

2

「パイ提督は、やはりどの艦にも乗っておられないようです。全艦に問い合わせましたが、『パイ提督は乗艦せず』との回答が戻って来ただけでした」

合衆国軽巡「ヘレナ」艦長ギルバート・C・フーバー大佐は、同艦に収容されている戦艦「ワシントン」艦長ハワード・H・J・ベンソン大佐に言った。

「そうか……」

ベンソンは、肩を落とした。

「パイ提督は、『ノースカロライナ』と、運命を共にされたのだろうな。生還されることを、潔《いさぎよ》しとしなかったのだろう」

去る一二月一〇日から一八日にかけて戦われた一連の海戦で、太平洋艦隊は戦艦と空母全てを失った。

ベンソンは、「ワシントン」が沈没確実となった段階で「総員退艦」を命じ、自身は一番最後に退艦した。

「ヘレナ」に拾われた後、ベンソンが最初に行ったのが、TF1司令官ウィリアム・パイ中将の安否確認だ。

空襲が始まった時点では、パイは旗艦「ノースカロライナ」で指揮を執っていたことがはっきりしている。

艦上で戦死したとの報告は届いていないから、艦の沈没時に脱出したはずだと考えたのだ。

「ヘレナ」のフーバー艦長は、各艦に問い合わせてくれたが、すぐにはパイの行方は分からなかった。

パイが生存していれば、残存部隊の指揮を執るはずだが、名乗《なの》りを上げた様子はない。

各巡洋艦、駆逐艦は、自艦の定員を大きく上回る被救助者を乗せているため、その中からパイを探し出すのは、容易ではない。

太平洋艦隊の残存部隊は、一旦ルソン島南西部のバタンガスに入港したが、この時点でもパイの行方は分かっていない。

フーバーは、今一度各艦にパイの行方を問い合わせたが、結果は同じだった。

ことここに至っては、ベンソンも認めざるを得ない。

司令官は、旗艦「ノースカロライナ」と運命を共にしたのだ、と。

太平洋艦隊は、一二月一〇日から一八日までの八日間に、司令長官と次席指揮官を共に失ったのだ。

(早まらないでいただきたかった)

パイのいかめしい顔を思い出しながら、ベンソンは胸中で呟いた。

これだけの大敗《たいはい》を喫《きっ》したとなれば、本国では、当然指揮官の責任が追及される。

だが、キンメル太平洋艦隊司令長官は既に亡く、キンメルの戦死後に指揮を継承したパイも還らなかったとなれば、他の戦隊司令官が身代わりとなる。

TF2の指揮官として機動部隊戦の指揮を執ったウィリアム・ハルゼー少将、TF14司令官としてTF1の援護を担当したフランク・フレッチャー少将、巡洋艦戦隊を指揮したフェアファックス・リアリー少将といった人々が責任を問われ、現職から更迭《こうてつ》されることになろう。

いずれも非凡《ひぼん》な指揮能力を持ち、日本軍の実力を肌で知っている提督たちだ。

そのような指揮官を失うのは、合衆国海軍にとり、大きな損失だ。

彼らを現職に留めるためにも、パイには太平洋艦隊の責任者として、生還して欲しかったと思う。

全戦艦の喪失という衝撃に、パイの精神が耐えられなかったであろうことは理解できるが……。

「艦長は、どうか馬鹿なことは考えないで下さい。『ワシントン』の責任者として、戦訓を持ち帰る義務があります」

　フーバーが、ベンソンの心身《しんしん》を案じている口調で言った。

　気落ちしているベンソンを見て、キンメルやパイの後を追うのではないか、と危惧しているのかもしれない。

「その気があるなら、『ワシントン』が沈んだとき、運命を共にしているさ。今、『ヘレナ』に乗艦していることが、生還の意志を持つことの証だ」

　ベンソンは、右手を軽く振って応えた。

「ただ……『ワシントン』の艦長としては、貴官を始めとする巡洋艦、駆逐艦のクルーに、申し訳ないと思っている。艦の喪失によって、迷惑をかけたことをな」

「溺者《できしゃ》救助は、合衆国の軍人である以前に、船乗りの義務です。我々は、義務を果たしただけです」

　フーバーは、激しくかぶりを振った。何を水くさいことを、と言いたげだった。

「そう言って貰えるのはありがたい。ただ……一時的にとはいえ、艦の中は地獄《じごく》のような有様になっていた。そのことだけでも、私は貴官に謝罪したい心境なのだ」

　沈没艦から脱出したクルーの救助作業が終わったとき、「ヘレナ」の艦内は、難民《なんみん》の運搬船さながらの様相《ようそう》を呈《てい》していた。

　医務室、士官室、兵員室は言うに及ばず、艦内の通路にまで、沈没した戦艦から脱出したクルーが溢れていたのだ。

「ヘレナ」以外の巡洋艦、駆逐艦も同様だ。

　特に駆逐艦は、艦内の空間に余裕がないため、上甲板にまで乗せられるだけの兵を乗せていた。

　戦艦は乗員数が多いため、一隻が沈没しただけでも、溺者救助は修羅場《しゅらば》になる。

　退却中の空襲では、その戦艦がいちどきに四隻も沈んだのだ。

　溺者救助に当たる巡洋艦、駆逐艦のクルーが、どれほどの負担を強いられたか、想像に難くない。

　だが彼らは、救助作業にも、自艦の定員を大きく上回る被救助者の乗艦にも、文句一つ言うことなく、献身的《けんしんてき》に任務に当たってくれた。

「ワシントン」を失った身としては、彼らに限りない感謝を捧《ささ》げると共に、謝罪の言葉を述べたい心境だったのだ。

「あの程度のことは、地獄と呼ぶには値しません。敵戦艦の砲弾多数を被弾した上、航空攻撃でとどめを刺された『ワシントン』や『ノースカロライナ』の艦内こそが地獄の有様だったと推察します。その地獄から、一人でも多くのクルーを退艦させようと尽力された艦長には、尊敬の念を抱いております」

　フーバーの言葉に、ベンソンは頭を下げた。

「人命救助について評価して貰えたのは嬉しい。ただ……重傷者をフィリピンに残さざるを得なかったことについては、非常に心苦《こころぐる》しい」

　TF1はバタンガスに入港したとき、重傷者を降ろしている。

　次の寄港地であるオーストラリアのポート・ダーウィンまでは保ちそうにないため、マニラの海軍病院に入院させたのだ。

　人命を考えれば止むを得ざる措置だったが、ルソン島には既に日本軍が上陸し、マニラに向けて進撃している。

　ダグラス・マッカーサー将軍が率いる在フィリピン軍は、マニラを無血《むけつ》で日本軍に明け渡し、マニラ湾口を扼するバターン半島とコレヒドール島で、籠城戦を戦う腹づもりだ。

　マニラが占領されれば、海軍病院に入院している負傷兵たちは、全員が捕虜となる。

　合衆国海軍は、実戦経験を積んだ戦艦クルーの多くを失うことになるのだ。

　人的資源の喪失と、負傷兵が捕虜生活の間に舐める辛酸《しんさん》を考えると、胸に強い痛みを感じた。

「その点については、私も同感です。今度の作戦は、艦船の喪失以上に、人材の喪失が非常に大きかったと考えています。本国のドックでは、新鋭艦の建造が進められていますが、人材の補充は簡単にはいきません。戦力の再建を考えますと、気が重いです」

　フーバーの言葉を受け、ベンソンは言った。

「全ては帰還してからだ、ミスター・フーバー。真珠湾に戻りさえすれば、戦力の再建にかかれるし、戦訓を分析し、敗因を明らかにすることもできる。今は、生き残った将兵をこれ以上一人も失うことなく、連れ帰ることだ」

（俺は、必ずこの海に戻って来る）

　ベンソンは、自身に誓っている。

　四〇センチ砲を発射するナガト・タイプや、ろくに対空砲火を撃つこともできなくなった「ワシントン」に襲いかかって来た日本機の姿は、はっきり目の奥に焼き付いている。

合衆国の最新鋭戦艦を沈められてしまった屈辱は、終生《しゅうせい》消えるものではない。

　戦力の再建が成ったら、再び前線へと戻り、日本海軍への復讐を果たすと共に、キンメル、パイ両提督の仇を討つのだ。

　いつか、必ず——。

「サラトガ」爆撃機隊《VB3》第三小隊長のマーチン・ベルナップ大尉も、TF14に所属する駆逐艦「モフェット」の艦上で、「ワシントン」のベンソン艦長と同様のことを考えていた。

「『ビッグ・フォー』の一艦が、一方的に叩かれるとは……」

　ベルナップの乗艦「サラトガ」は、姉妹艦の「レキシントン」と共に、世界最大の空母として知られた艦だ。

「サラトガ」「レキシントン」の両艦に、日本海軍の「赤城《アカギ》」「加賀《カガ》」を加えて、「世界のビッグ・フォー」と呼ばれていた。

その「サラトガ」が、為《な》す術《すべ》もなく撃沈された。

一二月一八日、退却の途中で、日本軍の艦上機に集中攻撃を受け、爆弾、魚雷多数が命中して、沈んでいったのだ。

一二月一八日の戦闘に先立ち、「サラトガ」飛行長のドナルド・ウォーレス中佐は、

「残存機を以て、日本艦隊の空母を叩くべきです」

と、司令官や艦長に具申した。

日本軍は、艦隊決戦に際し、戦艦部隊の上空にジークを送っており、空母の上空は手薄《てうす》になっている。

そこに、「サラトガ」の残存機で攻撃をかければ、敵空母を叩けると判断したのだ。

だが、フレッチャー司令官は、

「今日の戦闘では、TF1の直衛が優先する。飛行甲板は、F4Fの発着艦に備えて開けておかねばならないため、敵空母を攻撃する余裕はない。艦隊決戦に勝利を収め、日本艦隊が退却に移ったら、追撃戦で航空攻撃をかけることも考える」

との理由で、ウォーレスの具申を却下した。

結果は無残な敗北に終わり、「サラトガ」もまた、一週間前に沈んだ姉妹艦の後を追ったのだ。

九九艦爆《ヴァル》の爆弾が「サラトガ」の飛行甲板に破孔を穿ち、九七艦攻《ケイト》の魚雷が水線下を抉ったときの衝撃は、身体で覚えている。

艦を覆う火災炎の凄まじい熱気や、クルーの肉体が炎に焼かれるときの悪臭も。

ベルナップら艦上機のクルーは、ダメージ・コントロール・チームと協力して鎮火に努めたが、艦を救うには至らず、「総員退去」の命令に従って、艦を後にしたのだ。

「見ていろよ、ジャップ。次は、貴様らの空母を同じ目に遭わせてやる」

一二月一一日に、上空から見下ろした敵空母の姿を思い出しながら、ベルナップは呼びかけた。

合衆国海軍は三隻の空母を失ったが、大西洋には「ヨークタウン」「ホーネット」「ワスプ」の三空母が健在だ。

防御力にやや難があるが、中型空母の「レンジャー」も使えるはずだ。

これらを太平洋に回航し、新しい機動部隊を編成すれば、日本軍の機動部隊に対抗できる。

特に「アカギ」と「カガ」――「世界のビッグ・フォー」に数えられる二隻の大型空母は生かしてはおかない。

あの二隻を必ず叩く。それが、日本艦隊の上空や「サラトガ」の艦上で死んでいった戦友たちの仇討ちになるはずだ。

（だが、その前に――）

空母とは異なる艦の姿が、ベルナップの脳裏に浮かんだ。

日本軍の防空艦。

空母に貼り付き、命中精度の高い高角砲を撃ちまくって、何機ものドーントレスやデバステーターを墜とした、合衆国艦上機隊の仇とも呼ぶべき艦。

あの忌々しい艦を黙らせない限り、「アカギ」や「カガ」には手を出せない。

まず、あの防空艦を叩くことだ。

真珠湾に帰ったら、防空艦の脅威を上層部に訴え、奴を叩く必要性を認めさせるべきだろう……。

南シナ海で遭遇した防空艦は、ベルナップにとり、今や空母以上の仇敵《きゅうてき》となっている。

その艦と、再びまみえる日を、ベルナップは思い描いていた。

3

一二月二六日早朝、英国巡洋戦艦「リパルス」艦長ウィリアム・テナント大佐は、シンガポール・セレター軍港の工廠長室で、空襲警報を聞いた。

乗艦の「リパルス」は、軍港内のドックに鎮座している。

同艦は一二月一〇日、ハイナン島沖の海戦で雷撃を受け、左舷水線下に巨大な破孔を穿たれた。

東洋艦隊司令長官トーマス・フィリップス大将は、『リパルス』は作戦続行不可能」と判断し、シンガポールへの帰還を命じた。

イギリス本国からは、

「『リパルス』は応急修理の後、本国に回航せよ」

との命令が届いたが、セレターでは修理用の資材が不足しているため、「リパルス」はしばらくドック内に留め置かれた。

修理を待つ間、シンガポールを巡る状況は急速に悪化している。

フランス領インドシナに展開する日本軍の航空部隊は、シンガポールの飛行場や海岸の防御陣地に爆撃を繰り返し、一二月二二日には、マレー半島東岸のコタバルに、日本陸軍の大部隊が上陸した。

日本軍はマレー半島を南下しつつあり、コタバルの飛行場には、敵の航空部隊も展開を始めている。

ぼやぼやしていたら、「リパルス」が出港する前に、敵がシンガポールに到達するかもしれない。

テナントは、最悪の事態を迎える前に「リパルス」の応急修理を完了させ、シンガポールから脱出させることを望んでいたが――。

「艦長、『リパルス』のクルーは、全員が艦外に避退したとの報告だ」

電話を受けていた工廠長のブルーノ・アーリントン少将が、テナントに言った。

「感謝します」

テナントは、アーリントンに頭を下げた。

「リパルス」のクルーは一三〇九名。

ハイナン島沖の戦闘で三八名が戦死し、四一名が負傷してシンガポールの海軍病院に入院しているから、テナント自身も含めて一二三〇名が健在だ。

「リパルス」の本国回航を考えれば、これ以上、一人も失うわけにはいかない。

ほどなく、対空砲の砲声や炸裂音が聞こえ始めた。音は断続的であり、小さい。セレターから、かなり離れているようだ。

工廠長室の電話が鳴り、アーリントンが受話器を取った。

二言、三言言葉を交わし、「了解した」と返答して受話器を置いた。

「敵の目標は飛行場だ。西部のテンガー基地が、攻撃を受けている」

「制空権を、確たるものにするつもりでしょうな」

テナントは唸り声を上げた。

シンガポール島内にある四箇所の飛行場のうち、軍港に最も近いセレター飛行場は既に壊滅状態となり、センバワン、カラン両飛行場も被害が大きい。

テンガー基地が使用不能に陥れば、シンガポール、マレー半島の制空権は、完全に日本軍に握られる。

「『リパルス』の修理は、現状では極めて困難、というより不可能だ」

アーリントンは、難しい表情でテナントに言った。

「今のセレターは、修理用の資材を運び込める状況ではない。『リパルス』は現状のままで出港し、トリンコマリー（セイロン島東岸の英海軍基地）で修理するのが得策かもしれぬ」

テナントは、すぐには応えなかった。

艦長として採り得る「最後の手段」を、実行に移すときが来た、と腹をくくった。

「工廠長、『リパルス』を処分しましょう」

「何だと？」

正気《しょうき》か、と問いたげな表情を浮かべたアーリントンに、テナントは押し被せるように言った。

「今出港しても、トリンコマリーまでは行き着けません。途中で日本軍に捕捉されて沈められるか、浸水が拡大して沈むかです。かといって、このまま本艦をドックに留め続ければ、爆撃によって破壊されるか、シンガポール陥落後に鹵獲《ろかく》されるかです。その前に、我々の手で処分すべきです」

「貴官は、シンガポールが陥落すると言うのかね」

「残念ですが、南シナ海の制海権は、シンガポールの周辺も含め、日本軍に握られております。この状況下では、極東軍がどれほど奮戦しようと、シンガポールの陥落は避けられません」

「しかし、まだ使える艦を……」

「無理に回航しようとすれば、乗組員に犠牲が生じる可能性大です。私は、部下を犬死にさせたくはありません。責任は、私が取ります。お願いします、工廠長」

テナントに気圧されたように、アーリントンは一歩後ろに下がった。

「わ、分かった。艦長がそこまで言うなら――」

アーリントンの言葉は、途中で遮られた。

何かが大気を裂く、鋭い音が聞こえ始めたのだ。

テナントは咄嗟に顔を上げ、空を見上げた。

航空機と呼ぶより、「飛行機の形をした炎の塊」が、黒煙を長く引きずりながら、まっすぐ工廠に向かって来る様が見えた。

「工廠長、避難を！」

テナントは、あらん限りの大声で叫んだ。

故意か偶然かは不明だが、撃墜された日本機が工廠を巻き込もうとしているのだ。

アーリントンは、動こうとしない。逃げようとする意志に、身体が付いていかないようだ。

窓から見える敵機と墜落時に立てる轟音が、急速に拡大した。炎の塊が、目の前に迫った。

テナントは物も言わずにアーリントンを引き倒し、その上から覆い被さった。

次の瞬間、「リパルス」の被雷時を遥かに上回る凄まじい衝撃が襲いかかり、巨大な火焔が全てを呑み込み、焼き尽くした。

――炎と黒煙に包まれた工廠長室をよそに、「リパルス」の巨体は、ドック内に鎮座している。

艦は傷ついた様子もなく、たった今の惨事など知らぬげに、全長二四二・一メートル、全幅二七・四メートル、基準排水量三万二〇〇〇トンの巨体を、その場に留め続けていた。

4

ホノルルの日本領事館員《りょうじかん》に退去が言い渡されたのは、昭和一七年の一月一六日だった。

「軟禁《なんきん》生活も、ようやく終わるか」

駐《ちゅう》ホノルル総領事喜多長雄《きたながお》は、安堵の呟きを漏らした。

昨年一二月八日（現地時間一二月七日）の開戦以来、喜多を始めとする領事館員とその家族は、米国政府より外出禁止を言い渡され、職員は領事館内で、家族は官舎で、それぞれ暮らすこととなった。

正門前には武装警官が立ち、二四時間態勢で目を光らせている。

「合衆国国民による危害から、領事館員とその家族を守るため」

というのが表向きの理由だが、領事館員の情報収集活動を警戒しての措置であることは明らかだった。

戦況に関する情報は、ほとんど入って来ない。

米太平洋艦隊の主力が、開戦の一ヶ月以上前に真珠湾から姿を消していたことは知っていたが、その行き先を知る手段はない。

着任以来、オアフ島で情報収集に努めていた外務書記生森村正《もりむらただし》は、昨年の一〇月二三日を境《さかい》に、行方不明となったままだ。

ラジオ放送により、米国領のグアム島、ウェーク島が日本軍の占領下に入ったこと、日本軍がフィリピンに上陸したことは分かったが、それ以上のことは不明だ。

「太平洋艦隊は、真珠湾に戻っているのではありませんか？」

領事館員の中には、このようなことを言う者もいたが、領事館から直接真珠湾を目視することはできず、状況は不明だった。

その窮屈な生活が終わるのだ。

喜多を始めとする領事館員とその家族は、既に荷物をまとめ、いつでも出立《しゅったつ》できるよう準備している。おそらく国際赤十字が用意した船に乗って、帰国することとなろう。

「森村君は、とうとう帰って来ませんでしたね」

「うむ……」

副領事奥田乙治郎《おくだおとじろう》の言葉に、喜多は唸るような声で応じた。

領事館では、八方手《はっぽうて》を尽くして森村の行方を捜したが、手がかりは今に至るも見つかっていない。

森村の姿は、ホノルルから煙のように消えてしまったのだ。

領事館員の間では、

「諜報活動を米側に察知され、FBIに逮捕《たいほ》されたのではないか」

「犯罪に巻き込まれたのではないか」

「米国に亡命《ぼうめい》したのではないか」

等の説が唱えられたが、真相は不明のままだ。

喜多としては、第一の説、すなわちFBIによる逮捕が、最も可能性が高いのでは、と考えている。

そうなった場合、森村が戻って来る可能性はほとんどない。

どこの国であっても、スパイは厳しく処断するものだ。

情報を引き出された後、密殺《みっさつ》され、永久に姿を消してしまう。

そのような事態も想定された。

「総領事、迎えの車が来ました」

館員の一人が総領事室に入室し、告げた。

喜多は最後に総領事室を一瞥《いちべつ》し、部屋の外に出た。

総領事館の正門前には、FBIホノルル支局長のロバート・シバースが待っていた。

喜多がホノルルに着任して以来、一貫して総領事館の監視に当たって来た人物だ。

「お別れです、総領事。あなた方の身柄《みがら》は、一旦合衆国本土に移送されます。そこで中立国の船に乗り、帰国することになるでしょう」

シバースは、事務的な口調で告げた。

「お別れの前に、お仲間をお返しします」

後ろに停車している車に、合図を送った。

「森村君！」

降りて来た人物を見て、喜多は思わず叫び声を上げた。

三ヶ月近くも領事館から姿を消していた一等書記生森村正が、喜多の前に立っていた。

顔に暴力の跡はないが、三ヶ月前に比べ、かなり面《おも》やつれしている。

心身共に、非常に過酷な環境下に置かれていたことをうかがわせた。

「太平洋艦隊の関係者より告発があり、スパイ容疑で取り調べを行いました。容疑は完全に晴れたわけではありませんが、スパイと断じるための物証《ぶっしょう》もないため、釈放《しゃくほう》せよとの命令が、ＦＢＩの本局より届きました」

（やはり）

喜多は、疑惑の一つが的中していたことを悟った。森村はスパイ容疑でＦＢＩに逮捕され、厳しい取り調べを受けていたのだ。

「私は日本国の総領事として、厳重に抗議を申し入れますぞ、ミスター・シバース。外交特権を持つ領事館員を、このような――」

「無意味です、総領事」

それ以上、話を聞くつもりはない――その態度を露わにして、シバースは言った。

「合衆国は、既に貴国と戦争状態にあります。言いたいことがおありなら、戦争が終わってから、あらためてうかがいましょう」

喜多はなおも言いつのろうとしたが、口を閉ざした。シバースの言う通り、外交官の役割は既に終わっている。

喜多は、森村と並んで迎えの車に乗り込んだ。

「総領事、御心配をおかけして――」

「何も言うな。言わんでいい」

口を開きかけた森村に、喜多は言った。

「詳しい話は、落ち着いてから聞く。今は、君が生きて帰ってくれただけで充分だ」

「これだけは報告させて下さい。私はＦＢＩの尋問に対し、何も話しませんでした。最後まで、黙秘《もくひ》を貫き通しました。彼らが私を釈放したのも、根負《こんま》けしたからだと考えております」

「そうか。よくやってくれた」

喜多は、深々と頷いた。

森村が自白し、スパイの容疑が確定していたら、ホノルルの領事館は閉鎖されていたかもしれない。

そうなれば、情報収集活動が不可能になるばかりではなく、在米邦人の引き揚げにも支障が出る。

森村は驚異的な忍耐心を発揮し、領事館と在米邦人を守ってくれたのだ。

領事館員の中には、「森村書記生は、米国に亡命したのでは」などと疑う者もいたが、とんでもない誤解だった。

お国のために命を懸けた、という点では、最前線で戦う陸海軍の軍人にも劣らないと思う。

喜多は、森村の肩を叩いた。

「何としても生きて還ろう。生きて、日本の土を踏もう。君の献身に対して、日本は必ず報いてくれると、私は信じている」

【第三巻に続く】

ご感想・ご意見は
下記中央公論新社住所、または
e-mail：cnovels@chuko.co.jpまで
お送りください。

C★NOVELS

荒海《あらうみ》の槍騎兵《そうきへい》2
——激闘南《げきとうみなみ》シナ海《かい》

2020年10月25日　初版発行

著　者　横山《よこやま》 信義《のぶよし》

発行者　松田 陽三

発行所　中央公論新社
〒100-8152　東京都千代田区大手町1-7-1
電話　販売 03-5299-1730　編集 03-5299-1930
URL http://www.chuko.co.jp/

DTP　平面惑星

印　刷　三晃印刷（本文）
大熊整美堂（カバー・表紙）

製　本　小泉製本

Published by CHUOKORON-SHINSHA, INC.
Printed in Japan　ISBN978-4-12-501421-0 C0293

荒海の槍騎兵 1
連合艦隊分断

横山信義

昭和一六年、日米両国の関係はもはや戦争を回避できぬところまで悪化。連合艦隊は開戦に向けて主砲すべてを高角砲に換装した防空巡洋艦「青葉」「加古」を前線に送り出す。新シリーズ開幕！

ISBN978-4-12-501419-7 C0293　1000円　カバーイラスト　高荷義之

蒼洋の城塞 1
ドゥリットル邀撃

横山信義

演習中の潜水艦がドゥリットル空襲を阻止。これを受け大本営は大きく戦略方針を転換し、ＭＯ作戦の完遂を急ぐのだが……。鉄壁の護りで敵国を迎え撃つ新シリーズ！

ISBN978-4-12-501402-9 C0293　980円　カバーイラスト　高荷義之

蒼洋の城塞 2
豪州本土強襲

横山信義

ＭＯ作戦完遂の大戦果を上げた日本軍。これを受け山本五十六はＭＩ作戦中止を決定。標的をガダルカナルとソロモン諸島に変更するが……。鉄壁の護りを誇る皇国を描くシリーズ第二弾。

ISBN978-4-12-501404-3 C0293　980円　カバーイラスト　高荷義之

蒼洋の城塞 3
英国艦隊参陣

横山信義

ポート・モレスビーを攻略した日本に対し、ついに英国が参戦を決定。「キング・ジョージ五世」と「大和」。巨大戦艦同士の決戦が幕を開ける！

ISBN978-4-12-501408-1 C0293　980円　カバーイラスト　高荷義之

表示価格には税を含みません

蒼洋の城塞 4

ソロモンの堅陣

横山信義

珊瑚海に現れた米国の四隻の新型空母。空では、敵機の背後を取るはずが逆に距離を詰められていく零戦機。珊瑚海にて四たび激突する日米艦隊。戦いは新たな局面へ――

ISBN978-4-12-501410-4 C0293　980円

カバーイラスト　高荷義之

蒼洋の城塞 5

マーシャル機動戦

横山信義

新型戦闘機の登場によって零戦は苦戦を強いられ、米軍はその国力に物を言わせて艦隊を増強。日本はこのまま米国の巨大な物量に押し切られてしまうのか⁉

ISBN978-4-12-501415-9 C0293　980円

カバーイラスト　高荷義之

蒼洋の城塞 6

城塞燃ゆ

横山信義

敵機は「大和」「武蔵」だけを狙ってきた。この二戦艦さえ仕留めれば艦隊戦に勝利する。米軍はそれを熟知するがゆえに、大攻勢をかけてくる。大和型×アイオワ級の最終決戦の行方は？

ISBN978-4-12-501418-0 C0293　980円

カバーイラスト　高荷義之

旭日、遥かなり 1

横山信義

来るべき日米決戦を前に、真珠湾攻撃の図上演習を実施した日本海軍。だが、結果は日本の大敗に終わってしまう――。奇襲を諦めた日本が取った戦略とは⁉　著者渾身の戦記巨篇。

ISBN978-4-12-501367-1 C0293　900円

カバーイラスト　高荷義之

旭日、遥かなり 2

横山信義

ウェーク島沖にて連合艦隊の空母「蒼龍」「飛龍」が、米巨大空母「サラトガ」と激突！　史上初の空母戦の行方は——。真珠湾攻撃が無かった世界を描く、待望のシリーズ第二巻。

ISBN978-4-12-501369-5 C0293　900円　カバーイラスト　高荷義之

旭日、遥かなり 3

横山信義

中部太平洋をめぐる海戦に、決着の時が迫る。「ノース・カロライナ」をはじめ巨大戦艦が勢揃いする米国を相手に、「大和」不参加の連合艦隊はどう挑むのか！

ISBN978-4-12-501373-2 C0293　900円　カバーイラスト　高荷義之

旭日、遥かなり 4

横山信義

日本軍はマーシャル沖海戦に勝利し、南方作戦を完了した。さらに戦艦「大和」の慣熟訓練も終了。連合艦隊長官・山本五十六は、強大な戦力を背景に米国との早期講和を図るが……。

ISBN978-4-12-501375-6 C0293　900円　カバーイラスト　高荷義之

旭日、遥かなり 5

横山信義

連合艦隊は米国に奪われたギルバート諸島の奪回作戦を始動。メジュロ環礁沖に進撃する「大和」「武蔵」の前に、米新鋭戦艦「サウス・ダコタ」「インディアナ」が立ちはだかる！

ISBN978-4-12-501380-0 C0293　900円　カバーイラスト　高荷義之

表示価格には税を含みません

旭日、遥かなり６

横山信義

米軍新型戦闘機Ｆ６Ｆ“ヘルキャット”がマーシャル諸島を蹂躙。空中における零戦優位の時代が終わる中、日本軍が取った奇策とは？

ISBN978-4-12-501381-7 C0293　900円
カバーイラスト　高荷義之

旭日、遥かなり７

横山信義

米・英の大編隊が日本の最重要拠点となったトラック環礁に来襲。皇国の命運は、旧式戦艦である「伊勢」「山城」の二隻に託された──。最終決戦、ついに開幕！

ISBN978-4-12-501383-1 C0293　900円
カバーイラスト　高荷義之

旭日、遥かなり８

横山信義

「伊勢」「山城」の轟沈と引き替えに、トラック環礁の防衛に成功した日本軍。太平洋の覇権を賭け、「大和」「武蔵」と米英の最強戦艦が激突する。シリーズ堂々完結！

ISBN978-4-12-501385-5 C0293　900円
カバーイラスト　高荷義之

不屈の海１

「大和」撃沈指令

横山信義

公試中の「大和」に米攻撃部隊が奇襲！　さらに真珠湾に向かう一航艦も敵に捕捉されていた──。絶体絶命の中、日本軍が取った作戦は？

ISBN978-4-12-501388-6 C0293　900円
カバーイラスト　高荷義之

不屈の海 2
グアム沖空母決戦

横山信義

南方作戦を完了した日本軍は、米機動部隊の撃滅を目標に定める。グアム沖にて、史上初の空母決戦が幕を開ける！　シリーズ第二弾。

ISBN978-4-12-501390-9 C0293　900円　カバーイラスト　高荷義之

不屈の海 3
ビスマルク海夜襲

横山信義

米軍は豪州領ビスマルク諸島に布陣。B17によりトラック諸島を爆撃する。連合艦隊は水上砲戦部隊による基地攻撃を敢行するが……。

ISBN978-4-12-501391-6 C0293　900円　カバーイラスト　高荷義之

不屈の海 4
ソロモン沖の激突

横山信義

補給線寸断を狙う日本軍と防衛にあたる米軍。ソロモン島沖にて、巨大空母四隻、さらに新型戦闘機をも投入した一大決戦が幕を開ける！　横山信義C★NOVELS100冊刊行記念作品。

ISBN978-4-12-501395-4 C0293　900円　カバーイラスト　高荷義之

不屈の海 5
ニューギニア沖海戦

横山信義

新鋭戦闘機「剣風」を量産し、反撃の機会を狙う日本軍。しかし米国は戦略方針を転換。フィリピンの占領を狙い、ニューギニア島を猛攻し……。戦局はいよいよ佳境へ。

ISBN978-4-12-501397-8 C0293　900円　カバーイラスト　高荷義之

表示価格には税を含みません

不屈の海６
復活の「大和」

横山信義

日米決戦を前に、ついに戦艦「大和」が復活を遂げる。皇国の存亡を懸けた最終決戦の時、日本軍の仕掛ける乾坤一擲の秘策とは？　シリーズ堂々完結。

ISBN978-4-12-501400-5 C0293　900円

カバーイラスト　高荷義之

サイレント・コア　ガイドブック

大石英司著　安田忠幸画

大石英司Ｃ★ＮＯＶＥＬＳ１００冊突破記念として、《サイレント・コア》シリーズを徹底解析する１冊が登場。キャラクターや装備、武器紹介や、書き下ろしイラスト＆小説も満載です！

ISBN978-4-12-501319-0 C0293　1000円

カバーイラスト　安田忠幸

オルタナ日本　上
地球滅亡の危機

大石英司

中曽根内閣が憲法制定を成し遂げ、自衛隊は国軍へ昇格し、また日銀がバブル経済を軟着陸させ好景気のまま日本は発展する。だが、謎の感染症と「シンク」と呼ばれる現象で滅亡の危機が迫り？

ISBN978-4-12-501416-6 C0293　1000円

カバーイラスト　安田忠幸

オルタナ日本　下
日本存亡を賭けて

大石英司

シンクという物理現象と未知の感染症が地球を蝕む。だがその中、中国軍が、日本の誇る国際リニアコライダー「響」の占領を目論んで攻めてきた。土門康平陸軍中将らはそれを排除できるのか？

ISBN978-4-12-501417-3 C0293　1000円

カバーイラスト　安田忠幸

覇権交代 1
韓国参戦

大石英司

ホノルルの平和を回復し、香港での独立運動を画策したアメリカに、中国はまた違うカードを切った。それは、韓国の参戦だ。泥沼化する米中の対立に、日本はどう舵を切るのか？

ISBN978-4-12-501393-0 C0293　900円　カバーイラスト　安田忠幸

覇権交代 2
孤立する日米

大石英司

韓国の離反がアメリカの威信を傷つけ激怒させた。また韓国から襲来した玄武ミサイルで大きな犠牲が出た日本も、内外の対応を迫られる。両者は因縁の地・海南島で再度ぶつかることになり？

ISBN978-4-12-501394-7 C0293　900円　カバーイラスト　安田忠幸

覇権交代 3
ハイブリッド戦争

大石英司

米中の戦いは海南島に移動しながら続けられ、自衛隊は最悪の事態に追い込まれた。〈サイレント・コア〉姜三佐はシェル・ショックに陥り、この場の運命は若い指揮官・原田に委ねられる――。

ISBN978-4-12-501398-5 C0293　900円　カバーイラスト　安田忠幸

覇権交代 4
マラッカ海峡封鎖

大石英司

「キルゾーン」から無事離脱を果たしたサイレント・コアだが、海南島にはまた新たな強敵が現れる。因縁の林剛大佐率いる中国軍の精鋭たちだ。戦場には更なる混乱が⁉

ISBN978-4-12-501401-2 C0293　900円　カバーイラスト　安田忠幸

表示価格には税を含みません

覇権交代 5
李舜臣の亡霊

大石英司

海南島の加來空軍基地で奇襲攻撃を受けた米軍が壊滅状態に陥り、海口攻略はしばらくお預けに。一方、韓国では日本の掃海艇が攻撃されるなど、緊迫が続き——？

ISBN978-4-12-501403-6 C0293　980円　カバーイラスト　安田忠幸

覇権交代 6
民主の女神

大石英司

ついに陸将補に昇進し浮かれる土門の前にサプライズで現れたのは、なんとハワイで別れたはずの《潰し屋》デレク・キング陸軍中将。陵水基地へ戻る予定を変更し海口攻略を命じられるが……。

ISBN978-4-12-501406-7 C0293　980円　カバーイラスト　安田忠幸

覇権交代 7
ゲーム・チェンジャー

大石英司

“ゴースト”と名付けられた謎の戦闘機は、中国が開発した無人ステルス戦闘機“暗剣”だと判明した。未だにこの機体を墜とせない日米軍に、反撃手段はあるのか⁉

ISBN978-4-12-501407-4 C0293　980円　カバーイラスト　安田忠幸

覇権交代 8
香港ジレンマ

大石英司

これまでに無い兵器や情報を駆使する新時代の戦争は最終局面を迎えた。各国がそれぞれの思惑で動く中、中国軍の最後の反撃が水陸機動団長となった土門に迫る⁉　シリーズ完結。

ISBN978-4-12-501411-1 C0293　980円　カバーイラスト　安田忠幸

消滅世界　上

大石英司

長野で起こった住民消失事件。現場に派遣されたサイレント・コアの土門康平一佐は、ひとりの少女を保護するが、彼女はこの世界にはもういない人物からのメッセージを所持していて？

ISBN978-4-12-501387-9 C0293　900円

カバーイラスト　安田忠幸

消滅世界　下

大石英司

長野での住民消失事件を解決したサイレント・コアの土門だが、気づくと記憶喪失になっていた。更に他のメンバーも、各地にちりぢりになり「違う」生活を営んでいるようで？

ISBN978-4-12-501389-3 C0293　900円

カバーイラスト　安田忠幸

第三次世界大戦 1
太平洋発火

大石英司

アメリカで起こった中国特殊部隊“ドラゴン・スカル”の発砲事件、これが後に日本を、世界をも巻き込む大戦のはじまりとなっていった。「第三次世界大戦」シリーズ、堂々スタート！

ISBN978-4-12-501366-4 C0293　900円

カバーイラスト　安田忠幸

第三次世界大戦 2
連合艦隊出撃す

大石英司

小さな銃撃戦から米中関係は一気に緊迫化し、多大な犠牲者が出た。一方、南沙におけるやり取りでも日中に緊張が走る。米国から要請を受けた司馬光二佐は、事態の収束に動き出すが……？

ISBN978-4-12-501368-8 C0293　900円

カバーイラスト　安田忠幸

表示価格には税を含みません